JN175215

大門剛明

鍵師ギドウ

実業之日本社

実業之日本社文庫

目次

序章　ガヴィニエスの金庫

うす暗い照明の下、鍵穴を覗《のぞ》き込んだ。

手にしているのはヒビが入って使い物にならなくなった鍵だ。この鍵に鉛筆の芯を砕いた粉をつけて、鍵穴に差し込む。

ゆっくり引き抜くと、鍵についた粉の落ち具合から、錠前の中にある障害物の位置などその構造を知ることができる。もちろん完全に把握できるわけではないが、その把握した構造に合わせて鍵を削って、新しい鍵を作り出す。鍵屋を営む者なら多少なりとも心得があるテクニックだ。尾上心晴《おのうえこはる》はその鍵をヤスリで削って、もう一度鍵穴に差し込んだ。カチリという心地《ここち》良い音がして、錠前の内筒が回転する。よし、うまくいった。

ボーン、ボーン、と古い置き時計が午後十一時を告げた。

ここは谷中銀座《やなかぎんざ》商店街のはずれにある野々村十六堂《ののむらじゅうろくどう》という鍵屋だ。最も一般的であるシリンダー錠を中心に、南京錠やパズルキー、指紋認証キーなど多くの鍵と錠前を扱っている。珍しい年代物の和錠などもあって、谷中ではそれなりに有名だ。元は由緒あるお寺で、今も本堂からはお香の匂いが漂う。立派な仏像もあり、バチが当たるといけないので、時々磨いている。

錠前や鍵のトラブルを扱う職業を鍵師という。野々村十六堂の経営者で、鍵師の野々村多聞《たもん》は今、仕事に出かけていて、心晴は留守番隊長。横にいる石松《いしまつ》という茶トラが副隊長だ。鍵をめぐるトラブルは昼よりも夜の方が多いので、鍵師は深夜でも出かけないといけない。ちなみに心晴は鍵屋で働いてはいるが、一方で介護の仕事もしている。二刀流の二十八歳だ。

「多聞さんも、誰か雇えばいいのにねえ」

座布団の上でのどを鳴らす石松の頭を撫《な》でた。でっぷりとした留守番副隊長は左目が悪く、尻尾《しっぽ》の先端がぐねっと曲がっている。鍵しっぽというやつだ。

十六堂の壁にはメモ用紙に書かれたリストが五十数枚貼られている。昭和オヤジにチキンマン、インキュバス……これは窃盗犯のおたずね者リストだ。あだ名は心晴がつけて、多聞が解錠技術や計画性、忍耐力、成長性についてAランクからGランクまで評価を下している。バツマークが付いているのはすでに逮捕された窃盗犯で、それぞれに個性があって面白い。我が十六堂が解決に協力した事件もある。

石松があくびをしたとき、電話が鳴った。

古めかしい骨董品《こっとうひん》のような黒電話だが、いまだに現役だ。心晴は受話器を手にした。

「急だけど尾上さん、来てくれるかしら」

本当に急だ。場所は茗荷谷《みょうがだに》駅から徒歩二分で、自転車でも行けなくはない距離だが、店番も引き受けている。困ったな。

「それは……ちょっと」

「お願い。こちらも急用ができたし、代わってくれない？」

「あ、はい。わかりました」

なんだかんだで引き受けてしまった。押しに弱いなと心晴は舌を出した。

「じゃあ、副隊長、頼んだわ」

石松に敬礼する。大きなあくびが返ってきた。留守番隊長の座を石松にゆずって外に出ると、木枯らしが頬をかすめて、一瞬で体の熱が奪われた。師走《しわす》に入って、都心もすっかり寒くなった。ボロボロのママチャリに乗って、しばらくこぐ。指定された場所は小石川《こいしかわ》の一軒家だ。

白い息をまき散らしながら、植物園前を通り過ぎる。茗荷谷駅近くまでやってきた。擬洋風建築の白っぽい豪邸が見える。ここは黒滝《くろたき》資料館といって、かつて有名錠前メーカーの本社だった建物だ。今は移転したが、建物は歴史的な価値があるので残されている。黒滝資料館横の指定された一軒家の辺りは工事中だった。心晴はしばらくその辺をウロウロしていた。

「あのガキ、いねえぞ」

「くそ、どこ行きやがった」

屈強な男がふたり、鋭い目を光らせながら、走り回っている。

その時、少し離れたところにあるマンションの裏手に動く影を認めた。いったいこんな時間にどうしたのだろうか。目を凝らすと、痩せた若い男が非常口の扉を開けようとしていた。

――この子……ひょっとして。

心晴は自転車を放り出し、マンションの敷地に入った。こっそり近づき、若い男の様子をうかがう。工具で錠前を押さえつつ、ピッキングのツールを右手にして鍵穴を引《ひ》っ搔《か》いている。正直、ピッキングの手口は下手《へた》くそだ。もたもたしていて、代わってやりたいくらいだった。

十分くらいかかっただろう。若い男は何とか解錠し、扉を開けた。

心晴は少し距離をあけて後を追った。各階へのシャッターが下りているのでフロアには入れない。コンコンと足音がする。見上げると、階段が上まで続いていて、足早に駆け上がっていく音が聞こえた。気づかれないよう、心晴が慎重に階段を上がっているうちに、いつの間にか彼の足音は消えた。階段を上がりきると、一番上のドアが開け放たれていた。屋上に出たようだ。

心晴も駆け足で屋上に出て、辺りを見渡す。周囲には転落防止用の金網が張り巡らされていた。冷たい風が頬を撫でた。

――あ、いた。

いつの間にか、若い男は屋上に張られた金網を乗り越えていた。

屋上の縁に立って下を見つめている。飛び降りるつもりだ。ピッキングで非常口の錠前を開けてまで死にたいのか。若い男は金網から手を離し、両手を広げる。演奏に陶酔した指揮者のような恰好《かっこう》になった。

「ダメ！　危ない！」

心晴は金網をわしづかみにしながら、ありったけの大声で叫んだ。すでに彼の姿はなかった。目を背けたい思いを抑えつつ、恐る恐る下を見た。暗くてわかりにくかったが、近くの街灯から漏れた光が木の側《そば》の人影を映し出す。

弱々しいが、動いていた。

「まだ生きてる！」

猛スピードで階段を駆け降り、彼のもとに急ぐ。

痛い痛いと情けない声を上げているが、それが逆に生きているという証拠だ。心晴はすぐに救急車を呼んだ。上半身は動くが下半身は動かないようだ。意識もしっかりしているようだし、よかった。とりあえずは大丈夫。だがあんな高さから飛び降りたのだし、油断はならない。


警察や関係者に連絡して、今日は十六堂に戻ることにした。若い男が病院に担ぎ込まれるのを見届けてから、自転車にまたがった。自殺に失敗した若い男は幸い命に別状はないようだ。看護師の話では動機については口を開かないという。なぜ彼は自殺などしようとしたのだろう。心晴は自転車を停《と》め、店に向かう。店の前に人の影が見えた。こんな時間にお客だろうか。それとも多聞が帰ってきたものの、鍵をなくして入れないとか。まさかね。

「どうかしましたか」

声をかけると、二人の男が振り向いた。

「心晴ちゃん、ちょっといいかい？」

口ひげを撫でたのは碇新平《いかりしんぺい》という刑事だ。警視庁の捜査三課で窃盗犯を中心に追っている。鍵師は警察の依頼や裁判所の執行命令の際に同行して仕事をすることもある。重要な機密書類が入った金庫が開かないとか、火災の時に一秒でも早くシャッターを開けろとか、そういう場合だ。

「さっき連絡をくれただろ？　例のガキのことだ」

碇は煙草《たばこ》に火をつけた。

「え、ああ、大丈夫でしたよ。複雑骨折しているみたいですけど、命に別状は……」

「そういうことじゃない」

碇は途中で遮った。

「錠前を破って中に入ったらしいな」

「ええ、そうですけど」

「どうなんだい？　そのガキ、腕の方は？」

「ああ、全然ですね。彼は素人《しろうと》です」

心晴は見たままを答えた。ピッキングのやり方だけでよくわかる。もっともわざと下手にやっていたという可能性もゼロではないが。

「ふうん、そうか。わかった。ありがとよ」

碇はそれだけを確認すると背を向けた。

「係長、なんでそんなこと訊《たず》ねるんです？」

碇の横に居た遠藤悠太郎《えんどうゆうたろう》という口の歪《ゆが》んだ若い刑事が、怪訝《けげん》そうな顔を向けた。

「三課に来たなら覚えておけ。今、一人の窃盗犯が話題になってるんだよ」

「一人の窃盗犯？」

「ああ、そいつは『ガヴィニエスの金庫』を破ったのさ」

ガヴィニエスの金庫について鍵師で知らない者はいない。一流錠前メーカー、ルイズロックの社長で、天才錠前師であるエンゾ・ガヴィニエスが作り上げた伝説の金庫だ。ガヴィニエスはその腕を見込まれ、三十年ほど前に来日した。

「ガヴィニエス社長はその金庫を会社の前に設置して、三十分以内に開けた者に三億円出す、と宣言したのさ。多くの挑戦者がいたが、誰ひとりとして開けた者はいなかった。二十八年間、誰も開けることができなかった」

「それをその盗人《ぬすっと》は破ったんですか」

「ああ、半月ほど前のことだ。ガヴィニエスの金庫は社長の自宅にあったんだが、侵入者によって開けられた。ガヴィニエス社長はそのショックで死んだらしい」

碇は鼻から煙を吐き出した。

「知りませんでしたよ。ガヴィニエス社長の死については長年体を悪くしていて病死だってニュースで流れてましたけど、そんなことがあったなんて報道されてませんし」

碇は親指でこめかみのあたりを掻くと、苦笑いを浮かべた。

「秘密にされているのさ。ガヴィニエス社長の死の陰にそんなことがあったなんて知られたら錠前メーカーとしてまずいだろ？　公表するにしてもその窃盗犯をとっ捕まえてからだ」

碇の視線を感じ、心晴は目を伏せた。遠藤が興奮気味に問いかける。

「そんなすごいやつが今、東京にいるんですね」

「こいつの正体をつかみたい」

碇は嚙《か》みしめるように言うと、口元を緩めた。

「じゃあな、心晴ちゃん、邪魔したな。多聞にもよろしく伝えてくれ」

二人の刑事は去っていった。

心晴はしばらく立ち尽くしていたが、寒さを感じて店に入り扉を閉めた。

「ただいま、留守番ご苦労様」

座布団では石松が丸くなっていた。店の灯《あか》りをつけて、メモ用紙を一枚ちぎった。

ガヴィニエスの金庫を開けたという人物をおたずね者リストに加えるためだ。この呼び名だけはルイズロックの次期社長がつけたそうだ。しかし年齢性別、体格から何からすべて謎で、多聞による評価欄も空白、警察はまだ正体をつかんでいない。

鍵師ギドウ。

心晴は客から見えないところに、一枚の紙を貼り付けた。

第一章　谷中の鍵屋

生きていることが、これほどみじめに思えたことはない。

ベッドの横にかけられたボロボロの革ジャンを見つめつつ、福森孔太《ふくもりこうた》は本日二十四度目のため息をついた。

看護師がやってきて包帯を解き、尻に痛み止めの注射針を刺した。

「全身で二十六ヶ所も骨が折れていたわ。よく生きていたものね」

孔太の倍くらい体重のありそうな看護師は、しつこく繰り返した。

「頭から落ちていれば即死だったわ。まあ、神様に感謝するのね。幸い内臓には悪いところはないから、骨折が治ったら退院できるわ」

看護師は言い残して部屋を出て行った。

孔太は昨晩、小石川にある十四階建てマンションの屋上から飛び降りた。だが自殺は見事に失敗。飛び降りたのはいいが、死のギリギリで本当は生きていたいということを知った。その時、助けてと伸ばした腕がマンションの壁を叩《たた》き、その反動で近くの木の上に落ちた。それがクッションになって命は助かった。記憶もしっかりある。

落ちたあと動けず、情けない恰好のまま、ＪＲ大塚《おおつか》駅から徒歩三分ほどのところにある総合病院に担ぎ込まれたのだ。

命が助かったとはいえ、置かれた現状が変わるはずもない。ため息をつきながら、ふと隣の入院患者が持ち込んでいるテレビを覗き見た。

ルイズロックという有名錠前メーカーの社長、エンゾ・ガヴィニエスの業績を紹介する特集だ。彼が亡くなって半月ほど経《た》つ。特集が組まれるほど有名な錠前技師だったらしい。一方、自分があのまま死んでも誰も悲しんでなどくれなかっただろう。

「鍵……か」

病院のベッドから外を見つめた。この世の中、結局人生の成功の鍵は運だ。いくらきれいごとを言おうが、運が全てを決めていく。あるいはコネ、才能、容姿……ほとんどが生まれもったものだ。それらは全部運としか言いようがない。

「福森くん、お見舞いよ。お見舞い」

看護師が戻って来た。

「はあ、誰？」

友人と呼べる人間はいない。一緒に悪さをしていた高校時代の仲間もこのところ、音沙汰なしだ。貯金なし、才能なし、コネなし、家なし、勇気なし、彼女なし……どこかの炭酸飲料のようにオールゼロ。ああ、借金だけはありだ。

　本当につまらない人生だと思う。高校を卒業後はニート生活だったが、工場を経営していた父が急に死んだ。大した遺産はなく、むしろ工場は借金にあえいでいて、家も土地も放棄せざるを得なかった。そして悪事に手を染めた。だがそれが自分の首を絞めることになった。

「ガールフレンド？　すみに置けないわね」

　面会者は若い女性らしい。看護師はにやけて冗談よと言っていたが、誰だろうか。女性の知り合いなどまったく心覚えがない。彼女というものなどこの十九年間、一度たりとていたことはないのだ。

　入ってきた女性は、孔太を見るなり両手を腰に当てた。

「あちゃあ、完全にミイラ男ねえ」

　女性はショートボブで鼻のまわりにそばかすがあった。タートルネックの赤いセーターにジーンズ。年齢は二十代後半くらいだろうか。可愛《かわい》らしいと言えなくもないが、やはり見覚えがない。彼女は姉が弟に接するように妙に馴《な》れ馴《な》れしい。

「でもよかったね。命あっての物種だし」

　子供でもあやすように、よしよしと孔太の頭を撫でた。なんだこの女……孔太はいいかげんにしてくれとばかりに、その手を払いのけた。

「あんた誰だよ」

問いかけると、女性はふくれっつらになった。

「ちょっと、命の恩人になんなのよ、その態度」

「命の恩人？」

孔太は振り返って、看護師を見つめた。

「彼女は尾上心晴さんっていうの。根津に住んでいて、介護の仕事をしているそうよ。昨日もあなたの遺体……じゃなく、飛び降りたあなたを最初に見つけて通報したのよ。通報が少しでも遅れていたら、今頃どうなっていたか」

看護師はなんまんだぶと手を合わせた。そういえば飛び降りた直後、叫んでいた女性がいた。心晴と呼ばれた女性は、得意げに孔太を見つめる。そうか、なるほど。命の恩人だからこうして見舞いにやってきて、恩着せがましい態度で接してくるのだ。

「余計なことしやがって」

鼻で笑うようにつぶやくと、心晴と看護師は顔を見合わせた。一瞬間があいて、火が付いたように同時に怒り始める。

「ちょっと福森くん、そんな言い方ないでしょ！」

「何が余計なことよ！」

二人の甲高い声が混じって骨がきしむように痛い。

「うるさい！　誰が助けてくれって言ったんだ」

放っておいてくれとばかりに、孔太は布団をかぶった。

それでも二人の声が聞こえるので、孔太は耳をふさいだ。正直、生きていたことにホッとしている。落ちていくときの絶望感、まだ死にたくないという生への執着は今も鮮明に記憶として残っている。とはいえ生きていていいことなどない。待っているのは地獄のような日々だけではないか。死にたくないがために生きる。そんなのはゴメンだ。

やっと静かになったので耳を澄ますと、ため息が聞こえた。

「なんで死のうとしたの？」

心晴の声だ。布団をかぶったまま、孔太が無視していると、彼女は語り始めた。

「わたしは介護福祉士をしているの。苦しんでいるお年寄りや患者さんを何十人、何百人と見てきたわ。みんな死にたくないのに死に近づいていく自分と戦っている。いつでも死ねる、思い残すことはないって強がっている人でも、本当は苦しんで現実と向き合っている。それなのにあなたは努力も何もせず、好きなことだけして現実から逃げる。そして本当に追い詰められると責任を果たすこともなく自殺……ホント情けないわね」

布団から亀のように孔太は頭を出す。

「うるせえよ、人のこと何も知らずに」

「知ってるわ。福森孔太、十九歳。東京都豊島《としま》区生まれ。自動車部品工場を営む年老いた父親の庇護《ひご》の下、高卒後はニート生活。父の死後は住むところもなく、生活保護を申請に行ったら断られ、役所で暴れたそうね」

孔太は口を閉ざした。意外にも心晴は孔太のことを調べていたらしく、こちらの事情に詳しかった。お節介にも自分に興味を持って調べたのだろうが、生活保護申請のことまで知っているとは思いもしなかった。だがこっちの気持ちなんて部外者にわかってたまるか。

看護師が言葉を引き継いだ。

「福森くん、自分でも情けないって思わないの？　亡くなったご両親は泣いているわ。逃げて逃げて、挙句の果ては命の恩人にまで食ってかかるなんて」

孔太はふんとそっぽを向いた。そんなことはわかっている。本当ならありがとうと礼を言わなければいけない立場だってことくらい百も承知だ。彼女に食ってかかっている自分は惨めだ。だがどうしていいのかわからない。

「あそこで会ったのも何かの縁よ。ところで働く気はない？」

偉そうに言うなと孔太は怒鳴りかけたが、途中でやめた。心晴はまるであてがあるかのような口ぶりだ。とはいえ、高卒でできる仕事など限られている。

「完全週休二日制、年収五百万、保険や寮完備、とかなら考えてもいいぜ。もちろん社会的にも認められた職業で。ブラックなのはお断りだ」

無茶な要求を出した。呆《あき》れているのか、心晴は両手を腰に手を当てた。孔太は口を開けば開くほど、惨めになっていく自分に気づいた。この女性は命を救ってくれただけでなく、就職の世話までしてやろうというのだ。本当なら感謝してもしきれない相手なのに責めてしまう。一応、聞くだけ聞いてやるかという思いで、孔太は心晴の話に耳を傾けた。まあ肉体労働系だろう。そりゃそうだ。いくら就職環境が良くなろうが、そんなのは見た目だけで、どうせ負け組は死なないように生かされる運命なんだ。

「わたしが勧めるのは、鍵師よ」

予想していない提案だった。

「鍵師……？」

「そう、依頼を受けて錠前を開ける仕事。わたしの知り合いに腕の立つ鍵師がいるの。

でも人手不足で困っているのよ。わたしも手伝っているんだけど、介護の仕事があるし。だからそこで働いてみない？　最初は無給だけど、高い学費を払って鍵の学校に通わないと、本来鍵師にはなれないのよ。そのこと考えたら、これってかなり美味《おい》しい仕事なんだけど」

孔太はしばらく口を閉ざした。

「無理にとは言わないわ。わたしが紹介するこの人、気難しい職人さんだし。まあ、気が向いたら来てくれればいいわ」

心晴は背を向けた。

「じゃあ、またね」

前方後円墳のような形の名刺だけが残された。

孔太は窓の方を向いていたが、心晴や看護師の気配が消えてからこっそりと名刺に手を伸ばした。十六堂という鍵屋の住所は谷中だ。

野々村多聞という気難しそうな鍵師の名前を小さくなぞった。

2

二十日後、怪我《けが》が十分に癒えたとは思えないが、退院の日が来た。

看護師たちに追い出されるような恰好で、孔太は病室を出た。実家は北池袋《きたいけぶくろ》でそれなりの大きさの自動車部品工場を営んでいたが、今は住むところがなく、公園で寝たり、ネットカフェを利用したりしていた。

孔太は待ち合わせ場所のＪＲ大塚駅にやってきた。４２７４というコインロッカーが視界に入り、ため息が自然とこぼれた。

「おはよう」

元気のいい声が聞こえた。心晴だ。

おはようと言っているが、すでに時刻は午後二時を過ぎている。

「鍵師見習い、やってみる気になったようね」

心晴はにこにこしていた。孔太は無言でうなずく。あれから色々考えた結果、働いてみるという結論に達した。鍵師になどなりたいとはたいして思わないが、他に行くあてもない。心晴は今日は仕事が休みで、野々村多聞という鍵師に孔太を紹介してくれるらしい。

「はいこれ、文無しでしょ」

切符を渡された。心晴は改札でピッとカードを当てて、山手線《やまのて》に乗り込んでいく。孔太は後に続いた。ラッシュ前だが人はそれなりに乗っていて、吊り革を握りつつ、山手線の外の景色を見るでもなく眺めた。

——鍵師か……。

まったく鍵に無縁だったわけではない。父の死後、働く気力も起きず、ピッキング犯に落ちぶれた。ピッキングは高校時代に悪い友人に教えてもらった。しかしその才能も到底あるとは言えない。針金のようなツールを突っ込んでゴチョゴチョやって、鍵が開いたらラッキーという程度だ。

死になよ……大塚駅で4274のコインロッカーを見つめていたのには理由がある。あそこにはやばい金が入っているからだ。十一月の上旬、千川《せんかわ》興業という小さな会社にピッキングで侵入した。そこの金庫から五十四万円を盗み出したのだ。自分には映画に出てくる金庫破りのような真似事《まねごと》はできないので金庫ごと持ち去って、金属バットでぶっ叩き、アスファルトにぶつけて無理やり開けた。五十四万円は期待はずれの少なさだが、自分にとっては盗んだ最高額だ。

そこまではよかった。しかし問題が発生したのはその会社が暴力団組織だと後で知ってからだ。千川興業の連中に追われる身となってしまったのだ。自宅に踏み込まれたときは必死の思いで逃げたが、それから宿無しになった。そして……。

考えてみれば、鍵のせいで今のこの惨めな自分がある。同じ鍵を扱うといっても、まともに働いていればこんなことにはならなかった。

「おおい、孔ちゃん、降りるよ」

いつの間にか親しげに呼ばれている。別にむきになってやめさせるほどでもないので、孔太はポケットに両手をつっこみつつ、黙って心晴の後に続いた。

下車したのは日暮里《にっぽり》駅だった。

「ちょっと寄り道してくね」

谷中霊園の中をしばらく歩いた。大きな墓地で、徳川慶喜《とくがわよしのぶ》や横山大観《よこやまたいかん》ら有名な人物の墓もある。墓地の敷地内にはなぜか交番があって、心晴が中を覗いた。孔太はうしろめたさから、咄嗟《とっさ》に心晴の背に自分の身を隠した。

「ふむふむ。メス猫のストーカーですか」

「何言ってるのよ、あなた。真面目《まじめ》に話聞く気があるの？　違うわよ。しつこいって言うその女に泥棒猫って言ってやっただけで」

大柄な警官がすっとぼけた顔で中年女性と話をしていた。

「ええっ、猫泥棒？　どんな猫が誘拐されたんですか」

「だからそうじゃないって」

「アメショー？　ソマリ？　ノルウェージャンフォレストキャットですか」

警官と女性の噛み合わないやり取りを見つめつつ、心晴は苦笑していた。

「山井《やまい》さんにも困ったものね。多聞さんが用があるって言ってたけど、まあいいや」

交番に連れてこられたわけではなかったようだ。孔太は少しほっとしつつ、しばらく心晴の後についていった。霊園を抜けると、寺院や墓石の店が多く目に飛びこんでくる。横縞《よこじま》が何本も入った変わった塀があった。

「ミルフィーユみたいでしょ？　築地塀《ついじべい》っていって、瓦と土を交互に積み上げて造られてるのよ」

朝倉彫塑館《あさくらちょうそかん》を右手にしばらく進んで左折、ふてぶてしい猫に睨《にら》まれながら夕焼けだんだんという階段坂を降りると、谷中銀座商店街に入った。肉屋やら菓子屋やら取り扱っている商品を示す木の看板が各店の軒先に並ぶ。商店街はクリスマス前ということもあって、多くの人で賑わっていた。観光客もいて、手作り飴《あめ》や猫のしっぽ型ドーナツをぱくついていた。

猫雑貨を扱う店の横にネズミでもいるのか、そちらに睨みをきかす白い猫がいた。

「あ、それ置物だし」

リアルでしょ、とお店のお姉さんが笑っていた。

「二百メートルもないんだけど、六十軒くらいお店があるのよ」

心晴が商店街の説明をした。お土産《みやげ》を買うと言って、肉屋に入っていく。

「ここのメンチカツ、多聞さんの好物なのよね」

「よう、心晴ちゃん、誰だいそのガキは？　彼氏か」

「もう、そんなわけ無いでしょ。ダメ人間立ち直らせプロジェクトよ」

心晴は孔太の身の上をベラベラと話した。余計なこと言いやがって……孔太はうつむきながら舌打ちした。

買い物を終えると、商店街の脇を一本入って、くねくねした道を南に下っていく。へビ道といって、昔は藍染《あいぞめ》川が流れていたために曲がっていると心晴は説明した。孔太は相槌《あいづち》を打つこともなく後に続く。やがて心晴は小さなお寺のような屋敷を指さした。

「ここが野々村十六堂よ」

土地は百坪くらいだろうか。本堂らしき建物に野々村十六堂という看板が見える。

庭は小奇麗で砂利が敷き詰めてあって、裏手に土蔵が見える。もとは寺だったそうだが、後継ぎが絶えてしまったという。

留守番をするように、玄関脇で太った茶トラがあくびをしていた。店の前にはやや赤ら顔の老人が座っている。白髪で顎がしゃくれていて、みるからに気難しそうだ。これが野々村多聞という鍵師か。孔太は少し身構えた。

「おじさん、多聞さん、いますか」

「ん？　心晴ちゃんか。いや、仕事で出てるようだよ」

老人は目をしょぼつかせた。近所に住んでいる客で、鍵師ではなかった。

「タダで開けてもらってすまんな。この醤油《しょうゆ》、せめてものお礼だわ。多聞さんにありがとうって言っておいてくれ」

「はあい。わかりました。って、あれ？」

耳を澄ますと、店の中で電話が鳴っていた。

心晴は合い鍵を使って、店の扉を開けた。耳をつんざくような黒電話の音が鳴り響く。

「はいはい。野々村十六堂です」

明るい調子で応じると、心晴はほうほうとフクロウのように大声で相槌を打って、了解、と電話を切ると、スマホで誰かと連絡を取っていた。

「依頼が来ちゃったわ。でも考えようによったらグッドタイミングかも。鍵師の仕事を覚えるのにちょうどいいし、多聞さんの仕事ぶり見てってよ」

店を出ると、心晴は境内の片隅を指さした。

「あ、そこの自転車使っていいよ」

古い自転車がいくつも停めてある。一番ましな黒い自転車に真っ先に心晴が乗ってしまったので、錆《さ》びてチェーンが切れそうな汚い自転車と、サドルからスポンジのはみ出たママチャリしかない。孔太は顔をしかめつつ、ママチャリに乗って心晴のあとに続く。

向かったのは、秋葉原《あきはばら》にある大手銀行だった。

ATM以外、すでに店は閉まっているようだが、こんな大きな銀行から依頼とは意外だ。孔太は心晴の後に続いて、裏口から支店長らしき中年男性に入れてもらう。まだ多聞は来ていないようで、代わりに心晴が事情を訊《き》いた。

「金庫扉ですが、非常口はないんですか」

「ええ、そうなんですよ」

通常、金融機関の金庫室には非常口がある場合が多く、そちらの方から解錠するのが楽だという。しかしこの銀行のものには非常口がない。金融機関としてはまれなのだそうだ。

「初歩的なミスをしてしまいまして」

「見せてもらおっかな、金庫扉。一億式ですよね」

心晴は歩きながら、孔太に説明した。銀行の金庫扉にはダイヤルがある。ダイヤルは0から99まで刻まれていて、それが円盤状の座板と連動している。ダイヤルを左右に回し、正しい位置に座板を動かしてスライドバーという障害物を下に落とすと開けられるそうだ。孔太はそういう仕組みさえ知らなかった。

「業務用によく用いられる大型のダイヤル金庫は、百万変換ダイヤル錠といって、座板が三枚あるから百の3乗で百万式と呼ばれてるのよ。銀行の金庫のダイヤルは座板の数が一枚多いから、難易度は百倍。一億分の一なんて確率的にまず無理でしょ？」

さらに一つの巨大ダイヤルを解錠しても、もう一つのダイヤルがオートロックされるので、金庫メーカーが最小限の破錠で対応するのが常だという。手伝いとは言いながら、心晴もやけに鍵や錠前について詳しい。

案内された先には、巨大な金庫扉があった。

高さ二・二メートル、五十センチの厚みを持ち、ガス溶断機の熱や爆破の衝撃にも耐えるという。その巨大金庫扉は絶対に開けられませんよと言わんばかりに孔太の前に立ちふさがった。自分はコソ泥で、銀行の金庫に挑もうなどと思ったことはない。そもそも金庫までたどり着くことが不可能だ。

「実はこの金庫扉、先日暗証番号を変更したんですが、うかつにも失念してしまいまして。すでに店は閉めていますが、早く開けないと業務に差し障りますので」

眼鏡《めがね》をかけた銀行員が解錠を試みているが、まったく歯が立たないようだ。心晴も両手を広げて笑っている。

「こりゃわたしの手におえる代物じゃないわ」

こんな頑丈な金庫扉を野々村多聞は開けられるのだろうか。集まってきた行員たちは無理だと口々に話している。

その時、孔太は頰にかすかな風を感じた。

振り返ると、ワインレッドのワイシャツを着た若い男性が立っていた。孔太は瞬き《まばた》を忘れ、青年を見つめる。全く足音がしなかったが、空調の効いた室内で少し寒気のようなものを感じた。

青年は二十代後半くらいだろうか。孔太と同じように痩せていて、陶器のようにきめの細かい白い肌。唇が少し赤い。端整な顔立ちに切れ長の目、黒髪の襟足は少し長く、まるで男装の麗人だ。銀行員とは思えないが、誰だろう。

心配そうな顔で心晴は青年に話しかけた。

「多聞さん、一億式です。厄介みたいですけど」

彼が野々村多聞？　頑固そうな老人だと思っていたのに、想像とはかけ離れていた。

銀行員たちもそうだったらしく、ひそひそ話をしている。

支店長がやって来て、多聞に訊ねた。

「野々村先生、大丈夫でしょうか」

多聞はじっと金庫扉のダイヤルを見つめながら、どうかなとつぶやいた。

「開けられなきゃ、報酬はいらない」

多聞はワイシャツを肘までめくり、一番上のボタンを外すと、目を閉じて額を金庫扉に当てた。人差し指の関節部分で軽く扉をノックする。聴診器を当てているようなものなのだろうか。これで暗証番号を感じ取れるのか。

静寂の中、多聞による解錠が始まった。

孔太と心晴は少し離れて、銀行員たちと共にその様子をじっと見つめる。多聞はゆっくりと巨大なダイヤルを回しながら、正しい番号を探っている。映画に出てくる金庫破りのようだ。

「十六堂の人、開けられると思うか」

「いやあ、無理だよ。百万式と一億式は全然違う。さっき金庫メーカーに話をつけた。最小限の破錠で対応することになるだろう。だから非常口つけとけって話だったんだよなあ」

ヒソヒソ話が聞こえて来た。

「そうなのか。支店長は解錠してくれるって信じてたけど」

「無理無理、破錠でもそれなりに時間はかかるんだから」

別の銀行員は、あんなやさ男に何が出来ると言いたげだった。多聞が開けられなければ、取引のある金庫メーカーが破錠するらしい。

多聞は左手の親指と人差し指でダイヤルをつまみ、少しずつ動かし続けているが、同じ作業を繰り返しているだけで虚《むな》しく時間が過ぎていく。

「あれって何やってんの？」

小声で孔太は訊ねる。心晴は人差し指を口元にあてた。

「マニピュレーションよ」

聞きなれない言葉だった。

心晴は説明する。金庫扉の座板には溝があって、鍵師は座板がスライドバーに当たる音を感じ取るのだが、マニピュレーションは、その範囲を少しずつ限定していく作業のことだそうだ。

「室内でスマホをなくしたとき、別の電話からそのスマホにかけることない？　どこかでかすかな振動音が聞こえても、すぐにはどこかわからない。聞き耳を立てて、寝室の方だってことでそっちに移動する。そうするとクローゼットから聞こえて、あ、そっか、昨日ひさしぶりに着たスーツの内ポケットに入れたまんまだったんだ……ってつきとめる感じかな」

言うのは簡単だが、自分の五感だけが頼りの常人離れした作業なのだという。

二十分ほどが過ぎた。

多聞に変化はない。いや表情が変わらないだけで、苦しんでいるのかもしれない。銀行員たちはやっぱり無理かというような顔だ。気持ちはよくわかる。だいたい巨大金庫扉の暗証番号を感じ取るなど、本当に可能なのか。自分ならトライすることすらないだろう。

だが多聞は諦めずに、金庫扉と格闘していた。その顔は錠前と議論しているように映る。激しい論戦の末、答えを導き出そうとしているようだ。手の先にすべての神経を集中させ、ダイヤルの息遣いを感じ取っているように思えた。

開始から二十六分。多聞はダイヤルに手を置いたまま、動かなくなった。

「これは……」

心晴は瞬きを忘れたように、多聞の作業に見入っていた。素人には理解できないが、マニピュレーション以上に高度な技術なのだろうか。

「寝ちゃったわね」

「はあ？」

多聞はガクンと舟をこいだ。解錠中に居眠りとは……銀行員たちの間に失笑が漏れた。心晴が声をかけると、多聞はダイヤルに手をかけたまま、あくびをした。

「また寝てたか」

何やってるんですかとばかりに、心晴は顔をしかめた。

「だが仕事は終わったぜ」

多聞が金庫扉の取っ手に力を込めると、音もなく、巨大金庫扉がゆっくりと開いた。金庫室にはまばゆいばかりの新札が束になって置かれていた。支店長は拍手している。ほかの銀行員たちは呆気《あっけ》にとられたように、少し遅れて拍手した。

「いやあ、さすがは野々村多聞さんだ」

支店長は満面の笑みで多聞を褒め称《たた》えた。

「ありがとうございます。一億式変換ダイヤルを解錠した人を初めて見ましたよ」

多聞はあくびを一つすると、金庫扉に興味をなくしたように、足早に銀行から出て行った。

「あ、それじゃあこれで。暗証番号変えて、また忘れて下さいね」

代わりに心晴が謝礼を受け取って、孔太も後に続いた。

正直なところ、孔太も銀行員たちと同じ心境だった。開けられるはずがない。失敗した時の言い訳だけを想像していたのだ。それなのにこうもあっさりと開けてしまうなんて。

多聞は銀行の前で待っていた。

「さっすが、多聞さん」

心晴は多聞にすごいですね、と語りかける。

「……別に」

多聞はあまり関心なげに応じた。

「それでね、多聞さん、この子が例のダメダメくん。福森孔太っていうんだけど、鍵師見習いとして雇ってもらえないかなって思って」

紹介されて仕方なく孔太はポケットに手を突っ込んだまま、軽く会釈した。多聞は金庫に向かうときと同じような冷めた目で孔太を眺めていたが、ふうんと背を向けると、停めてあった自転車にまたがってスタンドを蹴った。えらく無愛想な人物だ。

「あ、待ってよ、多聞さん」

夕暮れの中、心晴と孔太は多聞の自転車を追いかけた。


スーパーに寄ってから、十六堂に戻った。

多聞は店の奥に向かうと、鉄製の大きな箱の前に真剣な顔でしゃがみ込んだ。また金庫を開けるのかと思ったが、冷蔵庫からトマトジュースを取り出して飲んでいるだけだった。

「さてと、今夜はおでんよ」

心晴は腕まくりをして、料理を作り始めた。彼女は介護士をしながら、ここ十六堂の手伝いをしている。好き嫌いの激しい多聞のために、バランスのとれた夕食を作っておいてくれるらしい。多聞はここに住んでいるが、心晴の家は根津にあるそうだ。

今日は特別だと言って、心晴は三人分のおでんを作った。味はなかなかのもので、久しぶりに食事らしい食事をした気がする。

あらためて眺めてみると、店の中には多種多様な鍵や錠前が並んでいた。

「パンパカパーン！　第一回、ニートでもわかる鍵と錠前講座の開講でっす」

多聞に代わって、心晴が説明を始めた。

「錠前にはいくつも種類があるわ。一番ポピュラーなのがシリンダー錠ね。玄関や室内の部屋で鍵を差し込む場合、目にする錠前はたいていこのシリンダー錠なの」

孔太はポケットに手を突っ込んだまま、ふうんと応じた。

心晴は使わなかったおでん用のちくわの穴に、冷蔵庫にあったゴボウを押し込んだ。

「シリンダーってのは円筒のことよ。このゴボウ入りちくわをドアノブだと思って。いい？　ざっくり言うとシリンダー錠には外筒と内筒があって、この内筒が回転すると鍵が開く仕組みなの。イメージとしてはこんな感じ。ちくわが外筒、ゴボウが内筒。この状態ならゴボウは回るよね？」

心晴はちくわの穴にはまったゴボウを、人差し指と親指でつまんで、回して見せた。

「でもこうだと回らないでしょ？」

ちくわの側面から、爪楊枝《つまようじ》が五本ほど差し込まれる。ちくわを貫いて、ゴボウに刺さった。

「この邪魔な爪楊枝がタンブラーっていうのよ。錠前を開けるってことはつまるところ、この邪魔な爪楊枝をどうやって引っこ抜くかにかかってるわ。まあ、実際のタンブラーはこんな風に外には出てなくて、ちくわとゴボウにまたがっているんだけどね」

心晴は説明を続ける。タンブラーという邪魔者は内筒と外筒にまたがるように存在していて、つっかえ棒のように内筒を回転させないのだ。しかし内筒には鍵穴があって、ここに鍵を差し込むと障害物であるタンブラーが所定の位置に動いて内筒は回転する。

「正しい鍵を差さないとタンブラーが邪魔をして内筒は回転しないの。だから開かない。タンブラーっていうこの門番をピッキングの道具で騙《だま》して動かすことが出来れば錠前は開くから、この門番をどうやってどけるかが鍵師の腕の見せ所。ね？　そうでしょ、多聞さん」

「ああ、そうだな」

多聞は全くどうでもよさそうに、錠前のカタログを広げて読み始めた。それとほぼ同時に太った茶トラがやってきてカタログの上に寝そべった。

「あれもタンブラーみたいなものね」

心晴は微笑《ほほえ》んだ。多聞は茶トラを押しているが、意地になったようにカタログの上から動かない。先が曲がった尻尾を揺らしていた。多聞はため息をつくと、かつお節を少し離れたところに撒《ま》いた。茶トラはカタログから移動して、食べ始める。

「解錠成功ね」

心晴はなおもシリンダー錠の説明を続けた。野々村十六堂で扱われている鍵もシリンダー錠が主体。中でもルイズロックの製品が多く並んでいた。

「まあ一回目だしこんな感じかな。何か質問はない？」

知ったことかと思いつつ、孔太は口を開いた。

「さっき銀行でやった金庫扉の解錠って鍵師なら誰でもできるわけ？」

「無理ね。多聞さんは特別だし」

心晴は得意げに答えた。

「じゃあ、ガヴィニエスの金庫でも開けられるのか」

入院しているとき、テレビで特集をやっていた。ガヴィニエスは根っからの技術者だったらしく、大量生産の錠前だけでなく、絶対に開けられない金庫を完成させたという伝説がある。心晴は目をぱちくりさせて、多聞の方をうかがった。多聞もカタログをめくる手を止めた。おかしな間が空いた。さすがに無理なのだろうか。まあそんなたいそうな物にチャレンジする気はないし、どうでもいいことだ。孔太は近くにあった頑丈そうな錠前を手にする。

「こういう鍵は簡単に開けられるんだよな」

心晴は少しほっとした顔で応じた。

「鍵じゃなく錠前でしょ？　あのね、鍵と錠前は全然違うものなのよ。扉や金庫についているのが錠前で、それを開ける道具が鍵。孔ちゃんも仮にも鍵師見習いになるんなら、それくらい使いわけないとダメよ。鍵師って普段何するか知ってる？」

鍵屋の仕事に関してはよく知らない。というか、いつの間にか呼び名が孔ちゃんで固定されているようだ。

「基本的には依頼を受けて、鍵や錠前のトラブルを解決に行くのが仕事。合い鍵作りとかも多いわ。だから色々依頼が重なると、多聞さん一人じゃどうしようもなくなっちゃうわけ」

耳元で無愛想だしね、とこちらにだけ聞こえるようにささやいた。

孔太はあまりやる気なく、ふうんと応じて壁の方を向く。

ずっと気になっていたが、ＷＡＮＴＥＤという貼り紙が五十枚くらいある。ルイズキラーと書かれたものに目が行った。中肉、身長百六十八センチくらい、四十代という特徴の記載がある。解錠技術Ｃ、計画性Ｃ、忍耐力Ｄ、成長性Ｆなどという評価まで加えられていた。

「これなに？」

孔太はおたずね者の貼り紙を指さす。

「ああ、それはこういう泥棒がいますよっていうのを顧客に知らせるものよ。AからGの8段階で錠前破りの常習犯を評価してるの。バツマークはもうお縄になった奴《やつ》ね。ルイズキラーはルイズロックの錠前をよく狙う泥棒。腕に自信があるみたいで、プライドを持ってコソ泥をやってるみたい。最近はあまり活動していないわね。ちなみにたいてい泥棒のあだ名はわたしが考えて、多聞さんに評価してもらってるの。あだ名は十六堂によく出入りしている警察の人も使ってることがあるのよ」

心晴はあだ名をつけなければ、気がすまないようだ。

それにしても色々な泥棒がいる。変わった名前では「昭和オヤジ」。解錠技術E、計画性B、忍耐力C、成長性Eとなっている。

「それは売り出し中の奴ね。目撃情報はないんだけど変な奴なのよね。クレセント錠ってわかる？　窓ガラスなんかについてる半月状の錠前なんだけど、その錠前を開けて入った先で、無茶苦茶していくんだって」

孔太は無茶苦茶という部分をなぞった。

「被害者が自宅に帰ると、居間にあるテレビが点《つ》いていたのよ。しかもなぜか焼き鳥の串と空のビールが残っていたの。おかしいと思って調べると、金品が盗まれていたんだって」

点いていたのはCS放送のチャンネルで、忍び込まれた時間から推測すると、犯人は侵入した先で、のんびり野球放送を見ていた可能性が高いらしい。

「ホントかよ」

無茶苦茶な泥棒でしょ？　と心晴は笑っていた。

「最近、この辺りで注意を呼び掛けているのはこれね」

心晴が指さしたのは、「インキュバス」という盗人だった。身長百八十センチ以上、体重九十キロ以上と大柄だ。解錠技術D、計画性C、忍耐力B、成長性Cと比較的高い能力を持っている。

「若い女の子の家ばっかり狙う許しがたい色魔なの。今はまだ変質者の域を出ないけど、いつ重大犯罪に移行するかわからないから警察も警戒してるのよ」

インキュバスとは、睡眠中の女性を襲う悪魔の名前からとったそうだ。

「あ、電話」

午後八時過ぎ。リンリンとやかましく黒電話が鳴って、心晴は受話器を上げた。

「はあい。野々村十六堂です。まいどどうも。はい、ええ、ほほお！」

心晴は素っ頓狂な声を上げていた。話しぶりからすると、どうやらまた仕事の依頼のようだ。一日に二件くらい依頼があれば、なんとかやっていけるという。依頼主は女性で、すぐに来てほしいとのことだった。

「また仕事が入っちゃいましたけど」

多聞はああ、と応じる。

孔太は横目で錠前をいじる多聞の白い顔を見つめた。表情を全く変えず、孔太たちの会話にも加わらない。かなり無口な人物のようだ。この鍵師に教えを乞うのか。面倒だな……。とはいえ銀行での解錠には恐れ入った。人付き合いが悪そうな点では孔太と同じだが、見てくれと腕前は自分には到底及びもつかないレベルだ。

孔太はおたずね者リストに再び視線を移す。色々な泥棒がいるものだ。ただほとんどの泥棒の能力はたいしたことがない。特に解錠技術に関しては多聞の評価が厳しく、最初に見たルイズキラーのCが最高で他はD以下だ。話題のインキュバスはその中で比較的能力が高いようだ。だが一枚のおたずね者に視線をやったとき、孔太は目を瞬かせる。客からは見えないところにポツンと一枚だけ貼られ、特別扱いされている感じだ。そのおたずね者の年齢や体格などはまったく不明。多聞による評価もない。

「ほら、孔ちゃんも一緒に行くよ」

孔太は一人のおたずね者に興味を引かれつつ、仕方なく心晴のあとに続いた。

3

多聞の運転する軽自動車は隅田川《すみだがわ》を渡って、日光《にっこう》街道から細い道へ入った。依頼は北千住《きたせんじゅ》からだ。やっちゃ場跡を左手に旧日光街道を行く。千住は松尾芭蕉《まつおばしょう》が『奥の細道』の旅に出た出発地だ。助手席の心晴は得意げに、歴史のうんちくやこの近くにあるカレー屋さんがどうのと話し始めている。孔太は興味がないのでそっぽを向いていた。目的地はすぐのはずだが、なかなか着かない。一方通行と思われる道を通り過ぎ、大正時代を彷彿《ほうふつ》とさせる建物が見えて来た。

「あれ？　この眼科って、さっきも通りましたよ」

多聞は自信たっぷりに運転している割には、さっきから同じところをぐるぐる回っていたようだ。いつものことのようで、心晴がため息をついた。

「だからナビ付けなきゃダメって言ってるのにね」

ぐだぐだしていたので、目的地に着いた時にはすでに午後九時になっていた。依頼主は芦名果歩《あしなかほ》という女性だ。自宅の風呂場に閉じ込められてしまったという。近くに車を停めて表札で確認すると、大きくも小さくもない二階建ての一軒家だった。

心晴は依頼人に電話をした。

「十六堂です。ご自宅前に着いたんですが」

スマホからは若い女性の声が聞こえる。

「ごめんなさい。お風呂の鍵が壊れたみたいで出られなくなっちゃって。お父さんとお母さんは海外旅行に出ていてしばらく戻れないし、困っちゃって。すみませんけど玄関の鍵を開けて入ってきてください」

芦名果歩は両親と三人暮らし。都内の有名大学に通っているらしい。心晴は用意していたピッキングの工具を取り出した。

「こういうことはよくあるのよね」

心晴は玄関の鍵穴に工具を差し込もうとしてやめた。

「これはディスクタンブラー錠だね」

心晴がさっきニートでもわかる何とか講座でシリンダー錠とタンブラーの説明をしていたが、ディスクタンブラー錠は円盤状のタンブラーが邪魔している錠前だ。鍵を差していない状態では円盤の一部が外筒にはみ出ているので内筒は回らない。

「鍵を使わないで錠前を開けるにはピックとテンションが必要なのよ。尖《とが》ったのがピックで、定規みたいなのがテンション。まあ、ナイフとフォークみたいなものかな」
孔太は鼻息で応じた。さすがにこっちも元ピッキング犯だ。それくらいは知ってい
る。小石川にある十四階建てのマンションに忍び込んだ時も、非常口をピッキングで
開けた。ピッキングと言っても、ピックだけじゃ無意味。テンションでしっかり力を
込めることが重要だぜ、と高校時代の友人も得意げに話していたのを思い出す。
「そうだ。孔ちゃん、やってみなよ」
孔太は心晴からいくつかピッキングの工具を受け取った。
見たことのない工具が多かったが、テンションとともに自分が使っていたレークピ
ックという工具に一番近い、先端が少し湾曲した針金のような工具を選んだ。
鍵穴を覗くと、上下に障害物が見えた。
――ダブルかよ、無理だ。
通常のディスクタンブラー錠の場合、テンションに力をいれ、ピックで適当にゴチ
ョゴチョやっていれば開く場合がある。しかしダブルディスクタンブラー錠ではそう
はいかない。タンブラーが二ヶ所あって片方だけを攻略しても無意味だからだ。同時
に攻略する技術はない。しばらくやってみたが、予想通り全く歯が立たない。あっさ
りギブアップした。

「こんなのわたしでもできるよ。簡単だよね、多聞さん」

多聞はああ、と応じてレークピックを受け取る。手にしたテンションに力を込めると、ピッキングを始めた。と思いきや、小さな音が聞こえた。円筒が回転して、玄関の扉はあっさりと開いた。え？　もう終わったのか。一分も経ってない。孔太は目を疑った。嘘《うそ》だろ……さすがというか、魔術のような感じだ。

——これが鍵師……か。

「こっちのダブルサイドピックなら、もっと楽勝だったけどね」

心晴がクワガタムシのような工具を示した。二ヶ所を同時に引っかけられるから簡単に開けられるようだ。

「こんばんはあ、入りますよう」

心晴が一番乗りする。室内は小奇麗だ。

「十六堂さん？　芦名果歩です」

心晴は声のする方、風呂場に向かう。

孔太は心晴の後に続いた。しかし多聞だけは一人、遅れている。振り返ると、睨むような眼差《まなざ》しで窓の外を眺めていた。

「多聞さん、どうしたんですか」

心晴が声をかけると、多聞はいや、と応じて風呂場にやって来た。

アコーディオンカーテンを開けると、脱衣場があってカゴや洗濯機が置かれていた。すりガラスの向こうが浴室になっている。

「お風呂のドアが開かなくなっちゃって。防水スマホを持ってきていたから良かったけど、なかったら一週間くらい閉じ込められているところでした」

若々しい声だ。

すりガラス越しではあるが、色白で長い黒髪、腰がくびれていてかなりスタイルがいいことがよくわかる。カゴにはバスタオルしかなく、着替えもなかった。

孔太がドアノブに手を伸ばした。ノブは回るが、扉は開かない。

「ダメだ。空回りしてる」

多聞はしゃがみこむと、ドアノブをチェックした。その背に寄り添うように、心晴もドアノブを眺めてほうほうとうなずいている。

「本締《ほんじまり》のないモノロック……一番単純なのね」

今度こそ孔ちゃんでも開けられるよ、と心晴はささやく。

本締とは扉が開かないようにする太めの鉄の棒のことで、デッドボルトともいう。要するにかんぬきだ。モノロックは内側のボタンで外側のノブが回らないよう施錠できるが、本締もない場合には外から鍵穴に何かをつっこんでゴソゴソやるだけであっさり外れてしまう。室内用の錠前だ。

心晴は風呂場に向かって呼びかけた。

「芦名さあん、これ、ラッチが湿気にやられてサビちゃったんです」

風呂場ではこうなることが多いらしい。ラッチとは軽量のドアに付いている締り金具のこと。施錠されてない状態でぴょこんと飛び出してドアが開くのを防いでいる小さな部分だ。

「そうなんですか。早く直りそうですか」

「ちょっと待ってくださいね」

心晴はさっさと終わらせようと多聞の作業を見つめた。多聞は鍵穴に細い管のようなものを差し込んでのぞいた。

それからしばらく時間が流れた。ガラス越しにいる裸体の女性のことが気になって、孔太はチラチラと見た。そんなに難しいんですかと心晴が小声で話しかけるが、多聞はじっと動かない。思ったよりも苦労している。

「あの、まだかかりそうなんですか」

果歩も声をかけて来た。すでに解錠開始から十五分ほどが経過している。

「すみませんねえ、厄介な錠前でして」

多聞の代わりに心晴が応じる。ぱっと見はただのシリンダー錠にしか見えない。孔太でも適当にピッキングすれば開いてしまうのではないのか。

「芦名さん、トイレはどこですか」

沈黙していた多聞が問いを発した。

「はあ?」

「厄介なドアノブでして。集中したいんで」

「そんなの適当に使ってください」

二人はしばらく言い合っていた。開けられなくていらついているのだろうか。多聞がトイレに立ったあと、心晴がおかしいわとささやく。

「どうしたんだろ? 多聞さんらしくないよ」

孔太はふんと鼻で笑った。

「スケベ根性だろ? クールに見せて実はムッツリなんだよ」

無理やり引き延ばしている感ありありだ。

「馬鹿なこと言わないで。多聞さんはそんな人じゃないよ」

心晴は多聞を美化しているので、孔太は鼻で笑った。男なんてみんなスケベだろと馬鹿にする。

「そもそもあんたと多聞ってどういう関係なの？」

「どうって幼馴染《おさななじみ》だよ。子供の頃はよく一緒に遊んでいたの。錠前いじりだって一緒にやってたから。でも多聞さん、無愛想だし、お金の事もからっきし、病気もあるから手伝っているのよ」

「病気？」

「そう……突然眠っちゃう病気なの。ナルコレプシーっていって、お医者さんから車の運転も控えるよう言われてるんだよ」

そう言えば銀行の金庫を解錠した時、多聞は眠り込んでいた。

「今も普通だったら開けられたんだと思う。でも症状が出たのかも……」

さすがに今回は病気とは無関係だろう。それにしても心晴は多聞に惚《ほ》れているのだろうか。まあ、どうでもいいや。

やがてトイレから多聞が戻ってきた。多聞は洗濯機や乾燥機のフタを開けて中を確認している。解錠のために洗濯物を確認する意味がどこにあるのだろうか。どう見てもただのエロ目的だ。心晴もさすがに呆れたようで、ポカンと口を開けていた。

しばらくしてから、多聞は鍵穴をのぞきながら言った。

「ところで芦名さん、訊きたいんですが」

「もう、何ですか」

すでに解錠開始から三十分が経つ。銀行の巨大金庫扉を解錠した時間すら超えている。さすがに果歩はイラついた様子だ。

多聞はなだめるように一つの問いを発した。

「この辺りで怪しい人を見かけませんでしたか」

「え？　何です」

「実はさっき誰かが窓の外からこちらを見張っているのに気づいたんですよ。ストーカーに狙われているとかありませんでしたか」

「それは……」

果歩は言葉に詰まった。そういえば到着したとき、多聞はじっと窓の外を眺めていた。

「この辺りに最近、若い女性ばかりを狙うやばい泥棒が出没しているらしいんです。おかしいなと思ったんでちょっと詳しく教えてもらえますか」

「はあ、そうなんですか」

孔太はインキュバスという貼り紙を思い出す。心晴も同じように思い出したようで視線が合った。かなり大柄な男で、いつ重大犯罪に移行してもおかしくない要注意人物だと心晴が言っていた。

多聞は果歩にインキュバスのことを詳しく説明した。

「どうもこの家を狙っているようなんですよ。しつこいですから簡単には諦めません」

「間違いないんですか」

「さっきチラリと見ましたから。すぐ近くにいますよ」

多聞はゆっくりうなずきながら応えた。

「え、そんな……」

しばらくして、ドアノブがゆっくりと回った。

「やっと開きました。我々は居間でお待ちしますので。詳しくは着替えてから聞かせてくれますか」

三人は脱衣場を出た。居間に入って、心晴がドアをぴしゃりと閉めた。トントントンと果歩が階段を上がっていく音が聞こえる。一方、多聞は窓の方を眺めていた。

「多聞さん、本当にインキュバスが？」

興奮気味に心晴が問いかけるが、多聞は口元に指を一本立てた。心晴は両手を口に当てる。信じられずにこっそりと窓の外を見たとき、思わず声が出そうになった。街灯の近くにある電柱の横にスキー帽が見えた。確かに誰かがいる。あれがインキュバス……ひょっとしてわざと長引かせていたのは、この不審な人物を見極めるためか。

心晴も横目で窓の方を見やった。

「どうするんですか？　多聞さん」

多聞は窓に視線をやってから、静かに口を開いた。

「決まってる。この窃盗犯を捕まえるのさ」

ずっと無表情だった多聞の口元が少し緩んだ。そんな気がした。

4

着替えを終えて、果歩が二階から降りて来た。

「どうもお騒がせしました」

初めて見る依頼人を前に、孔太は生唾を飲み込んだ。

すりガラス越しの裸体も十分刺激的ではあったが、今目の前にいる女性はそれ以上に魅力的だ。サイズが小さすぎるのではという白いワンピースから豊満な胸元、みずみずしい体の線が浮かんで、目のやり場に困った。顔も整っていて、少し眠そうな眼元が色っぽい。化粧もしていないのにつやつやだ。長い黒髪をタオルでふく仕草が何とも言えない。ミスキャンパスと言われても、誰もが納得する容姿だろう。

「それで十六堂さん、本当におかしな人がいるんですか」

果歩の問いに、多聞は黙ってうなずく。車が停まっているのだから、果歩以外にも人がいることがわかるだろうに、退散しない。

「俺たちは謝礼をいただいてこのまま帰ってもいいんですが、危険ですからね」

警察を呼びますか、と問われて、果歩はううんと考え込んだ。

「今、警察を呼んでも逮捕できませんよね」

「証拠が乏しいですからね。もっと決定的な証拠を突きつけないといけません」

多聞の代わりに心晴が答えた。

「だったら一時的に追い払っても、また来るかもしれないってことですよね？　それじゃあ根本的な解決にはならないから」

果歩と心晴が話している途中、孔太は窓から外の様子をうかがった。

どうやらインキュバスはまだ電柱の側《そば》にいるようだ。顔はわからないが、かなりの巨漢だ。インキュバスの特徴と一致する。とはいえ現状では警察が職務質問をしてもボロは出さないだろう。長い間あそこにいたと証言しても、忍び込もうとしていたという証拠はない。彼女の指摘はもっともだ。

「じゃあ、もうこれで。あとはこちらで何とかしますから」

果歩は報酬の三万円を差し出した。

「だめですよ。何とかするって、どう考えてもあんな大男に狙われてはひとたまりもないです。ねえ、多聞さん」

心晴の声に、多聞は目を閉じたままあくびをすると、立ち上がって背を向ける。帰ろうと言い出した。

「依頼人がもういいって言うんだ。それ以上、何があるんだ」

「え？　本気ですか」

心晴は多聞にダメですよと食い下がった。孔太はどうでもよかったが、言うことが違うと思った。さっき多聞はインキュバスを捕まえると見得《みえ》を切ったではないか。

「芦名さん、本当に大丈夫ですか」

いたたまれなくなったようで、心晴が声をかけた。

果歩は大丈夫ですと応じると、にっこり微笑む。

「わたし、こう見えても少林寺拳法をやってるんです。お風呂に入っているときに襲われたらどうしようもなかったけど、相手が襲ってくるってわかったら、何とでもしようがあります。そいつが入ってきたらもう犯罪なんですから、警察も逮捕できるでしょう？　正当防衛でボッコボコにしてやります」

掛け声とともに、果歩は蹴りを披露した。

「でも相手は大男ですし」

強気な果歩に心晴は苦言を呈した。多少の武術の心得など体格差であっという間に消し飛んでしまうだろう。しかし多聞は心晴の制止を振り切って、三人の福沢諭吉《ふくざわゆきち》をひらひらさせてポケットに手を突っ込む。それじゃあ、と玄関の方へと向かった。

「待ってくださいよ、多聞さん」

心晴は慌てて後を追う。電柱の近くには相変わらずスキー帽の大柄な人影が見える。

多聞は車に乗り込むと、さっさとエンジンキーを回して日光街道に出た。

「多聞さん、いいんですか」

少し睨むような顔で、心晴は呼びかけた。

「おかしいですよ。最初はインキュバスを捕まえるって言ってたじゃないですか。あれは嘘だったんですか」

しばらく多聞は無言だった。しかしハンドルを右に切ると、口を開いた。

「このまま終わらせるわけないだろ」

近くのコンビニに車を停めると、多聞はさっさと車を降りた。細い道を走って、芦名果歩宅へと戻っていく。

「そうか、なるほど。わたしたちがあそこにいたら、インキュバスは動くはずがない。わざと隙を作って、奴が忍び込むところを確保するんですね」

息を切らせながら心晴は問いかける。多聞は黙ってうなずいた。

「でも多聞さん、わたしたちだけで大丈夫ですか」

相手はかなりの巨漢だ。現行犯で取り押さえたとしても、反撃されてこちらがやられてしまうかもしれない。心晴は女性だ。孔太は競馬騎手になれるくらいの体重しかない。多聞だってやさ男だ。筋肉がついているようには見えない。あるいは果歩のように武術の心得があるのか。

多聞はスマホで連絡を取っている。相手は警察のようだ。確かに今話題のインキュバスを捕まえられれば手柄だろう。

「ああ、そういうわけだ」

うまく話がまとまったようだ。

三人は芦名果歩の自宅近くまで戻った。物陰から様子をうかがう。明かりが点いているので、まだ果歩は起きているようだ。電柱横にはいまだに大きな人影が見える。インキュバスは果歩が寝入ってから忍び込むつもりなのだろうか。

それから三十分以上が経った。

寒い中、消耗戦のようだ。まったく連絡は入らないが、警察は来ているのか。

「ねえ、孔ちゃん」

ささやくように心晴が語りかけてきた。

「わくわくしない？　今から名のある泥棒を捕まえるんだよ」

孔太は別に、と応じて下を向く。鍵師の仕事を見て帰るつもりだったのに、おかしなことになったものだ。本気で捕まえる気なのか。仮にインキュバスが依頼人を狙っているとしても、それを何とかするのは警察の仕事だろうに。通報したんだし、帰ればいい。厄介なことに巻き込まれるのはごめんだ。

顔を上げた時、視線を感じた。多聞がこちらを見つめていた。

「お前、鍵師になるんだろ？」

多聞の方から話しかけてきた。孔太は慣れない敬語を使うべきかどうか迷った。

「……一応」

すぐに目を伏せた。それは鍵師・野々村多聞と交わす初めての会話だった。

「だったら覚えておくんだな。これも鍵師の仕事だって。鍵師は見ず知らずの人と、その人生に深く関わる。時には人の生き死ににも」

孔太はうつむいたままだ。なにが人の生き死ににだよ。大げさなことを言いやがって……馬鹿にしたくなった。だが顔を上げると、多聞の目は真剣だった。

「鍵師が開けるのは、普通の錠前だけじゃない」

孔太は何も言えずに、吸い込まれるようにじっと多聞の目を見つめた。恰好つけるなと毒づきたかったが、できなかった。今までやる気のなかった多聞の切れ長の瞳は、獲物を見つけたように爛々《らんらん》と輝いていたからだ。多聞は視線を孔太からインキュバスへ、そして芦名宅へと移した。

「謎という錠前を開けるという意味よ。依頼の中で謎があったら、それをすべて解く。それが多聞さんの鍵師としてのプライドなのよ」

心晴がフォローした。プライド……か。孔太は自分自身のことを振り返ってみた。プライドなどと呼べるほどのものなどない。すべてが中途半端で、身から出た錆《さび》によって自殺を試みるハメにまで追い込まれた。そしてその自殺ですら中途半端だった。

「ね？　多聞さん」

心晴が口にしたとき、ふっと芦名宅から明かりが消えた。

果歩が寝入ったのか。暗闇の中、多聞の目が街灯の光を反射して光っている。その先にある電柱から一人の大男がゆっくりと歩いて行く。芦名宅の壁に大きな体を隠すように、中をうかがっていた。

「もうここまでくれば間違いない。あの大男はインキュバスね。果歩さんのところに忍び込むつもりに違いないわ」

孔太はあたりを見渡した。どこにも警察の姿は見えず、気配さえない。本当に来ているのか。信じられない。警察がいないということになれば、女と華奢《きゃしゃ》な鍵師と負傷中の痩せたピッキング犯に何が出来るというのだろうか。

目を逸《そ》らした一瞬だった。巨大な影の姿が消えた。

どこへ行ったときょろきょろ辺りをうかがっていると、芦名宅の庭から悲鳴が聞こえた。孔太が庭に飛び込むと、人影がいくつかうごめいていた。

「やめなさい！　もう観念するの！」

心晴は叫びながらインキュバスの背中に飛びつくが、すぐに振りほどかれた。孔太が近寄ると、けむくじゃらの太い腕に塀まで突き飛ばされた。何だこの力は。心晴は腕にしがみ付き、何とかして動きを止めようとした。

「芦名さん逃げて！　こいつはわたしが何とかするから」

インキュバスともみあっていたらしい果歩はありがとうとも言わずに道路に出ると、コンビニの方へ駆け出した。

インキュバスは心晴を払いのけて、果歩の後を追った。孔太と心晴も続くが、インキュバスは大柄なくせに俊敏で、こちらの息が上がった。果歩はコンビニ近くまで走って行ったが、その前に一人の男が立ちふさがった。

「もう逃げなくていい」

多聞が語りかけると、果歩は振り返って、インキュバスを指さした。

「鍵屋さん、そこにいるの！　泥棒が」

だがインキュバスはふんと鼻から息を吐き出して、ゆっくりと距離を詰めた。助けてと果歩は多聞の背後に回り込んだ。

半身になった多聞は、背後にいる果歩に声をかけた。

「いや、泥棒はあんただよ、芦名果歩さん」

孔太は一瞬、頭の中が白くなった。心晴もポカンと口を開けている。何を言っているんだ？　思わず果歩を見る。果歩はブラウスにジーンズ姿だ。

多聞はインキュバスに一瞥《いちべつ》をくれてから、もう一度果歩に視線をやった。

「正確に言うと、あんたの本当の名前は知らない。芦名果歩っていうのは、あそこに住んでいる女子大生の名前で、あんたは別人だからな」

「はあ？　多聞さん、何を言ってるんですか」

心晴はすっとんきょうな声を出した。

「真相はこうさ。芦名夫婦が海外旅行に言っているのは本当だ。けどその娘、果歩も留守だ。そのことを調べたこの女は、この邸宅に泥棒に入ったんだ。けど思わぬトラブルが発生して俺たちを呼んだ。そうだろ？　昭和オヤジさん」

昭和オヤジ？　そういえば十六堂にそんな窃盗犯のリストもあった。しかし昭和オヤジはビールを飲みながら野球中継を見ていくリラックスした変な窃盗犯ではなかったのか。目の前にいるミスキャンパスのような美女とは似ても似つかぬ。いや、そうか、だとすると……。

「俺が捕まえようとした泥棒はインキュバスじゃない。昭和オヤジ……あんただ。あんたは虚像を作りたかった。そうだろ？　盗みに入った先でビールを飲んで焼き鳥片手にリラックスして野球中継を見ていくような面白窃盗犯。そうやって虚像を作っておけばこんなに若く綺麗《きれい》な盗人なんて想像できないからな。おそらく今回はそのリラックス度合を演出するために風呂に入ったように見せかけようとしたんだ。だが想像もできないことが発生した。風呂のドアノブの故障だ。あんたは思いもかけず、牢獄《ろうごく》に閉じ込められてしまったんだよ」

「な、何言ってるんですか」

女は震えている。多聞は冷静な眼差しで応じた。

「風呂場に閉じ込められるってパターンはよくある。スマホで電話するのは少し不自然に感じたがな」

「お風呂でスマホ使う人くらいいるわ」

「そうだな。感電死する事故が起きているが、防水用スマホを持ち込む人もいるし、俺もその時は疑っていなかったよ。最初におかしいと思ったのは、窓を見た時だ。クレセント錠の近くにかすかな穴が空いていた。明らかに泥棒が侵入した痕跡だった」

そうか、と心晴が手を打った。

「あの時多聞さんが窓の方をじっと見つめていたのは、人影がいたからじゃなかったのね。見ていたのは窓そのもの、正確にはクレセント錠の横にある穴だったんだ」

多聞はうなずく。女は言い返すことが出来ないでいた。

「だがその時点ではまだ、あんたが犯人だとは思わなかった。俺がおかしいと思ったのは、脱衣場に服がなかったことだ。洗濯機や乾燥機の中も確認したがなかった。いくら自宅で一人きりだといっても、着ていたものはカゴか洗濯機に入れるだろう？

そのくせ裸になっている。この時点でだいたい読めた。トイレがどこか訊ねても、あんたは答えられなかったしな」

うんうんと満足げに心晴はうなずいた。記憶がよみがえった。確かにあの時、多聞は洗濯機や乾燥機の中を覗いた。それに女はトイレの位置について答えられなかった。適当に使ってとはぐらかせた。

「昭和オヤジ、あんたは風呂に入りたいんじゃなく、リラックス窃盗犯の形跡を残したかっただけだから、服を着たまま風呂場に入ったんだ。湯船に湯を張ってシャンプーや石鹸《せっけん》を使用した形跡さえ残せばそれで終了。その予定だった。しかし不慮の事故が発生。焦っただろう。だが服を脱いだわけではないので、ポケットのスマホで連絡することが出来た。ただし閉じ込められた後はそうはいかない。すりガラス越しとはいえ、服を着たまま入浴していては不自然だ。風呂場で服を脱ぎ、それを風呂桶かなんか、目につかぬ所に隠した。だがその時、服が濡《ぬ》れてしまったんだ。だから二階で本物の芦名果歩の服を拝借して俺たちの前に姿を見せたのさ」

そういえばあの時、女が着ていたワンピースはサイズがあっていないように思えた。逆に今着ているブラウスにジーンズはサイズがぴったりだ。おそらく今着ている服は後で乾燥機を使って乾かしたのだろう。一度濡れてしまえば、乾燥させるのに時間がかかるし、本物の果歩の服を拝借するしかなくなる。多聞が長引かせていたのは、浴室の湿気で脱いだ服や下着が湿ることまで計算していたからだ。

「本当はあの後、缶ビールなどを居間に置いてテレビもつけっぱなしにして出ていくつもりだったんだろう？　昭和オヤジさん、あんたはそうやって犯人の虚像を作ったうえで金品を物色していくんだよな。そしてねちっこく、諦めない。俺たちが帰った後、必ずお勤めをしたはず。今あんたの着衣には盗んだ物があるはずだ」

女は逃げようとした。しかし近くから二つの影が現れて、彼女を取り押さえた。女性警察官だった。

「ありました。ダイヤの指輪です」

街灯の光を浴びて、ダイヤが光を放った。取り押さえられた女は決定的証拠を突きつけられ、観念したようにその場に崩れ落ちた。

多聞は女を見下ろしながら推理を続けた。

「普通、誰かが狙っていると警告されれば、警察を呼ぼうとする。けど昭和オヤジさん、あんたはしなかった。当たり前だ。まだ計画は道半ば。今から金品を物色するというのに警察など来られてはたまらない。あんたは何ヶ月も計画を練るから途中でやめたくなかったんだ。だが計画を途中でやめなかったのは何と言っても、俺が見たという怪しい男の存在だろ？　仮にあの後、芦名夫婦がダイヤを盗まれたと警察に訴えても、そいつが忍び込んで盗んだんだろうと、あんたから疑いの目を逸らすことが出来るからな」

そうか、だから多聞はあえて怪しい人物がいると言ったのだ。昭和オヤジに計画を続けさせるために。そして現場を取り押さえるために。

「あんたはやり過ぎだったのさ」

「どういう意味？」

取り押さえられた女は力なく問いかけた。

「自分に疑いを向けさせないこと自体はいいが、自分とは似ても似つかぬ虚像を作ることだ。あんな足跡を残すことで俺は逆に怪しんで、手口を調べたんだ。そうでなければ、スルーしていたかもしれない」

女は自分のしたことは逆効果だったのかと、うなだれた。

「でも多聞さん、それじゃあ、あの人はいったい……」

心晴が指さした先にはインキュバス、いや謎の男がいた。男はスキー帽を取る。どこかで見覚えのある顔だが思い出せない。

「山井さん、こんなとこで何やってんのよ」

孔太の代わりに心晴が大声を出した。その人物は身分証を見せた。山井健吾《けんご》という谷中霊園の交番にいた警官だ。

「もう、勘弁してくださいよ、多聞さん」

山井は心晴にやられたのか、猫に引っ掻かれたような傷が顔にできていた。

「悪いな、山ちゃん。まさか二人があそこまで勇気を振り絞って山ちゃんを捕まえようとするなんて思ってもみなかったんだよ」

「まあ、手柄を立てさせてくれたので、ありがたいですけどね」

多聞はトイレに行った時に、山井に連絡を取って呼び出したらしい。昭和オヤジを捕まえるために、あそこで見張っていてくれと。山井はパトロール中で、比較的近くにいたため、すぐに来ることができた。それまでにも二人は窃盗犯についてよく話し合っていたようだ。心晴に頼んだ用事もそのことだったという。

「それでは、署の方に行きますか」

山井は女性警察官とともに、本当の名前も知らない女性を警察に連れて行った。しばらく立ち尽くしていたが、やがて心晴が口を開いた。

「そっか、昭和オヤジは風呂場という牢獄から抜け出て金品を物色しているつもりだったけど、山井さんに見張られていた。つまり芦名宅自体が犯罪者を閉じ込めておく牢獄だったんだ」

多聞はそういうわけだな、とあくびで応じた。

「さてと、一件落着。わたしたちも帰ろっか」

多聞は運転席に座ろうとしたが、心晴に危険だと後部座席に追いやられて、ふてくされていた。孔太は助手席でシートベルトを締める。

「孔ちゃん、宿無しだっけ？」

そういえばそうだった。ここしばらくはホームレスだった。

「とりあえず十六堂で寝泊まりしていけばいいよ。本堂とかの掃除やってくれるなら家賃はただでいい。多聞さんはやらないし、わたしも仕事にかまけて放っておいてあるんだけど、罰が当たるといけないから。ね？　多聞さん」

後部座席の多聞は既に眠り込んでいて、答えなかった。またナルコレプシーの症状かと思ったが、時刻はもう午後十一時過ぎ。こちらも眠くなってきた。

それにしても退院初日から濃厚な一日だった。鍵師の仕事を見せると言っていたはずだが、こんなことを普段からしているのか。鍵師が開けるのは、普通の錠前だけじゃない……か。それにしても野々村多聞。ますますよくわからない人だ。

5

退院してから、数日が経った。

十六堂は結構由緒正しいお寺だったようで、立派な仏像や年代物の掛け軸などが所狭しと並んでいる。

境内では軟球のテニスボールで野球ごっこをしている子供たちの姿がある。

「本堂にぶち当てたら弁償よ」

「はあ? バッティングセンターのホームランマークみたいに記念品出せよ」

この十六堂は鍵屋だが、谷中の人々から親しまれているようで、毎日のように誰かが気楽にやって来る。初めて来た時は醤油を持ったおじいさん、昨日は巨大カボチャを持ったおばあさんがやってきた。このあたりは戦争の被害も少なく、戦前の町並みが残っていて、下町情緒が未《いま》だに息づいているようだ。

日が西に傾いてきて、テレビニュースで昭和オヤジ逮捕を報道していた。

芦名果歩に成りすました女は山田《やまだ》千鶴《ちづる》という名前で、悪い男にだまされて身を持ち崩したらしい。変わった事件だったので比較的大きく報道されたが、多聞や心晴のことは表には出ていない。そのせいか心晴は腹を立てていた。

「もう、どうなってんのよ」

どうでもいいだろ、と孔太はなだめた。

「違うのよ、孔ちゃん。そんなことは気にしてないの。それよりわたしがつけた昭和オヤジってあだ名が採用されてないのが腹立つのよ。何？　ゴロネーゼ女王って。これもルイズロックの陰謀なの！」

よくわからないことで怒っているようだ。しかし気分の切り替えが早い。心晴は壁の昭和オヤジの貼り紙に、赤のマジックで大きくバツマークをして、小さく「別名・ゴロネーゼ女王」と書いた。大きく「十六堂が逮捕に全面協力しました」とも書き加えた。

ずっと気になっているのは、客からは見えないところに貼られた一人の盗人だ。その窃盗犯にはなぜか評価がくだされておらず、特別扱いだ。芦名宅へ行く前に気づいたがこの泥棒はどんな奴なのだろう。訊こうとしたとき、黒電話が鳴った。

「え、何？　警察？」

「碇だ。山井が世話になったようだな」

警視庁捜査三課のれっきとした刑事かららしい。おそらくは昭和オヤジこと、山田千鶴の件だろう。

刑事はそうじゃないと否定した。

「それは関係ない。ついさっき事件が起こったんだ」

警察が意味もなく協力要請をするとは思えない。鍵にまつわる何かのトラブルなのか。誰かがやってきたので振り返ると、多聞がトマトジュースをストローですすっていた。

「聞いてるか、多聞！」

碇という刑事の大声に、多聞は手にしていたトマトジュースを置くと、孔太から受話器を奪った。

「わかったよ、すぐに行く」

多聞はあくびをすることもなく、駐車場に向かった。孔太も心晴とともに後を追う。

「警察から鍵師が呼ばれるときは、重要書類などの証拠品の入った金庫が開かないケースがほとんどなのよ。変わったのでは、火事で住人が閉じ込められてピンチ、なんてことも前はあったわ。たぶん今回は前者でしょうね」

移動中、ハンドルを握りながら心晴が説明した。

事件現場は杉並《すぎなみ》にあるかなりの豪邸だった。

すでに鑑識の調べは終わっているようで、刑事らしき連中がウロウロしている。自分も犯罪者なので少し後ろ暗さがあったが、孔太も心晴や多聞に続き、事件現場へと足を踏み入れた。遠藤という刑事がじろじろと孔太を見つめていて、思わず顔を背けた。怪しんだのかその刑事がこちらにやって来たが、口ひげを生やした年配の刑事がそれを遮った。

「大丈夫、俺が呼んだ連中だ」

彼は碇新平という警視庁捜査第三課の警部だった。心晴の言うには、碇は多聞と何度か一緒に仕事をしたことがあって、信頼されているらしい。

「錠になれなかった男って呼ばれているわ」

漢字が錠前の錠に似ているかららしい。呼ばれているのではなく、心晴が勝手に言っているだけのようだ。鍵や錠前のことで相談があると十六堂に依頼をしてくることが多いという。

「十六堂は先代から、警察に信頼されているのよ」

得意げな心晴の説明を遮るように、碇が被害にあった家人の説明をした。

「小酒井雅史《こさかいまさし》は財務省の役人だ」

仲間内で出世頭と言われるエリートらしい。犯人は正面玄関から侵入、金庫を開けて現金三千万円を奪って逃げたという。

「俺が問題にしてるのはこっちだ」

碇が指さした先には、正面玄関の扉があった。今は鍵を外され、開けっぱなしのままだ。

「多聞、お前や心晴ちゃんに教えてもらって俺も少しは勉強した。この錠前は開けるのがかなり難しいヤツだろ」

多聞はしばらく調べていたが、首を縦に振った。

「これはロータリーディスクシリンダーだ。ダブルディスクシリンダーなんかよりずっと難易度が高い」

眼鏡をかけた中年男性が姿を現した。この家の主人、小酒井だ。

「かつてルイズロックが作った珍しいロータリーディスクシリンダー錠で、取り付け工事に数十万はかかる代物なんですよ」

小酒井の説明に多聞と心晴は相槌を打っているが、孔太にはさっぱりわからなかった。

「この強力な錠前があるから、正面玄関にはあえてダミーの防犯カメラしか置かず、他の死角を埋めるため、裏口などに本物の防犯カメラを設置したんですがね」

「じゃあ、犯人はそんな心理を見破っていたんだ」

心晴はすごい、と犯人を褒めるようなことを口にした。

「やっぱりこの犯人、相当のやり手ってことだな。普通なら諦めるだろうに、この強力な錠前をあっさり解錠できるって判断したんだから」

碇の言葉に多聞は小さくうなずく。碇に案内されて向かった先は地下室だった。金庫は一般人が持つにはかなり本格的なものだ。孔太の背と同じくらいの高さで黒く、ダイヤルが二つ、シリンダー錠の鍵穴も見える。中は空っぽだ。この防犯金庫自体でいくらくらいするのだろう。いわゆる一億式で、特殊防御材が使われていて、普通なら解錠不能の金庫だという。

「多聞、お前ならこの金庫、破れるか」

コツコツと碇は金庫を拳の裏で叩いた。小酒井は無理でしょうと言っているが、現に破られたわけで少し不安げだ。多聞は何も答えることなく、金庫を調べ始めた。

「ガヴィニエスの金庫ほどじゃねえが、かなり厄介なやつだぞ」

多聞は無言で金庫を閉めると、じっと耳を当てていた。

「この金庫もルイズロックの創業初期に作られた珍しいものです。高かったんですから」

小酒井が言うには、かなり難解な作りになっているという。多聞は解錠に挑むようで、金庫室からは声が消えた。心晴が口元に人差し指を立てた。碇も孔太も多聞の邪魔をしないように口を閉ざす。

マニピュレーションが始まった。

多聞はダイヤルを左手の親指と人差し指でつまみ、少しずつ回していく。スライドバーと座板の溝が接触する音を、潜水艦のソナーのように聞き分けていく作業だ。心晴は頑張ってと両手を合わせて祈っていた。

あっさりと解錠に成功する多聞しか見たことがなかったが、その表情は険しい。かなり苦戦していることが孔太にもわかった。

そんなに難しいのだろうか。だが開けていった泥棒がいるというのだ。孔太はふと出がけに心晴に訊こうとしていた窃盗犯のことを思い出す。あのおたずね者だけがどういうわけか特別扱いされていた。しかし心晴は多聞の作業に見入っていて、とても訊ける雰囲気ではなかった。

解錠を開始してから、すでに三十分が経過していた。

秋葉原の一億式巨大金庫扉さえ二十六分で開けた多聞が本気で苦戦している。耳たぶにピアスのように汗が集まり、ポタリと滴った。

「やっと終わったみたいね」

心晴がつぶやく。結局、多聞はこの金庫を開けるのに四十一分かかった。碇は時計を見つめながら、残念なお知らせだとばかりに多聞に向けた。

「状況証拠によると犯人はこの金庫、十分かからずに解錠成功しているようだ」

その瞬間、多聞の眉間にシワが寄った。

「多聞さんは鍵師よ。金庫破りじゃないんだから」

心晴が碇を責めるような口調で応じた。碇はそうだなと応じる。多聞は何も言わず階段を上り始めた。その背中に碇が声をかけた。

「なあ多聞、こいつ……ギドウか」

多聞は足を止める。しばらくその場に立ち尽くしていた。

心晴はハッとした表情で、多聞の顔を見つめる。彼はやがて小さく応じた。

「ああ、まず間違いなく」

それだけ言い残して、多聞は金庫室を後にする。

「帰ろう、孔ちゃん」

心晴に続いて、孔太は多聞の背中を追った。

多聞の背中からは敗北感がにじみ出ていた。孔太も何も言わずに車に乗り込む。車内で多聞はしゃべらなかった。それはいつものことなので何てことはないが、代わりに心晴の独演会が続く。だが彼女も少しショックだったのか、どこか空元気に感じられた。

十六堂の壁に貼られたおたずね者リストが孔太の頭に浮かんだ。碇に言われてようやく思い出した。そうだ。確かにそうだった。壁に貼られたあの怪物とも言うべきおたずね者の呼び名はギドウ……鍵師ギドウだ。

第二章　ルイ十六世の錠前

仏像を磨きながら、ため息をついた。

谷中は正月の七福神めぐりで賑わっていたが、孔太はそんな気になれず、いつの間にか一月も下旬になった。去年の末、思いもかけず鍵師見習いとして人生の再出発を切った。正式に結んだ契約ではないが、仕事を手伝う代わりに鍵師としての技術を教えられ、住居と食事が与えられている。さらに鍵と錠前について基礎から教えてもらえる。鍵の学校に通うとなると数十万はかかるわけで、むしろ好待遇と言える。

「ふう、邪魔くせえな」

雑巾を投げ捨てる。本堂はしばらく掃除をしていなかったようで、ほこりまみれだった。心晴は盗まれてまずいものはないわと笑っていたが、こうやって掃除をして綺麗になると国宝ですと言われても納得してしまうほど古く、精巧に作られた仏像に見えてくる。建物もしかりだ。もっとも国宝の基準など知りもしないが。

十六堂には、唯一入ってはいけないと言われている土蔵がある。建てられたのは大正時代という古い蔵だ。正面入口には見るからに頑丈そうな錠前が睨みをきかせている。錆びて緑がかった窓にも厳重に鍵がかかっていて、蟻《あり》の這《は》い出る隙間もないという感じだ。多聞はよくここに入って錠前の研究をしているらしい。十六堂は一応老舗《しにせ》ということで、依頼は頻繁にある。東京都内や埼玉、千葉などまで出向くこともよくある。孔太も付いて行くこともあるが、今日は店番だ。

多聞は無口な男だ。必要のないときはずっと口を閉ざしている。その点だけは孔太に似ているが、依頼を受けて色々な錠前を開けていく様はまさに神業に見える。あと、少しばかり孔太より見てくれが良い。

ただし、あの日のことは忘れられない。財務官僚宅で起こった事件のことだ。金庫の解錠に手間取ったが、あれは普通の金庫破りなら諦めるレベルのものだと碇刑事が言っていた。一時間以内で開けた多聞は十分すごいのだが、あの時の多聞の顔には敗北感しかなかった。

孔太は壁に貼られた一枚のおたずね者リストを見つめた。

――鍵師ギドウ。

あの日、孔太の中でその名前が頭に刻まれた。ただし年齢、性別、身体的特徴、手口など正体はまったく不明だ。インターネットで検索してみるが、もちろん何もヒットしない。鍵師仲間と警察の一部だけが知る人物のようだ。

「うわあ、綺麗になったね」

午後一時過ぎ、介護の仕事に出ていた心晴が帰って来た。

彼女の帰宅に気づいたのか、境内や軒下に隠れていたらしい、何匹かの猫がやって来て餌をねだった。心晴はドライフードを皿に入れた。猫のついでか、心晴は孔太の夕食も作ってくれるのでありがたい。朝食は店にあるものを適当に食べ、昼食は外食が多い。多聞は土蔵にいることが多く、食事時間も不規則だ。トマトジュースをよく飲んでいて、冷蔵庫はいっぱいだ。ちなみにお金の管理も心晴がやっている。

「よしよし、いい子ちゃんねえ」

石松も遅れて餌場に駆けつけた。

「警官一筋、三百年～♪」

おかしな鼻歌と自転車のきしむ音が聞こえてきた。山井とかいう変な警官だ。屈強すぎる肉体に、アンバランスなまん丸い顔が載っている。

猫たちに気づくと、山井は自転車を降りてスタンドを立てた。

「お、不良の石松も更生したかな」

山井が餌を食べる石松を撫でようとした際、石松はシャー、と威嚇した。だが構わずに山井が撫でようとすると、引っ掻いた。

「ダメですね。全然更生していない」

痛《い》たた、と山井は手の甲をさすっている。

「しかたないですよ」

心晴が石松をかばった。心晴に抱きかかえられた石松はゴロゴロとのどを鳴らしている。捨てられていた猫で、心晴と多聞以外には敵意むき出しだ。孔太には少し慣れてきているが、まだ威嚇されることがある。山井はぶつくさ言いながら自転車で去って行った。何をしに来たのかわからない。

「それはそうと、石松が使ったあの技、あれはレーキングね」

心晴は孔太にはわからないことを言いつつ、ニコニコしていた。

「テンションで力を込めて、ピックをつっこんで錠前を開ける行為をピッキングって言うでしょ？　鍵師も当然この技を使いこなさないといけないわけ。でもピッキングって呼び名は正確じゃないのよ。別にレーキングって技があって混同されてるの。そうだ孔ちゃん、今日の講習は鍵師が使う専門技についてやるわね」

心晴は鍵と錠前の講習を始めた。

仕事の依頼の多くは錠前が開かなくなったというものだが、そのケースは多種多様だ。多聞は形式上、孔太の師匠であるが実践で解錠してみせるだけだ。腕前が凄《すご》すぎてはっきり言って参考にならない。だから補助の形で子供の頃から一緒に錠前をいじってきた心晴が実質的な師匠になっている。

心晴は二つの錠前を分解して見せた。

「まず復習。こっちがディスクシリンダー錠なんだけど、この何枚かついてる円盤みたいなのを何ていうの？」

「タンブラーだろ？　解錠の邪魔をする門番」

心晴はその通り、と親指を突き出した。

「先が波状になったレークピックを使って引っ掻くことをレーキングっていうんだけど、円盤が一枚のディスクシリンダーには有効ね。それだけでタンブラーを引っ掛けて動かすことが出来るから」

孔太がやっていたピッキングは、主にこのレーキングだったようだ。

「レーキングはほとんど練習なしでも、猫でも出来るわ」

さりげなくコケにされてしまった。

心晴はもうひとつの筒状になった錠前を目の前に差し出した。ピッキングの練習用らしく、内部構造が透けて見える。

「これがピンシリンダー錠の構造よ。一番多いタイプなの。ほら、外筒の穴からこんにちはーってモグラみたいにいくつかタンブラーが顔を出しているでしょ？　この鋼鉄のモグラさんが内筒の穴と外筒の穴に挟まって内筒が回らないわけ」

スケルトンになった錠前にはピンタンブラーが五つあって、それがさらに上ピンと下ピンの二つ、合計十個に分かれている。上ピンと下ピンはそれぞれ、長さがまちまちで、形も少し違っている。上ピンは小さな円筒状になっていた。

「下ピンは座薬みたいな形になってるんだよ。鍵山……鍵のギザギザの部分に当たるからね」

銃弾のような形とでも言えばいいのに、下品なたとえだった。

孔太は練習用のシリンダー錠をのぞき込む。鍵をさしていないので、スプリングによって上ピンと下ピンは下に押し付けられている。この状態で回そうとしても、上ピンが外筒の穴と内筒の穴に挟まって内筒は回らない。

「だったら二つとも上に押し上げちゃえばいいって思うかもしれないけど、そうはいかないわ。それだと今度は内筒の穴から出て来たモグラさん、下ピンが外筒の穴と内筒の穴に挟まっちゃうから。つまり正しい鍵をささないと、この上モグラ、下モグラ、どっちかのモグラさんが邪魔して内筒は回らないの。逆に正しい鍵をさすと、上モグラ、下モグラがそれぞれ外筒、内筒の穴に収まるから内筒は回るわけ。この上モグラさんの頭がそろったラインのことをシャーラインって言うのよ」

石松がシャー、と山井を威嚇していたのを思い出した。モグラがどうのこうのと言っているが、まあ要するに上ピンを外筒に押し込み、下ピンと切り離せばいいということのようだ。

「よく見てね。まずテンションで力を込めまーす」

心晴はピックとテンションを取り出して、ピッキングの実演に入る。鍵穴からテンションを突っ込み、内筒に力を込めた。タンブラーピンが内筒と外筒の両方にまたがって邪魔しているので、これでは内筒は回らない。心晴は下からピックでコツンコツンと二つのピンを押し上げた。

「ここが重要だよ。上モグラさんがシャーラインで固定されると、邪魔ものがなくなって少しだけ内筒が回るの。もちろん他のモグラが邪魔しているからほんのちょっとだけど、ずれが生じて上モグラさんが内筒の上に乗り上げた恰好になるわけ。この乗り上げた感覚を覚えてね。いわば太ったモグラさんが下の穴に入りたいのに、蓋がされているから入れないで困っちゃった状態かな」

上ピンがシャーラインで固定されたまま、下ピンが下に落ちた。上ピンと下ピンはつながっているわけではないので、重力で下に落ちる。

「この要領で、他のタンブラーピンもやっていけばいいわ。重要なのはテンションの力加減よ。力を入れすぎると、下モグラが引っかかっちゃう場合だってあるから、このあたりは注意ね。要は上モグラをシャーラインにそろえていくこと、上ピンっていう五匹のモグラさんが下の穴に遊びに行けないよう、蓋をしていくことだよ」

手慣れたもので、次々と上ピンがシャーラインで固定され、座薬のような下ピンと引き離されていく。やがて五つあった上ピンが一直線に並んだ。

「内筒の穴と外筒の穴にモグラさんが挟まっていないこの状態なら、ほい」

鍵をさしていないのにあっさりと内筒が回り、解錠は成功した。この間、わずか十五秒の早業だった。

「いい？　ここからが今日の本番だよ。ディスクシリンダーやピンシリンダー以外にも錠前にはいろいろあって、中には単純な方法では開けられない場合があるわけ。ほら、こんな古いタイプの錠前だったら無理でしょ」

心晴は別の分解された錠前を取り出した。そこにはピンがなく、円盤のようなディスクもない。ピッキング、レーキングは不可能だという。

「鍵をなくした場合、普通だったら錠前メーカーに問い合わせて新しい鍵を取り寄せることになるわ。でも製品が古いと、合い鍵はない場合だって出てくるでしょ？　そうなると破錠しかなくなっちゃうし、そうする業者もいる。でもね、孔ちゃん。多聞さんみたいな優れた鍵師はここで簡単にあきらめないのよ。必殺技があるんだから」

心晴はニヤニヤとしていた。必殺技という呼び名に少し惹《ひ》かれたが、孔太はふうんと気のない相槌を打ちつつ、心晴の講釈を聞いた。

「必殺技というか、究極奥義というべきかもしれないわね」

「究極奥義？」

「まずはね、鍵穴を覗くのよ。それでブランクキー……要するに使わなくなった鍵にインクや鉛筆の粉を付けて、錠前の構造を把握するわけ。このブランクキーを削って、本物と同じような鍵に仕上げていくのよ。理屈の上ではどんな錠前だって開けることが可能になるわ。これが鍵師の究極奥義、インプレッションよ！」

心晴は数秒間、決めのポーズを維持していた。

孔太はインプレッションという言葉をオウムのようになぞった。確かにいらなくなった鍵から、本物の鍵を作り出してしまうのなら、それは究極の技かもしれない。

「もっとも実際には難しいわ。ディンプルキーっていうくぼみのついた裏表のない鍵では、多聞さんだってインプレッションは無理でしょうしね。でも鍵師になるにはやっぱりある程度、インプレッションの特訓も必要なのよ。理屈ではわかっているけど、習熟させていくのは難しい究極技、麻雀《マージャン》におけるツバメ返しみたいなもんかなあ」

だんだんとわけがわからなくなってきたとき、電話が入った。

また依頼だろうか。いつもとは違って、心晴は妙に丁寧に応じている。誰からの依頼なのだろうか。心晴は例の土蔵に多聞を呼びに行く。多聞は寝ていたのかボサボサの髪のまま、寝惚《ねぼ》け眼《まなこ》で出てきた。

「孔ちゃんも来なよ」

心晴に言われ、孔太も付いていくことになった。


山手線を恵比寿《えびす》で降りて、しばらく歩いた。

どこへ行くのかと思ったが、着いたのは大きなビルの前だった。会社のロゴマークには、南京錠を手にした西洋貴族のような人物が描かれている。ルイズロック本社ビルだ。鍵の生産は全国各地の拠点でそれぞれ行っているが、設計や研究などは本社で行われるらしい。

「立派なもんでしょ」

心晴が声を上げると、孔太はふうんと応じた。

ロゴマークの人物はマリー・アントワネットの夫、ルイ十六世だ。フランス革命によって処刑されたことで有名だが、彼の趣味は錠前だったという。バスティーユ牢獄に捕えられていたときでさえ、南京錠をいじっていたほどだ。革命のきっかけになったのは、宮殿にある秘密の戸棚から証拠が見つかり、外敵と国王が結びついていることがばれたからだ。皮肉なことにこれはルイ十六世が師事していたガマンという錠前師の裏切りによるものだった。

「ルイズロックはその昔、中堅規模の金属加工会社だったの。戦時中は鉄砲の弾丸を作っていたらしいけど、戦後は技術を活《い》かして錠前を扱うようになったわけ。でもあんまりうまくいかずに潰れかけていたんだって。会社が大きくなったのはフランス人の錠前師、エンゾ・ガヴィニエス氏を本家の娘婿にしてからなんだよ」

ガヴィニエスの名前はさすがに孔太も覚えた。世界的に有名な錠前技師だ。あくまで技術者なので錠前作り以外、特に経営には関心がなく、社長と言ってもお飾りで経営は部下に任せっぱなしだったらしい。

多聞はコンビニで買ったトマトジュースをストローで吸っていた。それにしても天下のルイズロックから一介の鍵師に依頼とは、何の用事なのだろう。

「ようこそ、ルイズロックへ」

受付で入館証を渡された。心晴がルイズロック社員のような口ぶりで、会社の説明を始めた。

「ルイズロックの開発部は大きく二つに分かれているの。シリンダー錠開発部と、バイオメトリクス開発部にね。シリンダー錠開発部はさらに五つの部署に分かれて、互いに切磋琢磨《せっさたくま》しているらしいわ。ルイズロック本社のセキュリティはさすがにバイオメトリクスによる認証になっているけど、いまだに製作している錠前の九割はシリンダー錠なんだって」

「何で全部、新しいタイプにしないんだよ」

「価格の問題があるでしょ？　指紋認証みたいなバイオメトリクスだとどうしても高額になっちゃうし」

チリひとつない清潔な大理石のフロアを、多聞と心晴に続く。両手をポケットに入れながら歩いた。

だがひんやりとした廊下のせいか、急に腹が痛くなった。立ち止まって痛みが引くのを待っていたが、もう我慢できない。トイレに駆け込んだ。座薬がピンタンブラーの下ピンに似てると、心晴が変なたとえを聞かせたせいだろうか。

トイレから出ると、多聞たちの姿はなかった。

「どこ行けばいいんだよ」

しばらくさまよっていた。まあ、呼ばれたのは自分ではないし、いても何の役にも立つはずがない。そのうちアナウンスで呼んでくれるだろう。孔太は壁にもたれながら、会社内を見渡した。中央は広く、吹き抜けになっていて、あちこちに錠前のモデルがならんでいる。社長が死んで大変だと聞くが、これだけの施設を作れるのだから、景気がいいのだろう。まあ知ったことじゃない。

頭にあったのは、鍵師ギドウのことだ。

警視庁の刑事が血眼になって追うあの窃盗犯は、多聞の顔色を変えさせたほどの天才だ。一体どんな人物なのだろうか。

「どうかされて?」

香水の匂いに振り向くと、大きなメガネをかけた女性社員がいた。カラーリングをしているようで、綺麗な亜麻色の髪だ。ネームプレートに黒滝と書いてある。

「いや、別に」

よく見ると肌は抜けるように白く、かなり綺麗な女性だった。孔太は視線を外すと、不審者だと思われるといけないと思い、多聞について来たと事情を説明した。

「そうでしたか。野々村さんにはウチの竹野内《たけのうち》というシリンダー錠第三開発部部長から相談事があったのです。鍵と錠前にまつわる気になる事件がありまして」

「鍵と錠前にまつわる事件？」

「ええ、田之上義行《たのうえよしゆき》、通称ルイズキラーという泥棒がいるんです。この泥棒について調べてもらおうと思ったんですの」

名前はともかく、通称の方はどこかで聞いた名前だ。

「先日、亀戸《かめいど》にある『フジキ宝石店』に泥棒が侵入する事件がありましたの。泥棒は警備員に見つかり慌てて逃げる際に、ベランダから落ちて死亡しました。この田之上がルイズキラー、当社の錠前を専門に狙う窃盗犯だったようなのです」

思い出した。十六堂の壁に貼られていたおたずね者の一人だ。

ギドウは別格として雑魚《ざこ》の多いリストだったが、その中で多聞が解錠技術Cをつけた数少ないおたずね者。それがルイズキラーだ。最初に目にしたというのもあるが、ルイズロックの錠前ばかりを狙うという手口が個性的で覚えている。

「田之上は以前、このルイズロックに勤めていたようですわね。クビになった腹いせに当社の製品ばかりを狙っていたようで」

「でも最近はルイズキラーって活動を停止していたんじゃなかったっけ？」

「ええ、当社の『シュー・ダムール』が出てからでしょうね」

ルイズロックで現在、最強のシリンダー錠と言われる錠前だ。

「シュー・ダムールとはマリー・アントワネットが自分の次子、ルイ・シャルルについて親しみを込めて呼んだ言葉で、何と愛《いと》しい子という意味があるんですの」

この強力な錠前の登場と、経営陣が刷新されたことから、ルイズロックの旧工場で働いていた田之上の知識や技術もあまり役に立たなくなったらしい。それはともかく、黒滝の話し方が気になった。無意味に丁寧というか、どこのお嬢様ですかと突っ込みたくなる。

「碇刑事によると、フジキ宝石店の錠前も『シュー・ダムール』だったようですわ。錠前はバーナーで焼き切られてボロボロだったそうですが」

孔太はふうん、と応じた。

「でもすごい執念というか恨みだな。開けられない錠前ならバーナーで焼ききってでも盗んでやろうっていう。そこまでルイズロックを恨んでいたんだ」

「いえ、だから引っかかるんですわ」

「はあ？　どういう意味？」

その事件に裏があるとでも言いたげだ。だから多聞にこっそり調べさせるのか。しかしルイズキラーが死んだというのなら、それで終わりではないか。ルイズロックへの恨みが動機だとハッキリしているのに。

「それはさておき、見学されていかれますか」

「え？　はあ」

黒滝は社内を案内してくれた。何人かの技術者が、コンピューターグラフィックスを使って錠前の設計や、耐久テストを行っている。多聞を呼んだ竹野内はこの第三開発部のリーダーで、次期幹部と言われているらしい。

「いいの？　俺みたいな部外者にこんなところを見せて」

「野々村さんがおかしな方を連れてこられるはずがありませんので」

犯罪者なんだけど、と心の中で突っ込んだ。

「野々村さんはたいへん腕が立つ上、いつでも眠りこけるという特技を持ち、トマトジュースさえ飲んでいれば不摂生をしていても健康でいられると思っているような素晴らしい方です」

黒滝は、ニッコリと微笑んだ。

「こちらの一番大きい研究室がシリンダー錠第一開発部ですわ」

ガラス張りになっていて、そこでは第三開発部よりもずっと多くの人々が設計に携わっていた。外国人技師がホワイトボードに意味不明な数式を書いていて、別世界のようだ。恰幅のいい男性が、少しいらいらした顔で、部下に指示を出している。

「あれは第一開発部部長の飯田修務《いいだおさむ》です」

　旧体制時代からルイズロック一筋。たたき上げで優秀な技術者らしい。

「ここで『シュー・ダムール』も開発されたんですの。ただ単に解錠困難な錠前という意味ならバイオメトリクスに任せればいいだけですが、シリンダー部門ではいかに廉価で解錠しづらい錠前を製造するかというのが重要になってくるわけですわ」

　孔太は錠前作りに関してはチンプンカンプンだったが、情熱が伝わって来る。実力至上主義で老いも若きも振り落とされまいと必死で頑張っているようだ。

「ただ少し、第一開発部には経理で問題がありましてね。調査しているところなんですの」

　余計なことを言ったとばかりに、黒滝は咳《せき》ばらいをした。こういう大きな組織では色々あるのだろう。それからしばらく、黒滝は社内を案内してくれた。錠前のことは今学んでいるが、さっぱりだった。

「何か質問などございますか」

　ルイズロック製品に別に興味はなかったが、代わりに気になることを訊いてみた。

「ギドウって知ってる？　鍵師ギドウ」

　気安く訊いたが、孔太の質問に黒滝は一瞬、固まった。眉間にシワが寄り、美しい顔が少し歪んだ気がする。触れてはいけないものに触れてしまった感がある。

「いや、十六堂のおたずね者リストにあったんでさ。警視庁の碇とかいうベテラン刑事も必死になって正体を追ってるみたいだし、気になって」

孔太は自分が知りうる限りのことを黒滝に話した。彼女はそうですか、と静かに応じると髪を撫でつけるように後ろへとやった。

「わたくし……いえ、ルイズロックにとっては、仇《かたき》のような存在ですわ」

「仇……？」

「ええ、当社の先代社長、エンゾ・ガヴィニエスはご存知の通り、錠前師として世界に知られた技術者でしたの。日本に来てから、その技術を知ってもらうために一つの金庫を作ったんですわ。これを開けられたら三億円出すと言って。今は当社では金庫は作っていませんが、当時は金庫の製造もしていました」

ガヴィニエスが遺《のこ》した伝説の金庫について噂《うわさ》では知っている。もっともどんなものなのかは、テレビでやっていたくらいしか知らない。

「ガヴィニエスの金庫は特に大きなわけでもなく、最新のバイオメトリクスが組み込まれているわけでもありません。ダイヤルを回して数字を組み合わせるだけで、一見して安っぽい金庫なんですが、これが解錠に挑むと何十時間かかっても解けないんですの。現にここ二十八年、世界中の鍵師が挑みましたが、誰一人として成功した者はいませんわ。ですがガヴィニエスが亡くなる直前、この錠前はついに解錠されたんです。一人の侵入者によって」

「え？　解錠された？　ガヴィニエスの金庫が」

黒滝はゆっくりとうなずく。

「しかもその侵入者はガヴィニエスの金庫を解錠した後、金庫の中の物を持って行かなかったんですの。まるで解錠しただけで十分だと言わんばかりに」

伝説のガヴィニエスの錠前が破られていたなんて知らなかった。このことは箝口令《かんこうれい》が出ていて外部には漏れていないらしい。

「その侵入者がギドウ？」

「ええ、ガヴィニエスはあの金庫の挑戦者を募るとき、来たれ鍵師よ、と呼びかけていました。ここで言う鍵師は野々村さんのように職業的な鍵師のことではありません。解錠に挑む者を意味しています。最強の錠前職人と最強の鍵師の対決は最終的に、最強の鍵師ギドウに軍配が上がったわけです。このギドウは年齢性別、何もかもが謎です。何故ガヴィニエスの金庫のある場所を知っていたのか？　どうやって開けたのか？　どうして中のものを持って行かなかったのか？　……わからないことだけが多くて」

「何でギドウって呼ばれてるの？」

「シロアリの通り道、つまり蟻道《ギドウ》からですわ」

孔太はシロアリという言葉を小さくなぞった。

「ガヴィニエスは死の直前、死んだ妻との思い出が残る小さな家で暮らしていたんですの。シロアリに食われて今にも崩れそうな家でしたが、そこにガヴィニエスの金庫を持ち込んでいたんですわ。死ぬまで錠前の研究をしていて、ベッドの脇には南京錠が落ちていました。シロアリの家に侵入したから蟻道。もちろんその侵入者をシロアリに例えていて、シロアリがガヴィニエスのプライドを食い破っていったという意味も込められていますの」

孔太は少し引っかかるものを感じた。

「それはともかく、ガヴィニエスの金庫を解錠するなど考えられないことです。ちなみに野々村さんも以前、自信満々でその金庫に挑んだそうなんです。だけど全く歯が立たず、身の丈に合わない高慢ちきで安っぽいプライドが、バーナーで焼き切られた錠前のように、ボッロボロのぐっしゃぐしゃになったようです」

多聞でも無理だったのか。黒滝の話では日本中、いや世界中の鍵師が何十人、何百人とガヴィニエスの錠前に挑み、ことごとく敗れ去っていったらしい。なるほど、だから多聞はあれだけギドウに対しては目の色を変えるのだ。自分でも歯が立たなかったガヴィニエスの金庫をあっさりと開けた天才に対抗心を燃やしているのだ。どうでもいいが、黒滝はさっきからどうも多聞のことになると、妙に毒が混じる。

「福森さん、このことについて野々村さんは知っていますが、当社でも一部の者しか知らないんですの。どうか外部には漏らさないでくださいませ」

黒滝はじっと孔太を見つめている。野暮ったいメガネをかけているが、よく見ると日本人離れした端正な顔立ちで、どこかの国のお姫様のようだった。孔太は少し顔を赤らめて、そっぽを向いた。

「はあ、ええ」

世間ではまだガヴィニエスの金庫は破られていないことになっている。ことが明らかになれば、ルイズロックにとってもダメージになるだろう。ギドウという名もネットで調べたが出てこない。ごく一部の者しか知らないから、極秘裏にこの泥棒の正体を見つけようとしているのだ。十六堂のおたずね者リストにはあるが、特別扱いされている。

「今回、竹野内がルイズキラーについて調べるよう頼んだ理由は、ルイズキラーがギドウだったのではないかという疑いからです。違うとは思うのですが、念のため」

そういう可能性もあるのだなと孔太は思った。しかし伝説のガヴィニエスの金庫を解錠したというギドウともあろうものが、話に聞いたような最期を遂げるものだろうか。

「孔ちゃん、ここにいたの。探し回っちゃった」

ようやく見つけたという感じで、心晴が声をかけて来た。プリンセスのような黒滝とは対照的に、こちらはいかにも下町の娘という感じだ。多聞もあくびをしながらやって来る。振り返ると、いつの間にか黒滝の姿は消えていた。

「依頼はルイズキラーを調べろってことだろ」

「なんで孔ちゃんが知ってるのよ」

心晴はさっき、竹野内に依頼されたばかりだという。孔太は黒滝という女性社員に教えてもらったとありのままに話すと、心晴と多聞は驚いた顔でしばらく目を合わせていた。何かまずいことを言ってしまったのだろうか。

「そうじゃないわ。ただ……」

心晴は少し言いづらそうな顔だったが答える。

「その黒滝って女性社員、間違いなくここの社長よ」

孔太は目を瞬かせた。

「ルイズロックは以前、黒滝金属工業っていう名前だったのよ。ガヴィニエス社長と黒滝家の娘さんが結婚して生まれたのが黒滝瑠衣《るい》さん。若すぎるって反対意見もあったようだけど、正式に社長に就任したそうよ」

孔太は狐《きつね》につままれたような思いだった。若い一社員がなぜ極秘情報を知っているのかと思っていたが、社長だったとは……。さっきのメガネの女性と社長という呼び名がまったく結びつかない。ただ、今思うとギドウに対する思い入れは、多聞以上に強かったように思う。

「まあいいや、行こっか」

心晴は孔太の肩を叩く。孔太は去り際に研究室の方を一度だけ振り返った。ルイズロック現社長、黒滝瑠衣のいい匂いだけが、かすかに残っていた。

2

根津の古めかしいパン屋の横には、何故か巨大なヒマラヤスギが立っている。

近くにはお寺や墓地があるが、なぜここにヒマラヤスギがあるのか謎だ。心晴に頼まれていたラスクを買うと、孔太は自転車で根津神社の方へ向かった。

頭にあるのは、ルイズロック本社で会った黒滝瑠衣のことだ。社長が自ら案内してくれるとは思わなかったが、それ以上に彼女の美しさと、そのギドウに対する執念のようなものに圧倒された。数奇な人生を送っているものだ。

それに引き換え、本当に自分はちっぽけだ。命さえ簡単に捨てようとした。惨めすぎる。だが黒滝瑠衣だって結局は運だ。天才錠前師の娘として生まれ、あれだけの美貌を与えられたことが全て。自分にも何かずば抜けたものがあれば、まったく違った人生があっただろうに。

へビ道を通って、十六堂に戻った。

夕日が差し込む境内で、子供たちが野球ごっこをしていた。店に入り、台所に行くと猫のイラストが添えられた心晴の書き置きがあった。

介護の仕事に出てるニャー。夕食はオムライス。チンして食べるニャー。それとヒマラヤスギのラスクはちゃんと買ってきたかね？　イエスならごくろうさんだニャー。忘れていたらお店が閉まる前にさっさと買いに行くニャー（=ˇXˇ=）

心晴は不在で、多聞もルイズキラー事件を調べているようだ。孔太は一人で十六堂に残って、店番をした。子供が一人、帰って行ったようで、メンツが足りないと騒いでいる。孔太があくびをしていると、ガラッと店のドアが開いた。

「おい、フグモリだったっけ？　お前も入れてやるよ」

野球帽の子が孔太を手招いた。

「はあ？　俺？」

まったくやる気はなかったのだが、早くしろというので打席に立った。野球など中学の体育の時間にソフトボールをやったくらいだ。

「おいおい何だその構え」

「つうかバットの持ち方が逆じゃん」

子供たちに笑われながらも、孔太は思い切り振ってホームラン、ではなく空振りだった。

「なんだこいつ、下手くそにもほどがあるぜ」

子供たちは笑っていたが、不思議と温かみがあった。ボールはテニスの軟球で、変化させやすいので子供でもカーブやシュート、フォークが投げられる。最初こそノーヒットだったが、最後にはバットに当たるようになった。ただしピッチャーゴロでアウトだ。

「進歩したじゃん」

やがて暗くなって、子供たちは帰って行った。入れ替わりに近所のおばさんが公民館の錠前を開けてくれたお礼だと言って、カボチャを持ってきてくれた。前も別の人がカボチャを置いていったのだがと苦笑する。しかしこういうことは今まで経験したことがない。物心ついたときは平成十数年になっていた。昭和についてはよく知らないが、ここにだけ昭和の風景があるとでも言えばいいのだろうか。

シャワーを浴び、店番をしながら、おたずね者リストを眺めた。

チキンマンという泥棒に目をやる。解錠技術G、計画性G、忍耐力G……Bと高評価なのは成長性だけだった。あとは全て最低で、目も当てられない数値だ。対照的に離れたところには特別扱いされたおたずね者がいる。鍵師ギドウだ。ガヴィニエスの金庫を破ったという天才……いったいどんな人物なのだろう。

考えていると、携帯が鳴った。

「福森さんですね」

電話の向こうの声は、優しげな男性だ。だがそう思っていると、妙な間が空いた。どうしたのだろう。孔太は使い慣れない敬語を駆使した。

「あの、どちらさまですか」

問いかけた瞬間に声が変わった。

「逃げられると思ってるのか」

孔太はつばを飲み込む。この声は聞いた覚えがある。

「ウチの事務所に入っただろ?」

やはり千川興業のヤクザだ。以前、自宅まで押しかけてきた。孔太が盗みに入ったことは申し開きできない程度まで摑《つか》んでいるはずだ。

「か、返します。大塚駅のコインロッカー、4274番に入っています」

本当のことを告げた。少し間が空く。許してくれるのかと期待したが、返ってきたのはやれやれというようなため息だった。

「あのさ、知ってる? 返しても窃盗は窃盗なんだな」

反論しようがない。この件に関して悪いのは自分だ。とはいえ警察に届ければいいだけだろうが、そうしないということは、裏のある金なのだろう。正直、忘れ去ってくれるといいのにと思っていた。

「じゃあ、どうすればいいんですか」

「こっちにもメンツってもんがあるんだわ」

向こうもプロだ。簡単に引き下がってくれるはずがなかった。こうして鍵屋で働いていることを突き止められたら、どうなるのか。

「あまり手荒なことはしたくないんだが、君の誠意しだいだね」

「なんですか？　誠意って」

「盗んだことは大目に見よう。ただし貸したものとして、利子を含めて五百万、用意してもらおうか。良心的だろ？」

　そんな額、無理に決まっている。何が良心的だ。

「あと死ぬんなら、生命保険をかけた方がいいよ」

　孔太は大きく目を開けた。こいつらは飛び降りたことまで知っているのか。電話の向こうの声は、ふっと笑って通話を切った。

　孔太はしばらく呆然《ぼうぜん》としていた。自分では今までの全てを忘れ、人生のリスタートを切ったつもりだったが、そううまく行くはずがない。あっさりと千川興業に見つかってしまった。この携帯はもう使えない。どうすればいいのかと、孔太は仏像を見上げた。


　翌日、孔太は多聞や心晴と仕事に出た。

目的地は亀戸の宝石店だ。最初は多聞が運転していたが、やたらと左右にフラフラすると思ったら、赤信号を見落としそうになって急ブレーキを踏んだ。どうやらナルコレプシーどうこういう以前に、運転自体が下手らしい。クラクションと罵声の中、心晴が運転を代わって、多聞は後部座席でふて寝を始めた。

「本当に多聞さん、鍵の事以外はダメなのよね」

心晴がささやく。教習生より下手よ、よく免許取れたわよねと毒舌だった。

孔太は千川興業から電話があったことを思い出していた。

心晴は孔太を立ち直らせるとも言っている。だが彼女は孔太が元ニートで生活に困っているということは知っていても、自分の罪までは知るまい。一方、千川興業は自殺のことまで知っているように匂わせていた。ここで働き始めたのまで感づいているようだ。連中からすれば、無一文の孔太から金を搾り取るより、働かせて給料から取った方が都合がいいはずだし、無茶はしてこないかもしれない。それでも……。

「ちょっと孔ちゃん、聞いてるの？」

ハッとして顔を上げると、心晴はふくれっつらだった。

「え、なに？　聞いてなかった」

「わたしたちってさ、刑事っぽくない？」

真剣に考えていたのに、どうでもいい問いだった。

「こういう他人の人生に首をつっこむのも鍵師の面白さなんだよ」

そういえば多聞は言っていた。鍵師が開けるのは、普通の錠前だけじゃないと。多聞や心晴は事件に首を突っ込みたがるようだ。

蔵前橋《くらまえばし》通り沿いにパチンコ店が見えて来た。

「新装開店のパチンコ店があるから、この近くね。でもちょっと寄り道するから」

心晴はパーキングに車を停めてしばらく歩く。目的地とは方向が逆だ。これから仕事だろうに、何をしに行くのか。心晴は何故《なぜ》か小さな木彫りの鳥を手にした。道端にはのど元が赤い鳥のポールが立っている。

「この鳥が気になる？　ツバメのようだけどこれはうそっていう鳥なの。今日は亀戸天神社のうそ替え神事の日でね。木彫りのうそを取り換えることで、去年の悪いことを嘘にして新しい年を始めるという意味があるわけ」

心晴はうそを替えるため、毎年ここに来るそうだ。

亀戸天神社では三万体ものうそが販売されていた。五百円程度の小さなものから、七千円もする巨大なものまで大小さまざまなうそがあった。

「あれ？　あんなに大きなうそは見たことないよ」

一番巨大なうそ以上に、大きいうそがいると思ったら、着ぐるみだった。子供たちが群がっている。警察の防犯イベントらしいが、何故か鍵と錠前の話をしていた。

「というわけで自転車はツーロック。これが常識です。まだルイズロックも自転車の錠前には力を入れていませんしね。ところでみなさん知っていますか？　手錠の鍵は各都道府県下で統一されているんですよ。一つの鍵ですべての手錠が開けられてしまう。留置場も同じでしてね。つまり我々警察官は責任重大なわけですよ」

聞き覚えのある声だと思っていると、うその首が取れた。

「ああっ、こらこら！　やめなさい」

子供たちがうその首を持って駆け出していく。山井の顔が覗いて笑いが起こった。

「いくらうそ替え神事だっていっても、何もうその着ぐるみを着る必要はないのにね」

心晴はやれやれと腰に手を当てている。

「あんなの売ってないでしょうし、手製よね」

さすがの多聞も苦笑いしていた。こんなところにも駆り出されて、着ぐるみまで自分で作ってくるとは意外と働き者だ。

「すぐに終わるから、待っててね」

心晴は新しいうそを買いに出た。待つように言われているのに、多聞は面倒くさげにどこかへ姿を消したので、孔太は一人で見て回った。亀戸天神社には白梅が咲いている。うそ替え神事にはたくさんの人出があって、一時間以上つぶされた。すぐに終わるというのは思い切り嘘だった。

多聞が戻って来たのと同じタイミングで心晴も戻って来た。はいこれ、と孔太と多聞は五百円のうそを手渡された。

「さてと、新しいうそも手に入ったし、早速行こう」

さっきのパチンコ店の隣につぶれた溶接工場があって、その近くに『フジキ宝石店』という看板が雑居ビルの五階に出ていた。

多聞はエレベーターのボタンを押した。

事件自体は単純なものだ。元社員でルイズロックに恨みがあった田之上は、その技術や知識を生かして盗みを繰り返していた。しかしどうしても破れない新しい錠前が登場したために、やむなく錠前を焼くという暴挙に出た。しかし慣れないことをしたせいで、逃走する際にベランダから足を踏み外して転落死した。

「事件のことを訊くと言っても、こちらは警察じゃないし、まともに答えてくれずに追い返されるかもしれないじゃないですか？　まあ、わたしがなんとかうまく訊き出してみますけど、困ったら援護してくださいね」

心晴にああと応じて、多聞はフジキ宝石店に向かった。

店の正面玄関は自動ドアだ。防犯カメラが設置されていて、マグネットセンサー付。閉店時はシャッターが下りる。ガラスも強化複層のもので簡単に破って入れるものではない。

「こんちは。ルイズロックの者ですが」

心晴は店に入ると、切り出した。鼻眼鏡の藤木《ふじき》健作《けんさく》という店主は目を瞬かせていたが、はあと応じる。

「そういうわけでルイズキラーは死にましたが、いつ別の盗人が現れるかもしれませんから」

「はあ、まあそうですが」

「参考にしたいので、当時の様子を教えてもらえますか」

心晴の訊き方は、意外とうまかった。

「当時は閉店の後だったから閉まっていて、私は不在でしてね。警備員の花岡《はなおか》さんに訊いてくれますか」

ルイズキラーに入られたとき、店にいたのは花岡政直《まさなお》という四十代の警備員だったそうだ。呼ばれて恰幅のいい警備員が入って来た。こわもてで山井にも負けないくらいの縦横がある。見た目だけでなく、元は警察官らしい。

「じゃあ、花岡さん、当時の状況を教えてくださいますか」

まるで警察の取り調べだ。花岡は面倒くさそうにふんと鼻から息を吐き出した。

「午後十時過ぎだったな。オレが一人で警備をしていると、そっちから変な音がするのに気づいたんだ」

花岡は窓の方を指さす。窓の外にはベランダがあって、ルイズキラーこと田之上義行は、窓から侵入したらしい。

「何やってるのかって問い詰めたんだが、すでに店の商品を手にしていてな。こっちが詰め寄ると、すぐに逃げ出して行ったよ」

花岡はこっちへ来いと親指で示した。

「そこのベランダから、隣の工場の屋根に飛び移ろうとして失敗したんだ」

ベランダのある窓は複層防犯ガラスになっているので割って入るのは難しい。錠前をバーナーで無理やり開けたのだろう。焼け焦げて真っ黒になっていた。その先のベランダから隣の廃工場へは飛び移れる距離だ。侵入した際は煙突からワイヤーロープをひっかけて登ってきたようだが、退散する際には廃工場の屋上に飛び移ろうとしたようだ。

「見つかって、慌てたんだろうな」

孔太はベランダから地面を見下ろす。自殺しようとしたマンションに比べれば決して高くない。よくあんな高さから落ちて死ななかったものだとわが身に置き換えた。

「被害額はどれくらいだったんですか」

心晴の質問に、藤木が答えた。

「貴金属や売上金など、二千万円相当を持ち出されるところでしたが、全部返ってきました。あえて言うとその窓の修理費ですが、保険が下りるのでゼロですな」

多聞はバーナーで焦げた窓ガラスを見つめていた。どんな強力な錠前でも絶対的な物理的力には屈する。早く換えてもらわないといけませんなと藤木は言った。

「それではありがとうございました。調査が終わり次第、ルイズロック本社に連絡し、取り替えますので」

結局、何の進展もないまま話は終わった。

「気になること、ありました？」

一階に降りたところでの心晴の問いに、多聞は隣の廃工場を指さして足を延ばす。ルイズキラーが侵入したという経路をたどっているようだ。

「工場は夜逃げのような恰好で倒産したみたいね」

色々なガラクタが所狭しと転がっている。使われたバーナーはここから盗んだ物だ。

一方、多聞は集中して何かを探していた。心晴は邪魔しないようにと孔太にささやく。

「この事件、あえて裏があるとするならルイズキラーの転落死ね。あれは本当に転落死だったのか。誰かに突き落とされたんじゃないかってことだと思う」

仮にそうだとすると、藤木店長らによる自作自演だ。

「ルイズキラーをわざと店に侵入させ、盗まれたことにして保険金を詐取する。後は口封じ。でも盗まれた貴金属は戻っているし、保険金は下りるはずがないわよね。他に考えられるのは現場にいた花岡という警備員かなあ。彼が職務熱心なあまりに奪われた貴金属を奪い返そうとして突き落とした……ううん、あり得なくはないけど、多聞さんが鍵と錠前に無関係なことに興味を抱くとは思いにくいし」

心晴はすぐに音を上げた。それより孔太は昨日の電話のことが気になって仕方なかった。千川興業の連中はこちらのことをどこまで摑んでいるのだろう。とても返せる額ではない。

「多聞さん、いい加減、教えてくださいよ。何を探しているんですか」

どういう裏があるというのかと問いかける。多聞は顔を上げることなく答えた。

「ルイズキラーのプライドだ」

「プライド、ですか」

「ああ、俺は鍵師だ。盗人は基本的に敵なんだけど、中には骨のある泥棒もいる。ねずみ小僧のようにプライドを持ってお勤めをしているやつだな。そういう奴のこと、俺は自分と同じ鍵師って呼んでるんだ。ガヴィニエスみたいな錠前師がいると、それをどうしても開けたくなる鍵師も出てくる。錠前を開けるという行為にとりつかれた同志とでもいうかな。そしてこのルイズキラー、田之上も鍵師だったと思う」

鍵師という呼び名は多聞にとってある意味、敬称のようだ。そしてその敬称で唯一呼ばれたおたずね者がいる。鍵師ギドウ……。

田之上は、それまでの事件で盗んだ金を使っていないという。多聞の言う鍵師としてのプライドはこのことかもしれない。

「明日、行ってみるか」

「多聞さん、どこへ行くつもりなんですか」

「田之上の葬式だ」

遺族が来ているだろうし、話を訊きに行くと多聞は当然のように応じた。あくまでルイズキラーについて調べるようだ。

多聞と心晴はルイズキラーの事件に夢中だ。だが孔太は温度差を感じていた。今までしてきたこと、そしてこれからのことが頭を離れない。自分は死のうとしたとき、たくさんのことを置き去りにした。そのつけを払わされようとしているのかもしれない。

3

翌日、三人は護国寺《ごこくじ》にある葬儀場に向かった。

ここでルイズキラーこと、田之上義行の葬儀が行われている。検死があって少し遅れたようだが、特に不審なところはなかったという。以前はルイズロックの技術者として多くの部下を従えていたというのに、参列者はほとんどいなかった。多聞と心晴は喪服だ。葬儀の際に遺産の入った金庫の鍵開けを頼まれることも多く、常に用意してあるらしい。

喪主と思《おぼ》しき化粧の濃い三十代前半の女性が見える。奥さんの仁美《ひとみ》さんだろう。横にはまだ小学生くらいの男の子もいた。田之上の息子のようだ。以前は尊敬すべき父親だった男が身を持ち崩し、別居していたそうだ。今では泥棒になったということを、彼らはどう思っているのだろうか。

　葬儀が終わると、多聞は神妙な顔つきで仁美に話しかけた。

「すみません。田之上さんのことで少し話が」

　仁美は急に顔をしかめた。

「主人のことで、人に話すようなことはありません」

　素っ気ない態度だった。まあ当然だろう。田之上がどうして死んだのか、警察から聞かされているはずだ。彼女は子供の手を取ると、夢人《ゆめと》ちゃんと呼びかけ、連れて行こうとした。しかし多聞がその前に立ちふさがった。

「何なんです？　夫があなたに借金でも残していったんですか」

　仁美の問いに、多聞は首を横に振る。そうじゃありませんと優し気に微笑んだ。

「確かに田之上さんは悪いことをしました。でも彼は死ぬまで鍵師だったと俺は思っています。プライドを持っていた」

　プライドという言葉を、仁美はなぞった。

「田之上さんは盗んだ金や貴金属に全く手を付けていないんですよ。おそらくあなたに送金していたのは、自分で働いて稼いだ金です」

　仁美は顔を上げてえっとつぶやいた。別居後も、少額ながら田之上から送られていたお金があったらしい。それを彼女は汚れたお金だと思っていたようだ。

多聞はしゃがみ込んで、夢人という男の子の頭を撫でた。

「お父さん、優しかっただろ」

多聞に言われて、こらえきれなくなったようで夢人は泣きだした。

孔太は夢人の顔をじっと見つめた。それは決して、ルイズキラーとして責められることがつらいという意味の涙ではない。むしろみんなが父親を責める中で、ふっと多聞の優しさが心に染み込んだというような涙だった。

「そうだよ！」

夢人は大声でそうだよと繰り返す。

「お父さんは言ってたんだよ。世界一の錠前を作るんだ。どんな泥棒も入れない立派な錠前を作ってみんなを幸せにするんだって！」

夢人は泣き続けた。それまで素っ気ない態度だった仁美も、夢人の涙を見てこらえきれなくなったようでハンカチを目がしらに当てた。

「いい人だったんです。ホントに頑張っていたんです」

多聞はそうですね、とうなずいた。

「ルイズロックでのこと、詳しく教えてくれませんか」

優しげな多聞の言葉に、仁美はため息混じりに応じた。

「あの人は第三開発部の副部長だったんです。ガヴィニエス社長が現役だった頃は、次期幹部として期待されていました。ガヴィニエス社長に君はなかなかいい腕をしてるね、と声をかけられたときは、感動してずっとその話をしていたくらいなんですから」

仁美は堰《せき》を切ったように話し始めた。

「とても面倒見がいい人で、小さな下請工場がつぶれないよう配慮したり、嫌な仕事も率先して引き受けたりしていました。わたしも少し前まではルイズロックの社員で、あの人の真面目な働きぶりを尊敬していたんです。寝る間も惜しんで、倒れるまで頑張ってしまうような人でした。いくら理不尽な目にあっても、自分が悪いんだって感じで。でもガヴィニエス社長が病気で引退され、新体制になって合理化が図られるようになると、あの人はあっさりと首を切られました。部下の失敗をかばって……」

多聞はうなずきつつ、話を聞いていた。心晴が小声で語りかけてきた。

「身内の言うことだし、すべてを真に受けるわけにはいかないけど、奥さんの言うことには嘘は感じられないわ。どうやら田之上が辞めさせられたのは本人のせいじゃなく、正義感によるものだったかもしれないわね。まあ、彼がルイズキラーだったことは事実だし、許されることではないけどね」

孔太は黙って下を向いた。許されることではない……その言葉を嚙み締めている。

「どうかくじけないでください」

多聞は力強く言って、葬儀場をあとにした。


孔太は多聞らと別れ、一人で谷中の十六堂に向かった。

多聞と心晴はもう少し事件について調べたいのだという。孔太は護国寺から少し歩き、近くの歩道橋でしばらく立ち止まった。この近くに孔太の自宅、父親の経営していた福森自動車部品工場はあった。小石川の黒滝資料館や以前飛び降りたマンションも近く、嫌な思い出も残っている。一瞥をくれた後、孔太はうつむいた。

——許されることではないけどね。

心晴が漏らした言葉が重くのしかかっている。孔太はズボンのポケットから、心晴にもらった木彫りのうそを取り出した。去年の悪いことを嘘にする……か。確かにそうなればいい。これまでのことを全て嘘にしてしまいたい。

今まで自分のしてきたことについて、あまり深く考えていなかったのかもしれない。責められることが嫌で全部悪いのは他人のせいにして、置かれた境遇を呪ってきた。

だが全ては自分の蒔《ま》いた種なのだ。わかっている。だが考えたくない。どこか遠くへ逃げ出してしまいたい。

「考えていても、仕方ないな」

思いを断ち切るように背を向けて、谷中に戻った。

夕焼けだんだんにたたずむふてぶてしい三毛猫を横目に、谷中銀座商店街へと向かう。

「よう、坊主、メンチカツ買ってかないか？　一個おまけするぞ」

商店街のおじさんが声をかけてきた。苦笑いで今日はいいですと応じた。

誰かがセーラー服がどうこうと、調子の外れた歌をくちずさみつつ、こちらに向かってくる。

山井だった。谷中メンチの幟《のぼり》にヘディングを食らわすように通り過ぎた。

「おい山ちゃん、懐かしい歌だな。おニャン子クラブか」

どらやき屋のおじさんが声をかけている。

「あれ？　また歌っちゃいましたか」

「思いっきり歌ってたぞ」

「無意識です。いけませんねえ。夕焼けだんだんと夕焼けニャンニャンの関係について考えていると、つい口ずさんでしまうんですよ。いつか捜査一課の山さんと呼ばれるようになった暁には、研究論文を書いて発表しようかと思ってます」

「なんだそりゃあ」

わけのわからないやりとりを無視して歩く。すぐに十六堂に着いた。

今日は境内で遊んでいる子供はいないようだ。もう帰ったのだろうか。孔太はポケットから店の鍵を手にした。開けようと思った瞬間、体がのけぞった。

「お前、福森孔太だな」

ドスの利いた声が聞こえ、背後から羽交い絞めにされた。もうひとり、派手な開襟シャツを着たサングラスの男が前に回って、煙草の煙を吐きかけてきた。

「まったく、手間かけさせやがって」

千川興業のヤクザだ。孔太は身をよじったが、動きが取れない。電話だけでなく、こうして姿を現すとは……。

「おい、マジで殺すぞ」

耳元でささやかれた。孔太は背筋が寒くなるのを感じた。

「まったくウチの社長も人がいいわな。返済、十二月末まで待ってくれるってよ。働きはじめたんなら、それくらいありゃあ、返せるだろ?」

無理に決まっている。だいたい働いているといっても無給なのだ。だがそんな反論には聞く耳持たないだろう。

その時、おかしな鼻歌が聞こえた。大柄な制服警官がフラフラと自転車をこいでいる。山井だった。一人のヤクザはちっと舌打ちした。

「猶予は今年中だ。五百万。ま、それ過ぎたらどうなるかは知らねえがな」

二人のヤクザは姿を消した。

代わりに山井がフラフラとやって来る。揉《も》めていたのに気づかれたのだろうか。事情を訊かれれば、白状せざるを得ない。というより子供たちや近所の人に見られたかもしれない。自分の過去について知られれば、孔太だけの問題ではなくなる。歴史のある十六堂にも迷惑が及ぶだろう。だが山井は十六堂には立ち寄らずに素通りして、根津の方へと向かっていった。

自分の中で何かが冷めていくのを感じた。潮時という言葉が浮かぶ。谷中に来てから、少しの間だけ夢を見させてもらっていたようだ。千川興業は人の生き血をすするようなクズだと思うが、自分が言えたがらじゃない。

これからどうしようかと思った時、多聞が帰って来た。心晴も一緒だ。

「孔ちゃん、帰ったよ」

心晴は収穫ありだとVサインをした。

「多聞さんが例の工場でこんなもの、見つけたんだって」

心晴はねじ曲がったボロボロの鍵を取り出した。ルイ十六世の顔が彫られていてルイズロック製品のようだが、相当古そうだ。

「ほら孔ちゃん、行くよ。黒滝のお嬢様にもいい報告をしなきゃ」

連れ去られるように、向かった先は警視庁だった。

怪しげな三人組の出現に、警視庁の面々はそれほど驚く感じではない。むしろまた来たかというようなあきらめにも似た雰囲気が支配していた。

多聞は警察職員の方を向いた。

「例の件、頼んでおいただろ」

別室に入ると、碇の部下の遠藤刑事が渋々という顔で何かを持ってきた。

「よく残しておいてくれたね。さすが碇さん」

心晴は碇に事件の証拠を見せて欲しいと頼んでいたようだ。確かに目の前にある証拠物件は黒く焼け焦げていて、原型をとどめないほどのものだ。しかしこれが亀戸の宝石店にあったルイズロックの錠前であることはすぐにわかった。

多聞は薄い手袋をすると、拡大鏡のようなもので残骸を観察し始めた。

「本当に事件に関係するんですかね」

遠藤は疑いの眼差しだった。

「まあ、任せておきなさいって。アッと言わせてやりますから。例の警備員を徹底的に調べて、真相はだいたいわかっているから」

心晴が応じた。警備員というと、フジキ宝石店に勤務する花岡という元警察官のことだろう。彼が事件に関係しているということか。

「やっぱり……だな」

勝利を確信したように、拡大鏡を覗いていた多聞はつぶやいた。

「遠藤刑事、碇のオッサンに連絡してくれ。これから作戦を行うって」

「作戦？」

「決まってる。宝石店事件での真犯人を捕まえるのさ」

遠藤は思わずえっと言って、隣の職員と顔を見合わせる。孔太も少し驚いた。真犯人を捕まえる？　あれは田之上の犯行だろう。証拠もそろっている。これで真犯人を炙《あぶ》り出すなど、屏風《びょうぶ》の虎を追い出すようなものではないか。

「まさか田之上がルイズキラーじゃないって言うんですか」

心晴も今聞かされたようで興奮気味だった。

「いいや、それは間違いないよ。フジキ宝石店から貴金属を盗んだのもね」

「じゃあ真犯人の意味が違うってことですか。花岡が犯人というのは殺人の意味で、ルイズキラーをわざと突き落として殺したって。あるいは二人が共犯で仲間割れをしたとか。でもフジキ宝石店には一円の被害もなかったって聞いたけど」

「まあ、後でのお楽しみだ」

「そういうの好きですよね、多聞さんって」

盛り上がる二人をよそに孔太は別のことを考えていた。

警察に来たついでに、自分の罪、千川興業についてなど、すべてを洗いざらいぶちまけてやろうかと思ったのだ。だがすんでのところで思いとどまる。やめたことに深い意味などない。今はまだ、正直に言える勇気がなかっただけだ。

4

仏像を見つめながら、孔太はおかしな気分だった。

すべてを打ち明け、すでにここを出ていくという気持ちはほとんど固まっているのに、事件のことが邪魔をする。この事件の結末だけは見届けたい。真犯人とは誰で、どういう謎が隠されているというのだろうか。いやそれは言い訳で、本当はずっと保留にしておきたいのかもしれない。

「さてと、行こうよ、孔ちゃん」

孔太は心晴や多聞に続く。

午後八時半。向かう先はフジキ宝石店近くだ。

多聞は宝石店事件のことを詳しくは教えてくれなかった。しかし自分で考えるなら、ある程度の想像はつく。あの事件、窃盗に関してはルイズキラーこと田之上の犯行に違いはない。だが真犯人がいるという以上、隠れているのは殺人事件くらいだ。警備員の花岡が突き落とし、どうやったのかわからないが、金品を奪った。しかし藤木店長が被害はなかったと言っている以上、花岡の単独犯というのも考えにくい。藤木も絡んでいるのだろうか。

目的地に着き車の中でしばらく待つと、やがてパチンコ店から大柄な男が姿を見せた。

「多聞さん、花岡です」

心晴の声に多聞は黙ってうなずいた。

三人は車を出て花岡のあとを追う。花岡はパチンコ店を出ると、歩道橋の上で煙草をもみ消していた。誰かと待ち合わせしているようで、時計をちらちらと見ている。孔太と心晴、多聞は気づかれないよう近づいて、歩道橋の下、木の陰からしばらくその様子を見つめていた。歩道橋には他に誰もいない。

十分ほどしてから近くに車が停まり、一人の恰幅のいい男性が姿を見せた。どこかで見覚えがある。すぐにはわからなかったが、孔太は思い出した。ルイズロック本社で見かけた飯田部長だ。手提げ袋を持っている。

「どうして飯田部長が？」

目を瞬かせる心晴をよそに、多聞はスマホで連絡を取っている。歩道橋の向こう側に二人の刑事らしき人物の姿が見えた。

歩道橋の上で花岡と飯田は顔を合わせた。交わした会話は一言二言のようだが、手提げ袋が重要だったようでそれを渡されると、花岡はにんまりと笑みを浮かべた。

「もうこれっきりだ。いいな」

口の動きからして、飯田はそんなことを言いながら、花岡を指さしていた。だが花岡は手提げ袋を開けた瞬間、顔色を変えた。

「おい、どういうつもりだ！」

大声を出して花岡は飯田の肩をつかむ。飯田はそれがどうしたという目で花岡を見つめた。多聞はそろそろだなと言うと、歩道橋をかけ上った。心晴も後に続く。歩道橋の向こう側からも、二つの影が同時に上って来た。口ひげの刑事、碇とその部下の遠藤だった。

「警備員さん、もう観念したらどうだ?」

多聞は花岡に近づいた。ようやく人影に気づいたようで、花岡は辺りを見回している。碇刑事の顔を見て急におびえた表情になった。多聞はもちろん、碇も飯田もすべてをわかっている感じだった。

「真犯人はあんただろ、花岡さん」

指さされて、花岡は袋をきつく握りしめた。

「馬鹿な、オレが犯人だと? 犯人は転落死した田之上に決まって……いやそうか、お前ら俺が突き落としたと本気で思ってるようだな。だが警察も言ってただろ? あいつは焦って勝手に落ちたんだ。争った形跡でもあったって言うのか」

早口で花岡はまくしたてた。

「それともオレがこっそり田之上の盗んだ物をちょろまかしたとでも言いたいのか? あいにくだな。そんな被害はなかったって藤木店長も認めてるだろうが」

孔太の推理をそのまま代弁するような言い分だった。しかし多聞の顔はそんな抗弁をすべて予想しているように映った。

「俺は殺人事件とも窃盗事件とも言ってない。花岡さん。あんたの罪はそんなことじゃない。この事件は恐喝事件だ」

横にいた心晴は小さくえっと漏らした。

「そうすると脅されていたのは飯田部長ですか？　でもどうして」

心晴の疑問に答えるように、多聞が口を開いた。

「この事件は確かに単純なものだったのさ。ルイズキラーこと田之上義行が宝石や売上金を狙ってフジキ宝石店のベランダの窓から侵入、盗んで逃げる時に足を踏み外して転落死したというだけのこと。だが複雑になったのはここからだ。花岡さん、あんたは警備の仕事をさぼってその時間、パチンコに行っていたんだろ？　ルイズロックの『シュー・ダムール』で守られている以上、自分がいなくても大丈夫だと決めつけて。だがルイズキラーはそんな警備の穴をついて侵入した。いやむしろ、あんたがパチンコに出掛ける時間まで計算していたんだよ」

図星を突かれたのか、花岡は黙り込んだ。

「パチンコ店の店員に話を聞いた。あんたはよくその時間、警備の仕事をサボって店に行っているらしいな。その日も目撃されている」

指摘したのは碇だった。

「あんたはパチンコを終えて店に戻った。だが裏手で転落死している田之上に気づいたんだ。そしてすべてを悟った。自分が留守の間に侵入されたことを。完全に職務怠慢からくるミス。それを隠そうと一計を思いついたのさ。いやむしろ一石二鳥の作戦だ。それが廃工場にあったバーナーを使ってルイズロックの錠前を焼くことだった。ルイズキラーはこの鉄壁の錠前『シュー・ダムール』を焼き切って侵入したって偽装したんだ」

「偽装？　バーナーで焼き切る行為が偽装だったんですか」

心晴の問いに多聞はああ、と応じた。

「それじゃあ、どうやって田之上は侵入したんですか」

そこがポイントだとばかりに、多聞はボロボロの古い鍵を持ち出した。ルイ十六世の顔が彫られている。

「こいつだよ。この削られてねじ曲がった鍵、こいつはルイズロックがだいぶ前に作っていた錠前の鍵で『シュー・ダムール』の鍵じゃない。田之上はこの古いボロボロのブランクキーを削って、本物のキーを作り出したんだ。おそらく田之上は二度ベランダに来ている。一度目で錠前を把握し、二度目に鍵を使って侵入した……」

「インプレッション？」

心晴の問いに多聞はうなずく。インプレッション……使わなくなった鍵から新しい鍵を生み出す技術のことだ。この前の講習で心晴が鍵師の究極奥義だと紹介していた。

「焼け焦げた『シュー・ダムール』の残骸を見て確信した。ルイズキラーはインプレッションに成功していたんだよ。この現在ルイズロックで最強と言われる錠前を解錠したんだ」

歩道橋の上にしばらく沈黙が流れた。

解錠と開錠はどちらも錠前を開けることだが、少し意味が違う。開錠は物理的破壊を含んでいるが、多聞が言った解錠は、技術的な成功の意味だ。

「花岡さん、この鍵を安易に隣の廃工場に捨てたのはまずかったな。確かに今はねじ曲げてあってこれでは錠前は開かないし、『シュー・ダムール』はバーナーで焼きっている以上、警察は侵入者がピッキングツールを使っていないと考える。事件は明白。廃工場はガラクタばかりだし、あんなとこ、警察は調べないと思ったんだろうけどさ」

多聞の推理を最後に、歩道橋の上から言葉が消えた。

犬の散歩をしている老人が歩道橋に近づいてくる。老人が歩道橋をくぐって遠ざかってから心晴が口を開いた。

「そっかあ、要するに花岡さんは二つのことを隠したんだ。一つ目は自分が職務怠慢で盗人に入られたという事実。そしてもう一つはルイズキラーが解錠に成功していたという事実。そしてそんなことをする意味は、ここにいる飯田さんが知っている……」

心晴の推理に、多聞はうなずいた。

「花岡さん、バーナーで錠前を焼き切ったあんたは、『シュー・ダムール』の開発責任者であった飯田さんを恐喝したんだ」

花岡は歯噛みしている、多聞は飯田の方を向いた。

「脅し文句はこんな感じだったんじゃないですか……あの事件の真相を教えましょう。本当はあなたの会社が作った錠前があっさり破られて侵入されたんですよ。しかも『シュー・ダムール』を解錠したのは、足を滑らせて転落死するようなチンケな泥棒でした。こんな程度の錠前だと知られていいんですか……どうです？　飯田さん」

飯田は苦しげな顔でうなずいた。

「ああ、私は払ってしまったんだ。『シュー・ダムール』は私の最高傑作だったし、これが破られたとなれば、ルイズロックのお嬢さまは厳しい。降格人事が待っているだろうからね。幸いなことにルイズキラーはもう死んだというし、花岡に金を渡せば何とかのがれられると思ってしまった。浅はかだったよ。一回目は自分の金だけで何とかなったが、二回目は苦しくてね。会社の金に手を付けてしまった。多聞さんに問い詰められるまではもう一度、金を渡すつもりだった。だがそんなことはもうしない。私を認めてくれたガヴィニエス先生のためにも、ルイズロックの精神をこれ以上汚さない！」

花岡は袋を落とした。そういえば瑠衣は経理に問題があると言っていた。こういうことだったのか。それとこの取引は、花岡をおびき寄せる罠《わな》だったということだ。そして花岡はそれにまんまとはまった。

花岡に多聞は近寄った。

「これは器物損壊罪だけじゃなく、完全に恐喝罪だ。だがな、花岡さん、あんたが犯した最大の罪はプライドを汚したことだ。ルイズキラーっていう盗人の……裁けない罪だがな」

そうか、多聞がこの真相に気づきえたのはルイズキラーのプライドを感じ取っていたからだ。最初からプライドという言葉を重視していた。犯罪者のプライドとはおかしなものではあるが、彼の心理を読み取れなければ、真相にたどり着けなかった。

「くそ、なめやがって！」

一件落着と思えたその時、花岡は多聞を突き飛ばした。軽量の多聞はあっさり倒され、花岡は駆け出した。孔太も心晴も止められない。挟んではいたが歩道橋の向こうは碇と遠藤というふたりの刑事、こちらは女性である心晴と多聞に孔太という貧弱鍵師軍団、どう見てもこちらの方が防御網が薄い。

逃げられると思った瞬間、誰かが歩道橋を上がって来た。刑事ではない。どけやと叫ぶ花岡に、背の高い男が立ちふさがった。かと思うと、花岡の巨体は宙に舞い、歩道橋に叩きつけられていた。花岡は気を失ったようで、碇と部下に取り押さえられた。

「あなたは、竹野内さん」

心晴が目を瞬かせた。多聞を呼びつけたルイズロックの第三開発部の部長だ。背が高く、細面でいかにも頭のよさそうな顔立ちだった。

少し遅れてゆっくりと階段を上がってくる女性がいる。黒滝瑠衣だった。

「社長、申し訳ありません」

飯田は土下座した。瑠衣はメガネを外すと、彼を見下ろした。確かに飯田は一度、花岡に屈した。しかし二度目は何とか踏みとどまった。彼にも技術者としてのプライドがあったからだろう。最初は自分の金だったし、二回目は会社の金に手を付けたものの、払わなかったのだ。

「気になさらなくて、よろしいのよ」

瑠衣の声に、飯田は顔を上げた。やさし気な口調とは裏腹に、瑠衣の視線は壊れた錠前を見るように冷やかだった。

「あなたがいなくなっても大丈夫ですわ。これから第一開発部はこの竹野内光樹《こうき》に任せますから」

すみませんでしたと飯田は土下座を繰り返した。クビに関しては予想していたようで、ショックはないように見える。

「ルイズロックの精神を汚して申し訳ありません」

いい年の大人が自分の子供のような年齢の女性にひたすら謝罪し、涙を流していた。

「優秀な働きアリだと思っていましたのに、シロアリだったんですわね」

冷たく言い放つと、瑠衣は背を向けて階段を下りていった。

飯田は申し訳ありませんでしたと繰り返すだけだ。

「瑠衣さん！　これでいいんですか」

歩道橋の上から瑠衣に向かって叫んだのは心晴だった。

「飯田さんは一生懸命やってきたんです。それをあっさり切って捨てるなんて」

「もういいんだよ」

遮ったのは飯田だった。立ち上がると、竹野内の高い背を見上げた。

「竹野内くん、後は頼んだよ」

何かを手渡して階段を下りて行った。碇と遠藤に支えられるようにして、花岡は車に乗り込んでいった。

「あの、渡されたものって何ですか」

心晴が竹野内に訊ねた。

「これですか？　例の『シュー・ダムール』の鍵ですよ」

竹野内は金色に光る鍵を手のひらにのせた。そこにはルイ・シャルルのあどけない顔が刻まれている。おそらく飯田にとってこの鍵は、自分が技術者としてプライドをかけて生み出した可愛い子供だったのだろう。それを守ろうとしてすべてはゆがんだ。

もう一つ、多聞が手にしたボロボロの鍵には、ルイ十六世の顔が彫られている。これはルイズキラーこと田之上がインプレッションによって作った合い鍵だ。以前ルイズロックで働いていた田之上にとっては、この古い鍵こそが自分のプライドだったのだろう。技術者同士のプライドが生んだ事件でもあった。

「帰ろうよ、孔ちゃん」

孔太は黙ってうなずくと、心晴の後について車に乗り込んだ。

店に戻ると、多聞はおたずね者リストを見つめていた。

「俺もちょっとばかり評価を間違えていた。技術者のプライド、執念は岩をも通すんだということを思い知らされた」

多聞の言う技術者とはルイズキラー、田之上のことだ。

「少しばかり道を踏み間違えたけど……ね」

心晴は付け加えた。多聞はルイズキラーの解錠技術Cを修正してBに変えた。彼以外にCランクはほとんどいなかったから、ギドウを除いてはトップレベルということになる。『シュー・ダムール』をインプレッションで開けられる鍵師はまずいないらしい。

だが今、孔太はそんなことは頭になかった。多聞や心晴は知らないだろうが、自分はここにいてはいけない人間なのだ。いくら新しい人生のスタートを切ったと思っても、過去には戻れないし、罪は消えない。

「なあ、話があるんだけど」

あくび交じりに心晴は何？　と応じた。

「それは……」

言葉が続かなかった、何をやっている？　これじゃあダメなんだ。心晴は首をかしげると、煮干を手に店の外に向かっていく。孔太は後を追った。多聞は店の前で、石松にエサをよこせと迫られている。

「話があるんだ」

猫にエサをやりながら、多聞はああ？　と応じた。孔太はガツガツとエサを食べる石松を見つめながら、深く息を吸い込む。ゆっくりと吐き出した。

「俺は泥棒なんだよ」

そんなことかとばかりに、多聞はあくびで応じる。心晴は口元に笑みを浮かべた。

「知ってるよ」

あっけらかんと心晴が答えた。

「飛び降りるとき、ピッキングで開けてたの見てたし」

「それだけじゃない。俺は……」

言いかけた時に多聞が立ち上がった。

孔太を見つめるでもなく、つぶやくように言った。

「お前、鍵師の才能あるよ」

思いもしない言葉だった。本当か、と問い直そうとしたが、すんでのところでとどまる。心晴が多聞さんは嘘はつかないと言ったからだ。

「そうだ。孔ちゃん、リスト見て気づかなかった？」

にやにやしながら、心晴が訊ねてきた。ついてきなよと言われたので、店の中に戻った。わけがわからず、孔太は何のことかと問い直す。

「孔ちゃんのリストもあるってこと」

多聞は壁のおたずね者リストの下の方を指さす。そこにはチキンマンという泥棒の特徴が貼られている。身長百七十くらい、やせ型、成長性だけはBと高かったが、解錠技術G、計画性G、忍耐力G、臆病でちょっとでもヤバくなるとすぐに逃げるが、逃げ足が遅いと最低評価だ。このチキンマンは孔太のことだったのか。苦笑いがこぼれた。

彼らは自分が泥棒だと知っていて受け入れてくれたのだ。何だろうこの温かさは。ここにいてもいいんだよと言われているようだ。だが……。

しばらくしてから、孔太は口を開けた。

「ざけんなよ、いくらなんでも酷《ひど》すぎだろ」

出た言葉は、そんなものだった。しかし心晴は満足げに微笑んでいる。多聞はふっと口元に笑みを浮かべて、土蔵の方へと姿を消した。

孔太は一人になると、本堂の方にある仏像を眺める。自分はこれでいいんでしょうか。ここにいていいんでしょうか。心の中で珍しくそんな殊勝な問いを発した。すべてを告白するタイミングを逸した気がする。情けない。本当に何をやっているんだという思いだ。孔太は亀戸天神社で心晴からもらった木彫りのうそを取り出すと、しばらく握りしめていた。

第三章　指名手配犯と手錠の鍵

境内と土蔵の間に咲く菜の花を、雨が濡らしていた。

仕事の依頼はなく、よく遊びに来る近所の子供たちもいない。いるとうるさいが、いないと少し寂しい気がする。

心晴も介護の仕事に出ていて不在だ。彼女は根津にある福祉センターを中心に、近隣の施設へ出向くことが多い。宿題と言って鍵が抜けなくなった金めっきの施されたピンシリンダー錠を孔太に渡し、どこにトラブルがあって、どうすれば直るのかを考えてみるよう指示した。

最初の頃ならきっとわからなかったが、今の孔太にはだいたいわかった。このトラブルは、楕円形のインタラクティブピンが欠落しているからだ。インタラクティブピンはピッキング防止の役割を担っているのだが、時々不都合を起こす。だからそれをはめてやればいい。ただし心晴のことなのでそう思わせておいて全然違う答えのこともある。

「え？　本気でやってたの？　あれどこも悪くないんだよ」

丸一日考えてもわからず、降参した後にそんな感じでしれっと言われたこともある。何とも意地の悪いことだが、こういう宿題を通じて、自分の能力も確かに向上しているのがわかる。依頼される鍵のトラブルの大半は素人には難しくても、今の孔太になら解決可能だ。

多聞は例によって、土蔵にこもっている。寡黙な人だが、多聞は孔太の鍵師としての才能を認めてくれた。

時間が経って、本当のことが言い出しにくくなってしまった。多聞や心晴は孔太のことをチンケな窃盗犯と思っているようだが、そうじゃない。小石川のマンションから飛び降りてからすでに四ヶ月。時間の経過が重くのしかかる。

電話が鳴ったのは、午前十時過ぎだった。

「はい、野々村十六堂です」

電話対応もだいぶ慣れてきた。明るく応じるが、相手はすぐに言葉をよこさなかった。一瞬、千川興業のヤクザかと思ったが、どうも違うようだ。

「あの、どうされました？　鍵と錠前のことなら任せてください」

こちらからせっつくと、相手はくぐもった声で応じた。

「どんな錠前でも開けられるんだってな」

押しつぶしたような男の声だ。正直、自分にはまだそんな力はない。だが多聞ならきっとどんな錠前でも開けてしまうだろう。孔太は自信をもって、お任せくださいと応じた。

「秘密は絶対厳守なんだな」

「え、ええ……それはもちろんです」

「どんな場合にでもか」

念押しの問いに、孔太は一瞬、答えに窮した。何か普通の依頼と雰囲気が違う。ただし男の横から女性のささやき声が聞こえた。

「ねえ、そんな言い方しちゃだめだよ」

そうだなと小声が聞こえた。

「いや、すまんな。ちょっと脅すような物言いになってしまった。実は言葉に出すのが少し恥ずかしい頼みなんだよ。だからあまりこちらのことは訊かないでくれると助かる」

「そうなんですか。ええ、秘密は守ります。場所を教えていただければうかがいますけど」

それから孔太は男性と会う場所の取り決めと、だいたいの費用の見積もりについて話した。男性の話では解錠を依頼する錠前は、単純なインテグラル錠のようなものらしい。

「携帯の番号を教えてくれ。何かあったらそこにかける」

「わかりました。090の……」

孔太は仕事用に持たされている携帯の番号を教えた。十一時に団子坂下《だんござかした》でという約束で通話を切った。

「うーん、疲れた」

狙いすましたようなタイミングで心晴が戻ってきた。夜勤明けで眠そうだが、先ほどの依頼について話す。

「ふうん、そりゃちょうどいいわ。お腹《なか》すいてたし」

心晴は多聞を呼びに行く。三人は昼ご飯を兼ねて団子坂に出向くことになった。

待ち合わせ場所の団子坂下は、千駄木《せんだぎ》駅の近くの交差点だ。

三人はヘビ道を歩いた。谷根千《やねせん》と言われるこの辺りは坂道が多い。この団子坂も今でこそ車の通りが多くなったが、かつては悪路だった。転ぶと団子のようになったのが名前の由来だと言われる。江戸川乱歩《えどがわらんぽ》のD坂をはじめ、多くの小説にも登場し、菊人形の発祥の地でもある、と心晴が得意げに言っていた。

雨の中、隣でその心晴はくしゃみをした。

「介護先にいた猫の風邪《かぜ》がうつっちゃったかな」

傘をさしつつ、しばらく待っていたが、依頼主は一向に現れない。すでに約束の時間から三十分以上も経過している。電話番号を聞き忘れていたので連絡をとることもできず、孔太たちは待ちぼうけを食らってしまった。

「ダメだこりゃ、もう帰りましょうよ。お腹も減ったし」

心晴はかなり寒そうだ。孔太も皮下脂肪があまりないので寒さには弱い。多聞もそのようだ。というより多聞は暑さにも弱く、少し暑いとぐったりしている。

「依頼、何だったんだろうね」

心晴は小首をかしげた。ただのイタズラには思えなかったが、考えていても仕方ない。ぐうと腹が鳴るのを合図に、引き上げることにした。

そのとき、心晴のスマホに連絡があった。

心晴が顔をしかめているので覗き見ると、表示は山井健吾となっている。谷中霊園内にある交番に勤務する変な警察官だ。

「山井さんからの依頼はおかしなのばっかだから、困るのよね」

「心晴さん、多聞さんは?」

スマホの向こうで、山井は多聞に代わってくれと言っている。少し離れていたのに、耳をつんざくような大声が聞こえて来た。

「や、やりましたよう! やってしまいましたあ」

何なのだこの興奮は……。多聞も顔をしかめた。

「多聞さん、解錠を頼みます! 人生最良の日かもしれません。これで長い交番生活ともおさらば。捜査一課に抜擢《ばってき》されて鬼の山さんと呼ばれる日が近づいてきました」

「山ちゃん、順序立てて話せ」

「は、はい……先日、上野《うえの》動物園近くで窃盗事件が発生したんです。大佛《だいぶつ》パゴダ前で財布をすられた人がいまして、犯人は正岡子規《まさおかしき》記念球場の前を走って逃げようとしていました。パンダ橋を渡る寸前、その犯人が本官を逮捕したんです」

興奮しているようで、逮捕する側とされる側が逆になっている。事件自体は単純なもののようだが、どうしてこんなに興奮しているのか意味不明だ。落ち着けと言われても山井は落ち着いている場合じゃありませんよ、とおかしなことを言っていた。しばらく話すと、やっと事情が呑《の》み込めてきた。すりの事件は単純なものだったが、その逮捕した犯人宅で何かが起こったようだ。

「要するに盗人の錠前を開けろって言うんだろ？　どうしたんだ」

「多聞さん、聞いてください。僕が逮捕したんですよ」

横から心晴が割って入った。

「誰を？　チキンマンですか」

チキンマンはここにいるから、逮捕は無理だと孔太は心の中で突っ込む。山井は興奮が冷めやらないようだ。

「そんな雑魚のはずないじゃないですか」

山井は声をこれまでの最大音量に上げた。

「逮捕したのはギドウです。鍵師ギドウ！　やっちまいましたよ」

多聞の顔が一瞬引きつった。心晴も小さくえっと漏らす。スマホからはバンザイ三唱が聞こえる。まさか……本当に山井がギドウを逮捕したというのか。

多聞はすぐ行くと言って通話を切った。

傘をさして移動中、多聞は心晴の問いかけにも、生返事をするだけでまともに会話にはならなかった。ギドウのことは極秘扱いなのに、どうして山井のような一警官が知っているのかと思ったが、心晴の話では碇に何故か信頼されているらしい。正直なところ、山井という警察官はいつも大げさだ。殺人未遂事件を解決したと言っていたのに、ただの痴話げんかだったこともあるらしい。

しかしギドウに関してはあり得なくはない。いくら優れた大泥棒だとしても、ほんのつまらないことでミスをして、捕まってしまうからだ。先のルイズキラーこと田之上義行なども解錠技術はかなりのものだったのに、あんな形で死んだ。ギドウとはいえどんなミスがあってもおかしくない。多聞もきっと同じようなことを考えているのだろう。九十九パーセント、ギドウのはずがないと思いつつも、一パーセントくらいはそういう疑念に駆られているのではないか。

指定された場所は、湯島《ゆしま》だった。引き返すのも面倒なので、メトロで千駄木から向かった。目的地は旧岩崎《いわさき》邸庭園から近いがそんな巨大なものではなく、かなり年季の入った木造アパートだった。パンダ橋近くで逮捕された男の自宅だという。アパートの大家が立会人になっているようで、多聞が駆けつけると、制服警官が手招きした。

「多聞さん、こっちですよ」

山井だった。孔太は多聞や心晴に続いて部屋の中へ入った。

「それより山井さん、なんでギドウだって言うんですか」

心晴の問いに、山井は自信あり気に答えた。

「逮捕した園川《そのかわ》の名前がよしみちなんですよ。漢字で書くと……」

紙に義道という汚らしい文字が書かれていた。それだけの理由なのか。家宅捜索していた刑事が、迷惑そうな顔をしていた。

「それだけじゃありませんよ。実はこの園川って男、結構大物でしてね。二百件以上の家に侵入し、合計二億五千万円を盗んで逮捕された過去があったんですよ。ただし出所してから十二年は鳴りを潜めていました。きっとこの金庫にその十二年の蓄財があるに違いありません」

前科のある男なのか。園川はすりの準現行犯で逮捕されたあと、警察の留置場に入れられて取り調べを受けているところらしい。二億五千万も盗むとは確かにたいした大泥棒だ。だからといってギドウだとは言えないが、孔太はそのことよりも、金庫の横で泣いている女の子が気になった。まだ小学生だろう。ピンク色のランドセルが近くにあった。

「ああ彼女は園川の娘さんのあおいちゃんですね。親一人子一人だったようで。まあ可哀《かわい》そうだけど、父親があんなことになって、施設に入れられることになるでしょうね。女性警察官が連れて行こうとするんですが、てこでも動かない様子なんです」

山井の言葉を無視するように、多聞は金庫に近づいた。安っぽい耐火金庫だ。これくらいなら孔太でも何とかなりそうだ。

多聞が錠前に手をかけると、小さな影が駆け寄った。

あおいがガブリと多聞の腕に噛みつく。

「こらこらこら、多聞さんに何するんだよ」

山井が引き離そうとするが、彼女は目に涙を浮かべながら山井にやめてやめてと抵抗している。

「お父さんは泥棒じゃない！」

気持ちはわかるが、こちらも仕事だ。開けないわけにもいかない。山井があおいに抵抗されながらも押さえつけている間に、多聞はあっさりと解錠に成功した。

「こりゃ、孔ちゃんでも行けたね」

心晴がささやいた。多聞が金庫の扉を開く。何が出てくるのかと誰もが注目するが、出てきたのはスケッチブックだった。山井が必死になってめくるが、男性の顔が何枚か描かれているだけだ。あおいが父親をモデルに描いたようだ。

「この絵は何かの暗号じゃないんですか」

山井の指摘に、刑事も多聞も呆れた顔だった。

「わたしが描いたんだよ。お父さんは一番の宝物だって金庫にしまっていたの！」

あおいは泣きながら叫んでいた。孔太も覗き見るが、上野公園によく行っていたようで、不忍池《しのばずのいけ》や西郷隆盛《さいごうたかもり》像が一緒に描かれていた。

「一番可哀そうなのはこの子ね」

心晴は同情していたが、山井はそんな馬鹿なと言いつつ、野良猫のように金庫内をあさっている。しかし何もない。多聞はやれやれとお手上げのポーズをとった。

結局、これといって不審なものは見つからなかった。

「解錠成功したんだし三万円、報酬はしっかり振り込んでおいてね」

心晴が山井に念押しした。多聞は無駄な時間を使ったなという顔だ。

「本当に人騒がせな解錠依頼でしたね」

「ああ、いつものことさ」

多聞は手ごたえのない仕事に脱力した返事をした。孔太は多聞の横顔をうかがった。ギドウではなかったことにホッとしたように映る。追い続けているのに、こんなに簡単に捕まっては困るという複雑な思いがあるように思えた。

「多聞さん、お昼ご飯まだですよ。ラーメンでも食べていきましょうよ」

心晴が提案した。三人は天神下にあるラーメン屋に向かう。食事中に心晴がスマホで臨時ニュースの動画をこちらに見せた。

「本日午前八時ごろ、東京拘置所に移送中の受刑者が、上野駅近くで看守の隙をついて逃亡しました。逃亡したのは須藤良和《すどうよしかず》受刑者三十七歳。殺人罪で服役中であり、注意を呼び掛けるとともに、警察では行方を全力で探しています」

殺人犯が脱走したという大きなニュースだった。

「え、上野駅？　思い切り近くじゃない」

食事を終え、ゆっくり歩いて谷中に戻る途中、そういえばと心晴はつぶやいた。

「おかしいと思わない？　孔ちゃん」

「何が？」

「昼前にあった電話よ」

確かに気になる電話だった。どんな錠前でも開けられるのか、そして秘密は絶対に厳守なのかと。あの時、相手は錠前のことについては恥ずかしい頼みなのでと誤魔化していたが、確かに奇妙な電話だ。約束を違《たが》えたのも気になる。

「おかしな依頼もあるにはあるんだよ。SMプレイを楽しんでいた男女が、手錠が外せなくなったって連絡してきたとか。わたしも孔ちゃんが受けた電話、最初はそうなのかと思ったんだ。けどさ、どうもおかしい。名乗ることも、連絡先も言わなかったんだよね。そういう場合だったら名乗ってもいいじゃん。こっちから連絡できなかったら急用の時に困るのはわかるだろうし。途中で誤魔化していたらしいけど、犯罪のにおいがするね」

心晴は眉間に中指をあてながらうなずいていた。多聞は先の電話について、孔太にもう少し詳しく訊ねた。

「そいつはこう言ったんだな？　インテグラル錠みたいなもんだって」

孔太が間違いないと応じると、多聞は一人で納得したような顔だった。

「ちょっと多聞さん、わたしたちにもちゃんと説明してくださいよ」

心晴の追及に、多聞は邪魔臭そうに両手首の内側をくっつけた。

「え、手錠がどうしたんですか」

「手錠もインテグラル錠みたいな構造なんだ。単純なシリンダーが入っている。鍵師なら鍵がなくても楽に外せるけど、一般人なら苦労するはずだ」

殺人犯が逃亡中というニュースがあった。移送中に逃亡する場合、手錠はしたままではなかろうか。そのままでは逃げにくいし、目立つだろうから当然外そうとする。孔太にもそれくらいは想像できた。さっきの電話、多聞はこの逃げた須藤という指名手配犯だと睨んでいるようだ。

「孔ちゃん、もう一回かかってきたらどうする？」

心晴に指摘されて、孔太は言いよどんだ。こちらからはかけられないが、向こうはこちらの携帯番号を知っている。団子坂下には現れなかったが、もう一度連絡して来る可能性だってある。その場合、どうするべきだろうか。いや、いくら個人情報の守秘義務があっても、指名手配犯を逃がすわけにはいかない。

待ち構えていたが、なかなか電話はかかってこなかった。

谷中銀座まで戻ってきたとき、心晴がクロワッサンを買いたいと言い出した。

「ここのパンは富士山の溶岩を利用した窯で焼かれてるのよねえ」

上目遣いで眺めると、商店街の屋根の上に白い猫が載っていた。雨に打たれながら、孔太を見下ろしている。

「本物だと思った？　残念、あれは置物ですから」

ここに初めて来たとき、見たような気がする。ただしあの白い猫の置物は猫雑貨を扱うお店の横にあったはずだ。

「あんなところにあったたか」

「言わなかったっけ？　谷中銀座商店街には七匹の猫の置物があるの。七福猫っていって場所は時々変わるから、全部見つけるといいことあるかもよ」

クロワッサンを購入した心晴は鼻歌交じりにへび道を歩いた。多聞は事件のことが気になるのか、うつむきながら歩き、電柱にぶつかりそうになっていた。

十六堂が見えてきたとき、孔太の携帯が震えた。

公衆電話の表示だ。まさか……恐る恐る通話ボタンを押す。

「はい、毎度ありがとうございます。野々村十六堂でございます」

定型文のような挨拶をすると、少し間があって、潰れた声が聞こえた。

「さっきはすまなかったな」

同じ声だ。本当にかかってきた。どうすればいい？　多聞に代わろうかと思ったが、多聞は自力で何とかするよう目で合図をよこした。

うなずくと、孔太はいえ、と小さく応じた。

「鍵屋さん、こちらにも事情があってな。あまり人に姿を見られたくないんだ。あんたらが変なことをせずに俺の錠前を開けてくれるなら、報酬ははずむ」

そうだなと言って男は少し考え込んだ。

「キャッシュで百万だ」

予想もしない額だった。間違いなく普通の仕事ではない。須藤は強盗で金を得て、どこかへ隠しているのかもしれない。これだけあれば、千川興業へ返済できる。そんな誘惑がふと起こったがすぐに否定する。多聞や心晴が横で聞いているし、そんな金を受け取ったならばこちらも共犯にされかねない。それどころか鍵を開けた途端に口封じだってあり得る。

「どうだ？　やってくれるか」

断ろうと思ったが、多聞が携帯を奪った。

「ああ、引き受けた」

いいんですかと言う心晴に、多聞は大丈夫と応じる。

「じゃあ時間は午後六時。場所は巣鴨《すがも》駅前、タクシー乗り場あたりで。おかしな真似をするなら約束はなかったことと思っておけ。いいな」

わかった、と応じて多聞は通話を切った。

2

雨は午前中より少し弱くなった。

予報では夜には上がるらしい。それはいいとして、多聞はどうしてこんな依頼を引き受けてしまったのだろう。金に目がくらんだとは思えない。孔太が受けた電話を須藤からと断定し、引き受けた上で碇刑事に連絡をとり、のこのこやって来た須藤を逮捕しようとしているのかもしれない。

十六堂に帰った孔太は今朝の宿題に取り組んだものの、刻一刻と約束の時間に近づいて行くのでどうも集中できないでいた。

「気分を入れ替えるためにどう？」

心晴がコーヒーを淹《い》れてきた。その香りに誘われてか、土蔵から多聞が姿を見せる。

「あ、どうです？　多聞さんも一杯」

多聞はどこかへ出かけるのか、ワインレッドのシャツに着替えた。山井の勤務する谷中霊園の交番に行くことになったらしい。

「結局、家宅捜索でギドウにつながる何かは出てこなかったんですよね」

心晴の問いに多聞はああ、と応じた。山井はさっきはしゃいでいたが、今度は世界の終わりが来たみたいに落ち込んだ様子だったという。

「ふうん、近いし、取りあえず行ってみよっか」

心晴や孔太も付き合うことにした。

移動中、多聞は意外と真剣な顔だった。指名手配犯と思われる人物からの解錠を引き受けたからだろうか。

「どうしたんですか。山井さんはいつも大げさだし、気にしなくていいんじゃ？」

同じことを思ったようで、心晴が代わりに問いかける。

多聞は首を横に振った、今回のことに関しては、そこまで気にしていないようだ。

「さっき湯島に行っただろ？　俺なりに園川義道って人物を調べてみた。この園川、かなりの腕前だ。十六堂のおたずね者リストには、十年くらい前からの盗人しか載っていない。それ以前の盗人に関してはよく知らなかった。でもあいつが過去にやって来た犯行や手口の情報から考えて、ルイズキラーより格上だ」

ルイズキラーは死んだが、多聞が解錠技術を高く評価していた盗人だ。

「まさか本当に園川がギドウだって言うんですか。目立たないように手口も変え、自宅の金庫はフェイク。盗んだ物は別の場所に保管しているとか」

「それはまだ、全然わからない」

話しているうちに、交番に着いた。

三人が到着するや否や、山井が血相を変えて飛び出してきた。

「た、多聞さん、助けてください」

多聞は冷めた目で落ち着くよう促した。

「僕はもうおしまいなんですよ。鬼の山さんはうたかたの夢でした」

泣きだしそうだ。説明が端折《はしょ》られすぎで何が何だかわからない。二、三時間前までは人生最良の日だとはしゃいでいたのに、極端な変わりようだ。

「だから落ち着いて話してよ」

心晴は女性警察官のように、交番の中に山井を連れて行って椅子に座らせた。

「ちゃんと順序立てて話して」

どっちが警官なのだろう。心晴が勝手にコーヒーを淹れると、山井はありがとうございますとそれを飲む。やっと落ち着いてきたようだ。

「あれから交番に戻ったんです。続けざまに三人ほど相談に来る人がいましてね。その間ここにいたんですけど、最後の一人が帰った後、大変なことに気づいたんです」

「大変なこと?」

「ええ、鍵を失《な》くしちゃったんです」

何の鍵だろう。心晴は首をひねりつつ、問いかける。

「手錠の鍵ですよ。普段はちゃんと保管しておくんですけど、さっきはギドウ逮捕で興奮しちゃって……」

「どこかへ落としたんですか」

「さすがにそれはないと思います」

「じゃあ、どうしたんです?」

わかりませんよう、と山井は頭を掻きむしった。

「交番のどこかにひょいと置いちゃったんじゃないのかと。立て続けで三人に話を聞きまして、僕は途中で席を外しましたし、その時、誰かに持って行かれたとしか思えないんです」

「まずいな、そりゃ」

嚙みしめるような多聞のひと言に、山井は余命宣告をされたような表情になった。心晴も思い出したように追い討ちをかける。

「確か手錠の鍵の紛失は即刻、どっかに飛ばされるんじゃなかった？」

「そ、そうなんですよ。だからそこを多聞さんの力で何とか」

多聞はため息をついた。心晴が代わりに答える。

「ううん、そんな不始末は、さすがに多聞さんでも無理よ。インプレッションでブランクキーを加工したり、合い鍵を作ったりしても、それは根本的な解決にはならないでしょ？　この場合、奪われたこと自体が問題なんだし」

心晴の言うとおりだなと思った瞬間、孔太の脳裏を閃光《せんこう》が駆け抜けた。

――まさかこれって……。

横にいた多聞は、あごに手を当てながら考え込んでいた。きっとこの考えに多聞なら先に到達している。手錠の鍵は都道府県で統一されていて、一つあればすべての手錠を開けることが出来る。それは以前、うそ替え神事のときに山井自身も言っていたことだ。だからこそ鍵の紛失は重大なミスと言われるのだろうが、この手錠の鍵の紛失は須藤事件と関係しているのではないか。

心晴も気づいたようで、あっと声を上げた。

「山井さん、事情を訊いた三人について教えてください」

「は、はい」

山井は素直に質問に応じた。一人目は財布を拾ったというお婆《ばあ》さんだ。二人目は自転車泥棒で連れてこられた高校生、三人目は三十前後の女性だったらしい。

「赤い財布を拾いましたって言うお婆さんは、記録によりますと山口《やまぐち》タエという八十過ぎの女性です。千駄木に住んでいまして、猫のエサやりを巡ってよく周りの住民とトラブルになっているんですよ。好きな猫はサビ猫であのサビサビ感がいいとか」

全くどうでもよさそうな情報が多分に混じっていた。

「二人目の高校生は、沢野《さわの》一樹《かずき》といいまして、自転車泥棒の容疑で連れられてきました。かなり素行の悪い少年ですよ。自宅は埼玉なのにわざわざ東京に出てきて悪さをして行くんです。僕的にはこいつが盗んでいったんだと思いますね。インチキ野球部員の上に本当に手癖が悪くてね。万引きで現行犯逮捕されたときには、俺は次の塁を盗むんじゃない。観客の心を盗むんだとかわけのわからないことをペラペラと……」

三人目の女性に関しては、名前も連絡先もわからなかったらしい。

「彼女は財布を落としてしまったとかでやって来たんですよ。それで僕はこれはさっきタエさんが拾ったっていう赤い財布だなってピーンと来たんです。でも保管してあった財布をこれですかねえと言って差し出そうとすると、もう姿がなかったんです。まるで深夜、トンネルでずぶ濡れの女性を乗せたタクシードライバーのような感覚でしたよ」

心晴はたとえに小首をかしげた。財布の特徴などは訊かないのだろうか、と孔太は思ったが、山井はこれだと思い込んでしまったらしい。

「ただ見覚えがある顔でして、時々上野駅の売店で見かける人だと思います」

心晴はなるほどと手を打った。

「ハッキリと断定はできないけど、三人の中に手錠の鍵を盗んだ犯人がいるとすれば、怪しいのはその人ね。多聞さん、どう思います?」

しばらく考え込んでいたが、やがて多聞は口を開いた。

「怪しいのは最後の女だ」

「ですよねえ」

財布を落としたというのに、名前も連絡先も告げずに立ち去ったことだけで十分怪しいが、それだけではない。最初に十六堂にかかってきた電話……あの時、男の隣には若い女性がいたように思うのだ。仮に須藤がこの辺りに潜伏していて、その女性にかくまってもらっているとするなら、その女性が彼のために手錠の鍵を手に入れようとしたという推理が成り立つ。

「山井さん、手分けして聞き込みましょう。時間との戦いだと思うし」

心晴の言葉に、山井は大げさにお辞儀をした。

「は、はい。ありがとうございます」

山井は例の女性を追うようだ。別の警官に連絡をとると、ありがとうございますと繰り返して出て行った。

「さてわたしたちも行きましょう。あんまりぐずぐずはしていられないし」

心晴は時計を見る。すでに午後三時を過ぎていた。

十六堂に戻ると、多聞は自転車に乗って駆け出した。霧雨になったので傘は前かごに入れた。心晴と孔太も自転車で後を追う。多聞は不忍通りから東大構内を横目に細い道をギザギザに曲がって進んでいく。着いたのは警察署だった。

「碇のオッサンが言うには、ここに留置されているそうなんだ」

山井の協力をしてやるのではなかったのか。同じことを考えたようで、心晴が多聞に訊ねた。

「誰に会うんですか」

「園川義道だ」

山井がギドウだと疑っていた窃盗犯だ。とはいえ山井にとっては鍵を取り返すことは一刻を争うだろうに、どうして多聞は園川に会いにいくのか。

「こんにちは。面会希望なんですが」

心晴が交渉を始めた。弁護士ではないので、一般人との接見は簡単にはいかない。しかし多聞が碇に電話して頼んでもらったところ、園川との接見に成功した。

「十五分だけですよ」

「すみません。恩に着ます」

多聞と心晴、孔太は案内されて、接見室へと赴く。まったく会ったこともない男とこうまでして会おうとするのは何故だろう。確かにかつてはルイズキラー以上の実力を持った窃盗犯でも、出所して以来、目立ったことはしていない。今回のことも冤罪《えんざい》の可能性もある。いや、おとなしくしているからこそ、多聞は疑わしいと思ったのだろうか。元々凄腕だった窃盗犯が出所してさらにパワーアップ。多聞はそう考えているのかもしれない。

やがて警官に連れられて、気の弱そうな男がやって来た。

これが園川義道なのか。あおいが描いた絵よりもずっと貧相で、ひげもじゃ。孔太は十五年後の自分がそこにいるような感覚だった。

園川はよっこらしょと腰かけた。

「誰だよ、あんたら」

第一声はそれだった。あまりにも率直な疑問だ。

「あおいちゃんの将来のことで話がありまして」

遮蔽板越しに心晴がゆっくりとした口調で話しかける。本当はあんたがギドウなのかと問いかけたいのかもしれないが、弁護士との接見とは違って、一般人の接見では警察官が会話を聞いている。事件については基本的にしゃべることが出来ない。心晴は園川がこのまま有罪になった場合、あおいをどうするのかと無難なことを訊いた。

「あのな、その心配は無用だ。俺はやってないんだから」

遮蔽板越しに園川は答えた。

「そうかもしれません。ですが園川さん、現実はそうじゃない。あなたが意図しないところで事件は動き、あおいちゃんは不幸になってしまうかもしれないんですよ。ウチは鍵屋ですが、引き取って面倒を見ましょうか」

園川は眉間にシワを寄せた。

「どういう意味だ？」

「ウチは寺みたいなもんですから。鍵っ子の子供たちが遊んでいますし」

「嘘つくなよ。オレが窃盗犯だから、娘も同じ犯罪者の道を歩むことになってしまうって言いたいんだろう？　確かに十二年前まで、オレは窃盗犯だった。元々は鍵師を目指して鍵の学校に通っていたんだが、そこが詐欺まがいのトコでな。何百万も授業料をぼったくった上、卒業したあとは自分で顧客は開拓しろだとよ。だが無理だった。都内では仕事は全部既存のトコにとられてまともに出来なかったし、地方ではそもそもニーズがない。鍵師の技術はあっても、生かすところがなかったんだ。だからつい……」

それはよくわかる話だ。孔太も高校時代の友人に聞いたことがある。彼は高い就職率をうたうアニメーション学校に通っていたが、就職できたのはアニメの仕事ではなく、ブラックな工場で、すぐに辞めたらしい。結局すべてはビジネス。中途半端に金を持っている親と、中途半端な夢にひかれる若者を出汁《だし》にしているだけではないかと腹を立てていた。鍵の学校の世界もそういう面が多分にあるのかもしれない。

「もちろん悪いのはオレだ。就職氷河期で、鍵師の道へどうしても進みたかったたってわけじゃないのさ。それにいくらそういうビジネスに引っかかったって言っても、窃盗犯なんかに身を持ち崩してしまったのは自分自身のせいだ」

孔太は自分のことを言われている気がした。

「ただしそれは十二年前までの話だ。出所してからは神に誓って一度たりとも人様のもんを盗んだことはない。今回だってそうだ。あの警官が勘違いしただけさ」

強い言葉だった。園川の怒りは本物のように思える。ただし自分も犯罪者だから偉そうなことは言えないが、人は演技が出来る。神に誓うだの土下座だのは割り切ってできてしまうのが犯罪者たるゆえんでもあるのだ。

多聞が心晴に代わって静かに問いを発した。

「昨年の十二月二十三日、午後十時、あなたはどこにいましたか」

まるで刑事のような質問だった。それは孔太が十六堂に来てから間もなく、財務官僚宅で起きた窃盗事件があった日時だ。多聞が四十一分もかかった金庫の解錠を十分足らずで終えたギドウ……完全に疑っての質問だ。

園川はしばらく考えていたが、やがて口を開いた。

「湯島のアパートだ。娘に絵本を読んで寝かせてやっていたよ」

「去年のことなのに、よく覚えていますね？」

「ああ、六時に仕事を終えて帰って来て娘と食事。七時に風呂入って八時から菓子でも食いながらテレビって感じで、規則正しい生活をしてたからな。その時刻ならまず、娘と一緒だ」

本当だろうか。この園川の表情からは読み取れない。さすがに彼も有能な鍵師だ。

それからしばらく長い間があった。

いつの間にか約束の十五分が経過している。多聞はそれ以上、訊くことはないようだった。

「収穫はあったんですか」

留置場を出ると、心晴が多聞に訊ねた。多聞はしばらく黙っていたが、やがて首を横に振った。お手上げのポーズをする。園川という人物は相当な手練《てだ》れであることだけは確かなようだ。

心晴のスマホに連絡が入った。

「や、やりました。ついに突き止めました」

山井だった。ビンゴですよと興奮している。心晴は場所を聞き出すと、すぐに行きますと言って自転車にまたがった。

「こっちも手伝ってやらないとな」

多聞はつぶやいて、ペダルを踏みしめた。

3

上野駅周辺は、いつもよりも警察の数が多かった。

殺人犯が逃亡しているのだから当然だ。上野だけでなく、周辺区域でも検問が行われている。逃げたのは徒歩だが、協力者がいれば車のトランクに隠れるなどして、いくらでも逃亡できるからだ。警察の威信にかけて絶対に逃がさないという気配だった。テレビ局の姿も見え、リポーターが上野駅前から中継をしていた。

そんな騒がしさから逃れるように、多聞と心晴は自転車をこいだ。孔太もママチャリで後を追う。三人は上野駅をスルーして鶯谷《うぐいすだに》へと向かった。自転車の方が小回りが利く上、検問のわずらわしさからも解放されて早い。山井が思い出した女性は鶯谷のマンションにいるということだった。

午後五時前、四階建てのマンションの駐車場では、山井が手招きしていた。

「いますよ、います……明かりが点いてますから」

三人目の女性は佐原明海《さはらあけみ》といって、山井の記憶どおり上野駅の売店で働いていた。今日は休んでいるらしい。

「彼女は須藤をかくまっているに違いないですよ。さすがに僕だけでは確保は厳しいんで、本庁に連絡しましたけど」

碇たちが応援に来るらしい。

「それはいいんですけど、もし鍵が出てきたら僕はどうなっちゃうんでしょうか？　どうせ佐原明海は僕から鍵を盗んだことを言いだしますよ」

「大丈夫よ山井さん、その時は多聞さんが何とかするから」

心晴は適当なことを言っていた。それより頼みがあるんだが、と多聞は山井に耳打ちした。山井は首をかしげていたが、渋々わかりましたと答える。

「任せていいんですね」

「ああ、鍵を紛失したことはうまく誤魔化して取り返してみせるから」

「た、頼みます」

山井はどこかへ行ってしまった。

入れ替わりのように、本庁からの応援として屈強な刑事たちがやって来た。

「碇刑事もいるね」

心晴は近づいていくと、須藤らしき人物の手錠を外す依頼を受けていることを話した。

「じゃあその時は、須藤本人が来るわけだな」

碇の問いに、自信ありげに多聞はうなずく。

「手錠をはめているのは本人だ。これぱかりは代役は利かないからな」

碇たちは静かに気配を殺し、佐原明海が動き出すのを待ち構えた。

「それにしても多聞さん、何でここまで山井さんに協力してやるんですか？　仮に見つけたのが彼でも、鍵を奪われるっていう失態があったわけで」

心晴の問いに多聞は少し寂しげな顔で応じた。

「山ちゃんには借りがあるのさ」

芦名果歩宅でインキュバス役をやらせたことだろうか。

「多聞さん、山井さんの鍵を奪ったのは、佐原明海なの？」

心晴の問いに、多聞は微妙だなと答えた。

「仮に俺たちの約束に須藤が現れるようなら、奪ったんじゃないだろう。そこまでする意味なんてないんだから」

「そうですね」

「でもその前に彼女が動くなら、やっぱり彼女が盗んだんだろう。須藤からしても、警察に張り込まれているかもしれないってリスクを冒してまで、姿を見せたくないはずだから。一番いいのは明海が鍵を盗んで直接開けることだ」

心晴はええとうなずいた。

それから随分と長い時間が経過した。

マンションの佐原明海に動きはない。見張られていると感づいて動けないのだろうか。あるいはまるで事件とは関係ないのか。刻一刻と手錠の鍵開けの約束時間、午後六時が近づいて来る。孔太が時計を見たとき、マンションの401号室から明かりが消えた。

「動いたみたい」

心晴はつぶやく。階段を慌てて駆け降りる明海は、手にスポーツバッグを持っている。原付にまたがると、思い切りスピードを出してどこかへ走り去った。ということは明海が山井から奪った鍵を持って、須藤の隠れた場所まで向かう気か。あのバッグには着替えなどが入っている確率が高い。しかし警察はすでに万全の包囲網を敷いているはずだ。後は任せるしかない。

「どうやら、わたしたちに出番はなさそうですね」

心晴はホッとして息を吐き出した。

時計を見るとすでに午後五時三十七分。約束の時間まですぐだ。念のために約束の場所になった巣鴨駅に自転車で向かう。碇も部下とともにやってきた。警察からすれば短時間で須藤を捕まえたいところだし、絶対に失敗は許されない。さっきの明海の動きは陽動作戦で、こちらの人員を割くという狙いがあるのかもしれない。警察からすれば万全を期すつもりなのだろう。

急いだので、巣鴨駅までは十五分ほどで着いた。

孔太は辺りを見渡した。それなりに乗降客がいる駅なので、確かに身を隠すのには適している。しかしすでにニュースで殺人犯逃亡の情報は流れた。仮に手元を隠しているような人物がいれば、怪しまれてしまうのではないか。碇たちだけでなく、おそらく近くには多くの私服警官が潜んでいるのだ。

午後六時。約束の時間になった。

辺りを見渡すが、連絡してきたと思しき人影はない。子供を迎えに来た親や、タクシーが見られるくらいだ。

「孔ちゃん、こういう場合も考えられるよね」

心晴が小声で話しかけてきた。孔太も小さく、何だよと応じる。

「例えば急にＪＲに乗れって言ってくるとか。その時どうする？」

そう言われても困る。素直に答えると、心晴は微笑んだ。

「警察の大半は佐原明海について行ったわ。まあ、しかたないわね。でもここで急に電車に乗れと言われれば、どれだけの警察関係者が一緒に乗り込める？　たぶん厳しいんじゃない。元々乗り込んでいる警察関係者もいるかもしれないけど、数は急激に減っていく。こうやって須藤はだんだんと人員を削っていく作戦かもよ」

もし心晴の言う通りなら、警察の人員が多く投入された明海の方ではなく、こちらの方が本命かもしれない。

「あ…あれ」

心晴のつぶやきに、孔太はどうしたと応じる。心晴は黙って自販機の方を指さした。須藤が来たのか……孔太は身構えた。

「寝ちゃってるよ」

「はあ？」

自販機の横には、片足を投げ出してへたり込む多聞の姿があった。完全に眠っている。孔太は大声で起こそうかと思ったが、怪しまれると思い、やめた。

「仕方ないよ。多聞さんの病気はどんなに緊張していても起こるんだから」

心晴はかばっていたが、こんな時に何をやっているんだ。そう思った時、孔太の携帯が鳴った。

慌てないでという心晴のいう通り、孔太はゆっくりと通話ボタンを押した。

「そこにいるようだな」

やはり依頼人だ。その直後、電車が到着して、多くの人が改札口から吐き出される。通話している人も何人かいた。

「電話を切らずにちょっと待っていろ、すぐに行く」

孔太は乗客に注目する。どいつだ？

「黒いレインコートを着ている」

大きなヒントだった。私服警官と思われる何人かが鋭い視線で乗客を一人一人見つめている。孔太は黒いレインコートを探した。孔太たちが巣鴨にいることを知っている以上、少なくとも依頼人はこの近くにいる。しかも手錠ははめたままのはずだ。そうでなければ接触してくる意味がない。

――いた。あいつだ。

頭からすっぽりレインコートをかぶった人物が、へたり込む多聞の足をまたいで通り過ぎて行った。私服警官がその黒いレインコートに声をかけ、何やら一言二言会話を重ねた。その隙に横から刑事たちが近づいた。レインコートの下から手錠が見えた。こいつだ。

だがそう思った瞬間、孔太の腕を誰かがつかんだ。腰のあたりに何かひんやりとしたものが突きつけられている。乗れというどすの利いた声と強い力に引っ張られ、孔太は横に停まっていたタクシーの後部座席へと引きずり込まれた。

「よし、出してくれ」

タクシーは出発する。心晴や警察は呆気にとられて黒いレインコートの男と、こちらを交互に見ていた。

孔太はタクシーの後部座席でわけもわからず、取り押さえられていた。

「約束は守ってくれたようだな、鍵師さん」

隣にいる手錠の男が言った。横目で確認。ニュースで見た顔……須藤だ。タクシーの運転手も口元を緩めた。運転している男と、乗務員証の顔が違っている。そうか、こいつも須藤の仲間、協力者は佐原明海だけではなかったのか。おそらくこのタクシーは、須藤の仲間が本物の運転手を脅して乗っ取ったのだ。

「黒いレインコートの人は誰だったんですか」

孔太の問いに、須藤はふんと答えた。

「ああ？　まったく知らねえな。ただのホームレスだ。一万円やってああいう恰好させたのさ。あいつがはめた手錠はただの玩具《おもちゃ》だ」

「おもちゃ……」

なんてことだ。多聞も警察も、完全に須藤の罠にはまってしまったのか。こちらが想像した以上に、何重もの罠が張り巡らされていた。

タクシーはとげぬき地蔵で有名な地蔵通り商店街には向かわず、いったん東へ走ったが、方向を変えて染井《そめい》霊園近くの細い道を移動していた。この辺りは寺院や墓地が多く、遠山《とおやま》の金《きん》さんの墓や四谷《よつや》怪談に出てくるお岩《いわ》の墓もある。

「さてと鍵師さん、約束は果たしてもらうぜ」

須藤はにやにやと孔太の顔を眺めた。

「俺らには時間がないんでね。ちゃっちゃと終わらせてくれ」

無精ひげと爛々と光る瞳には、彼が殺人犯だという説得力があった。

知らず知らずのうちに手が震えている。例のマンションから身を躍らせた直後のようだ。助けてと叫びたい。確かにピッキングの道具はある。だが解錠するのは多聞だと思っていたし、こんな状況で冷静に解錠できるだろうか。仮にできたとしても、彼らの顔を見た以上、口封じをされてしまうのではないのか。

「おい、何やってる？」

ピッキングツールを取り出すが、手が震えて思わず落としてしまった。慌てて拾い上げ、すみません、すみませんと何度も謝った。

「一分で外せなきゃ殺すぞ」

小さいが、すごみのある声だった。

「お前がダメなら、別のやつを探すまでだ」

須藤はナイフを払うような仕草をした。変な感覚が耳たぶにあって、熱くなってきた。切られたのか……。

開けられなければ殺される。焦りながらシリンダー錠にレークピックを突っ込む。だがうまくいかない。タンブラーの位置が全くわからない。果てしなく広い闇の中にいるようだ。泣きたい思いのまま、孔太はタンブラーの位置を探った。だがさっぱりだ。汗の代わりに耳たぶから血が滴った。時計の秒針が恐ろしい速さで過ぎていく。ダメだもう。自分には才能なんてなかった。待っているのは死……嫌だ。まだ死にたくない。頭の中がぐちゃぐちゃだ。これでは解錠なんてとてもできない。

だが四十五秒を過ぎた時だった。

――お前、才能あるよ。

多聞の言葉が不意に響いた。そうだ。自分は天才鍵師・野々村多聞に見込まれた男だ。こんな単純なインテグラル錠に負けてたまるか。不思議と急に心が落ち着いていく。心なしか一秒一秒の刻みが妙にゆるやかに感じられた。追い詰められたときにこそ鍵師の本領が発揮できる。どうせ一度は死にかけた身だ。開けても殺される……じゃない。開けて死ねばいい。無理にそう思った。

シリンダー、そしてタンブラーの位置が見えた。わかるぞ……邪魔をするタンブラーが潜んでいる位置が。孔太はほんのわずか左寄りに力を込めて、少し斜め上にピッキングツールを押し上げる。よし、シャーラインはそろった。

ツールをねじると、カチリ、と小さくそれでいて確かな音がした。この音とともに、一瞬止まるような感覚が手に伝わることをディテント機能という。解錠成功を知らせる勝利の感覚といってもいい。

「おお、やりやがった」

手錠は外れた。須藤は両手を突き上げて興奮気味によっしゃあと叫んでいる。

解錠時間は五十七秒。何とか間に合った。

「そうだ。礼をしねえと」

須藤が孔太に運転手の帽子をかぶせた。

「お前がこのタクシーを運転するんだ」

そうか、タクシーで逃げたことは目撃されている。いつまでもこのタクシーで逃げているわけにはいかない。だから孔太に途中で運転を任せるつもりなのだ。

タクシーは交差点を左に曲がると、一方通行を逆走して細い路地に入った。そこで一旦、車を停めると、運転席の男はシートベルトを外し、上着を脱ぎ捨てた。

「これを着て運転席に行け」

タクシー乗務員の恰好に着がえさせられた孔太は、免許もないのに運転させられることになった。外に出た須藤は運転席の窓から外した手錠の一方を孔太の右腕にかけ、その反対側をハンドルにひっかけた。

「このタクシーの制服が謝礼だ。コスプレにでも使いな」

「じゃあな、あとはよろしく」

行け、と命ぜられるまま、アクセルペダルを踏む。急発進したために、首がガクンとなった。直後に対向してきた車が警笛を鳴らす。焦った孔太はブレーキのつもりでアクセルペダルを踏んでしまった。ぶつかる！　孔太は激突する寸前で大きく左にハンドルを切った。体がおかしな方向に曲がった。眼前にはブロック塀が目の前に迫っている。

――避けられない。ダメだ！

孔太は目をつぶった。タクシーはブロック塀に突っ込み、激しい衝撃が体中を駆け巡った。ブロック塀が崩れ、フロントガラスが割れた。だが意識は飛ばなかった。タクシーは民家に半分頭を突っ込んだ恰好で止まった。

須藤たちは逃げて行ったようだ。代わりに警察が駆けつけて来る。大丈夫ですか、救急車を呼びますからね、と声が聞こえた。タクシーのドアがこじ開けられ、ようやく孔太はホッとした。全身に痛みはあるが、大丈夫、生きている。ぶつかった時に体を打ち付けたが、マンションから飛び降りた時に比べればマシだ。

「孔ちゃん！」

心晴と多聞もすぐにやって来てくれた。

「俺のせいだ」

すまん、と手錠を外しながら多聞が謝罪した。珍しいものを見られたものだ。確かにあんな時に眠ってしまうとは思わなかったが、そんなことを恨んでなどいない。二人はたいした怪我がないことに、心から安堵《あんど》してくれているようだ。ここまで心配してくれる人たちに初めて出会えたのかもしれない。

孔太はタクシーから助け出された。ストレッチャーに乗せられ、救急車にかつぎこまれようとしたとき、心晴のスマホが震えた。

「はい、え、碇刑事？」

心晴は事件のことを話していた。孔太は無事だということを告げると、碇もよかったなと喜んでくれた。

「多聞さん、代わってくれって」

心晴から多聞はスマホを受け取った。

「そうか、須藤をちょっと甘く見てたよ。佐原明海以外にも仲間がいるってことは頭に入ってなかったんだ」

須藤と仲間はあれからすぐに逮捕されたらしい。事件はこれで終了か。孔太はとりあえずホッとした。安心したせいか、別の記憶が戻ってくる。そういえば鍵はどうなったのだろう。山井が盗まれたと主張している鍵は佐原明海が持っていたのだろうか。

「手錠の鍵？　ああ、佐原明海は確かにそんなこと言ってたな。須藤に言われて山井のいる交番に行って手に入れようとしたが、鍵がどこにあるかはわからなかったし、財布のことで突っ込まれそうになったから、途中で逃げて来たらしい」

山井が鍵を紛失したことについて黙っているので、話が少し嚙み合っていなかった。だがどうやら彼女が奪っていったのではないようだ。ということは、そそっかしい山井が勝手に紛失したというところか。

救急車の中、孔太は心地よい疲れに身をゆだねていた。

結果オーライではあるけど、極限状況の中、錠前を開ける感覚をつかんだ気がする。あれはきっと単純なインテグラル錠以外にも応用できるように思う。今は早くこの感覚を忘れないうちに錠前を開けたい。そんな気分だ。

担ぎ込まれた病院で簡単な検査を受けた。思ったより体は動くし、大丈夫のようだが、念の為《ため》に入院していくように勧められた。

「大丈夫なの？　孔ちゃん」

心晴は心配そうに声をかけてきた。

「まあ、衝撃はあったけど、問題ないよ。内臓の検査なら少し前に病院に担ぎ込まれたときに受けてるから」

「だったら一緒に行くか」

多聞はどこへ行くというのだろう。十六堂に帰るという意味だろうか。しかし多聞は首を横に振った。

「今からが本当の勝負だ。犯人を捕まえに行く」

全く予期しない言葉に孔太はぽかんと口を開け、心晴と顔を見合わせた。

4

上がりそうに思えた雨はしつこく降り続いていた。

心晴と孔太は多聞のあとに続く。

「多聞さん、犯人ってどういう意味？」

傘をさしつつ、心晴は何度か訊ねた。

「絶対に来るって保証はない。でもたぶん来る」

孔太は首をひねらざるを得ない。

多聞が向かった先は、警察署だった。

昼間に来たところだ。入口に宿題を忘れて立たされた小学生のような顔で制服警官が立っている。山井だ。心晴は事件解決して良かったね、と明るく言っていたが、山井の表情は曇ったままだった。彼にとっては殺人犯の逃亡劇などどうでもよく、失くしてしまった手錠の鍵を何とかしなければという思いでいっぱいのはずだ。

「もう僕はおしまいですよ、自首します」

案の定、まるで孔太が例のマンションの屋上に向かったときのような雰囲気だった。

「佐原明海が鍵を奪っていったのでもなかったんでしょう？　タエさんはそんなことするはずはないし、やっぱり沢野が盗んでいったんですよ」

山井は頭を抱えている。

多聞が気にするなと声をかけた。

「気にしますよ！」

山井は反発したが、多聞は大丈夫だと山井の肩を叩いた。

「あとは任せておけ」

半信半疑のまま、山井は警察署を後にし、トボトボと姿を消した。

警察署の留置場には、ギドウと疑われた園川義道が入れられている。彼にもう一度接見して何かを訊き出すというのか。いや、もうあの様子では何も語ることはないだろう。

「それより多聞さん、犯人って誰なんですか」

心晴の問いに答えることなく、多聞は時計を見ている。午後八時前だ。

「そのうち来るからわかる」

多聞は警察署内に入った。受付のソファに座る。疲れたと言うと、ゴロゴロ寝っ転がって、このまま爆睡でもしそうな勢いだ。何だこいつはとばかりに警察関係者がじろじろと見ているが、多聞はまったく意に介さない。

心晴はふくれっつらをしていた。

「ねえ多聞さん、犯人って誰かが自首してくるんですか」

須藤も彼の仲間も逮捕された。佐原明海も警察に事情を聴かれている。もう犯人候補はいない。それとも他にまだ須藤の仲間がいて自首してくるというのか。

多聞は答えることなく、コンビニで買ったトマトジュースをすすっていた。

警察の職員が迷惑そうにこちらを見ていた。

「犯人って自首するんですか」

心晴が多聞に訊ねた。しかし多聞はあくびで応じた。

「しないだろうな」

心晴はえっと声を上げると、孔太の方を向く。

「孔ちゃん、多聞さんの言う意味わかる？」

孔太は首を横に振った。犯人が警察にやって来るとするなら、自首くらいしか思いつかない。だが多聞は犯人は自首しないと言っている。どういうことなのか考えて、浮かんだのは多聞から最初に言われた言葉だ。

——鍵師が開けるのは普通の錠前だけじゃない。

事件の真相という名の錠前。今回の事件、孔太や心晴が気づかない何かが奥にあって、そのことに多聞だけが気づいているのだろうか。心晴はうとうとしている多聞を揺さぶって、教えてくださいとしつこく迫っている。

やれやれという顔で多聞はあくびをした。

「鍵師は時に錠前師でなければいけない」

多聞の言葉に、心晴は首をひねった。孔太にも意味がわからない。

「真犯人の犯行はこれからなのさ。これが今回、俺にとって一番大事な仕事だ」

これから？　と心晴はオウム返しに応じた。

問題の鍵は確かにまだ見つかってはいない。しかしすでに須藤は身柄を確保されている。心晴も孔太と同じようにわけがわからないという顔だ。心晴がため息をついたとき、多聞はガラス窓を見つめながら小さくつぶやいた。

「真犯人が来たようだ」

大きく開いた心晴の口を多聞はふさいだ。それだけでなく、振り向かないようにガラス窓を指さす。そこには警察署の入口が映っている。誰かがやってきたようで傘が見えた。小さくてピンク色の傘だ。その傘が閉じられたとき、多聞はようやく腰を上げた。

警察署に一人の女の子が入って来た。

スーパーの袋を手にしている。ポテトチップスやチョコレートが入っているようだ。きょろきょろしていたが、やっと受付を見つけたようで歩き始める。

見覚えのある顔だった。そうか、確か園川義道宅にいた彼の娘、あおいちゃんだ。父親にお菓子を差し入れに来たようだ。

多聞は受付に向かうあおいに声をかけた。

「お父さんに差し入れ？　だったら俺が渡しておくよ」

多聞はあおいにやさしく声をかけた。女性警察官が不審者と勘違いしたのかジロジロ見ている。多聞は一瞬、そちらに視線をやった。

「こっちに来てくれるかな」

あおいはうんとうなずく。多聞はしゃがみこんで、あおいに話を聞いた。

「お父さんってポテチが好きなんだ」

「お父さんは泥棒なんてしていないんだよね」

「うん、そうだよ」

「そうだよ！」

急に声が大きくなって、女性警察官がまたこちらを見た。

「お父さんを信じているんだね」

「そうだって言ったでしょ！」

多聞はきついまなざしを送った。

「だったらこんなことしちゃダメだ」

睨まれてあおいは視線を外す。多聞は筒状になったポテトチップスのフタを取り、中身を取り出してから空になったはずの筒を逆さに向ける。コトリと何かが床に落ちた。出てきたのは、鈍く光る小さな鍵だった。あおいは大きく目を開いた。鍵を渡された心晴も啞然《あぜん》としてええっと声を上げる。まさかこの鍵は……。

「あおいちゃんは今日、山ちゃんからこの鍵を奪ったんだ。たぶん俺が金庫を開けようとしているときに」

そんなことが……孔太はすぐには信じられなかった。だがよく考えてみると、あの時なら山井から鍵を奪うことは可能だったろう。とはいえ須藤や佐原明海ならともかく、あおいがこの鍵を奪う意味がどこにあるというのだろう。

「あおいちゃん、君がこの鍵を盗んだ理由は一つだ。無実の罪で留置場に入れられているお父さんを救い出そうとした。違うかい？」

あおいは何も答えなかった。口を真一文字に閉ざして多聞を見つめている。だがその表情は多聞の推理が正解であると告げていた。だがどうしてそんなことを……。

「ヒントはうそ替え神事にあったのさ」

あの時、山井がうその着ぐるみを着ていた。

「あの時、山ちゃんはこう言ったんだ。手錠の鍵は都道府県で統一されている。一つの鍵ですべての手錠が開けられてしまう。留置場の鍵も同じだってな。あおいちゃんはあそこにいたか、山ちゃんが別のところで言ったのを聞いたんだろ。確かに手錠については間違っていないし、留置場も大鍵という一つの鍵ですべて開けることが可能だ」

なるほど、と心晴は手を打った。

「そっか、でもあおいちゃんは留置場の鍵も同じって部分を違う意味にとったんだ。手錠の鍵と留置場の鍵が同じって意味に。警察官が持つ手錠の鍵があれば、留置場の鍵も開けることが可能だって」

そうだとすると、確かにすべての意味が通じる。あおいが山井から手錠の鍵を奪ったわけも、佐原明海が鍵を所有していなかった理由もわかる。それだけではなく、多聞があえて山井をこの警察前で張り込ませていたこと、父親が入れられているこの警察署にあおいがやって来るということも理解可能だ。

あおいは下唇を噛みしめて、今にも泣き出しそうだった。

「お菓子だけなら、俺が届けてあげるよ。それとこっそり、この鍵はおっきな警察のオジサンに返しておくから。お父さんは絶対にもうすぐ解放されるって俺が約束する」

「本当?」

多聞はゆっくりうなずいた。

「あおいちゃん、いいかい? お父さんが悪いことしてないって思うなら信じるんだ。君のお父さんは立派な人なんだから。君があの絵で描いたように」

その瞬間、あおいの頬を涙がつたった。

「ごめんなさい」

彼女は謝っていた。加速したようにごめんなさいが繰り返される。

鍵の差し入れとはまず考えない発想だが、残念ながらこれはまず失敗に終わっただろう。差し入れは簡単には届かない。差し入れていいものと悪いものがあるし、重さの不自然さや磁気チェックなどで、鍵を入れたらすぐにばれてしまうだろう。その辺りが子供の発想なのだが、問題はそこではない。

あのまま差し入れていれば、山井が鍵を紛失したことが明らかになっていたはずだ。それは自業自得だが、あおいは鍵の差し入れがバレたら、深く傷ついただろう。多聞はそれを未然に防いだのだ。

いつの間にか雨がやみ、それと呼応するようにあおいは落ち着いた。もう馬鹿な真似はしないだろう。

一人では危ないので、心晴が送っていくと言い出した。

「さてと、最後に一仕事ね。この手錠の鍵、山井さんに返しに行かないと。サンタクロースのようにこっそり忍び込んで、靴下に入れておかないとね。孔ちゃん」

心晴が放り投げた手錠の鍵を、孔太は受け取った。

「ありがとう、お兄ちゃんたち」

手を振って、あおいは心晴に連れられながら帰って行った。

多聞は警察署を振り返る。孔太もつられた。

園川がギドウなのかどうかは結局、わからずじまいだったが、一件落着だなとばかりに、多聞は歩き始めた。

「ちょっと、待ちなさい！」

誰かがこちらにやって来た。砲丸投げ選手のような体格をした女性警察官と他数名の警察官だ。多聞は目を瞬かせた。

「あなた、女の子を誘拐しようとしていたんじゃないでしょうね」

女性警察官の言い分に、多聞はハアとため息で応じた。

「いいからちょっと来なさい。最近、変質者が多いのよね。吸血鬼みたいに青白い顔でトマトジュースなんて飲んで……あなたどう見ても怪しいわ」

女性警察官の手を冗談と思って振り払ったら、彼女は逆に怪しんだようだ。

「ちょっと何？　抵抗する気？」

「おいおい違うって」

とんだとばっちりだ。この分では簡単に誤解は解けそうにない。多聞がああなってしまったので、代わりにこの鍵は山井に返しておいてやるか。

それにしても今回、鍵師というものの本質を見たような気がする。

――鍵師は時に錠前師でなければいけない。

錠前は犯罪を未然に防ぐためにある。今回の場合、多聞はあおいの心を開かせることで、違法な差し入れをやめさせた。犯罪を止めたのだ。たぶん多聞が言っていた謎めいた言葉の意味はそういうことなのだろう。

自分にはほど遠いなと思いつつ、孔太は手錠の鍵を軽く宙に投げてキャッチした。

雨のやんだ夜空を見上げると、雲の切れ間から星々が瞬いているのが見えた。

第四章　かっぱの鍵違い

江戸風鈴の音色が、商店街にあふれていた。

ひゃっこい祭りの幟がいくつも掲げられる中、孔太は心晴に続き、夕焼けだんだんまで歩いた。

多聞はいつものワインレッドのいワイシャツを着ているが、珍しく大きな旅行用かばんを手にしている。これからフランスへと旅立つのだ。

「まさかこんなことになるなんてね」

隣にいる心晴が手にしているのは、一枚のパンフレットだ。パリで世界の鍵師を集めたフェスティバルがあるのだ。世界中から面白い錠前と優れた鍵師が集まるという。特に鍵開け競争のようなものはないらしいが、出場するのは栄誉なことだという。多聞は黒滝瑠衣から依頼を受け、ルイズロック代表としてこのフェスティバルに参加することになった。

「ルイズロック代表ということは、日本代表でオリンピックに出るようなもんですよ」

心晴がおだてた。

「多聞ちゃん、頑張って」

「フレー、フレー、多聞！　ファイトだ」

フランス行きの噂《うわさ》を聞きつけた、谷中銀座の人々も見送りに来ている。クレープ屋のおばさんや、メンチカツ屋のおじさん、猫グッズ販売のお姉さん、総勢二十名あまりが夕焼けだんだんに集結していた。

「長い旅になるから、これ読んで」

千駄木にある本屋さんが何冊か本を渡した。しかし子供の読む猫の絵本や猫の写真集だ。それを機に谷中銀座の人々が飢え死にしないようにとそれぞれの商品を渡す。焼き菓子や飴などばかりで、多聞は苦笑していた。

「ううっ、多聞さん、ついに手の届かないところに行ってしまうんですね」

山井は何故か涙ぐんでいた。

「お葬式みたいで縁起が悪いわね」

心晴が睨んでいる。そのせいではなかろうが、多聞はどこか浮かない顔だった。

「何か心配事があるんですか」

商店街を代表するように、心晴が問いかける。鍵師として栄誉なことだし、ルイズロックから多額の報酬も出ている。だが多聞はあまり嬉《うれ》しそうではない。確かに名誉だとか金銭には価値を見出《みいだ》さない人物ではあるが。多聞はため息で応じた。

「心配いりませんよ、わたしだってやれるんですから」

心晴がゴリラのようにドンと胸を叩いた。華奢な方なのに強く叩きすぎて、むせていた。

「いや、店のことは心配していない。二週間くらいで帰って来れそうだし」

「じゃあ大丈夫じゃないですか？　何か問題があるんですか」

「あの陰険な新社長が妙に優しかったから気になったんだ」

多聞の分析によると、瑠衣は嫌味を言うときよりも、優しいときの方がよくないことが起こる確率が高いらしい。心晴は気にしすぎですよ、と笑った。

「それにこの権威あるフェスティバルに出場ってことが知れ渡れば、十六堂にとっていい宣伝にもなると思いますし。多聞さん、経理のこととか考えてないでしょ？　この前も谷中銀座商店街の公民館の錠前を開けてお金取らなかったし。普通なら何万も報酬もらっていい場面でも灯油だけとかメンチカツだけとか。これじゃあ普通、お店赤字ですよ。わたしが色々なところで宣伝して回らなきゃ、十六堂は潰れたお寺に戻ってしまいますよ」

多聞はうつむいた。解錠と事件解決の手腕はともかく、こと経理のことになると心晴に頭が上がらない。それでも多聞は相変わらず渋っていた。

「それに師匠がいいおかげで、孔ちゃんの腕前、結構上がってるんですから」

孔太は照れを隠すようにふんとそっぽを向いた。確かに自分でもそれは感じる。今日は八月五日。去年の末にここに来て、もう七ヶ月半が経った。特殊でない場合の依頼なら、それなりに対応できる自信がついた。師匠といっても多聞の実演は孔太には高度すぎ、ほとんどが心晴に教えてもらっているわけだが。

「もし多聞さんが死んだら、あとは任せてください。谷中銀座商店街の平和はこの山井が守り抜きます。やばくなったら、碇さんにでも泣きつきますから」

話しているうちに、時間が来たようだ。

「ほら、ぐずぐずしてると飛行機出ちゃいますよ」

多聞は釈然としないようだったが、ようやく背を向けた。だがまだためらっている。山井を先頭に頑張れという商店街の人々によるシュプレヒコールが起こると、多聞は恥ずかしそうにようやくタクシーに乗り込んだ。

心晴と孔太は多聞を送り出した後、十六堂に戻った。

多聞のいなくなった十六堂では、いつものように子供たちが野球ごっこをしている。いつしか孔太も補欠メンバーとして試合に出るようになっていた。

「多聞って逮捕されたの？」

子供の一人が心晴の袖口をつかんだ。心晴は苦笑いする。

「どんなゆがんだ噂が広まっているのよ。山井さんのせいね」

このあたりではおかしなことが起きると、とりあえず山井のせいになる。

「多聞さん、すごいんだよ」

パリのフェスティバルに出場すると心晴が説明すると、子供たちはスマホで調べ始めた。

「ちょっ、マジすげえじゃん。このフェスティバルに出てる鍵師たちって、世界の一流どころらしいぜ」

確かにかなり有名な鍵師が集結しているようだ。

子供たちと別れ、店の中に入ると、留守電に仕事の依頼が入っていた。

「孔ちゃん、わたしたちだけで何とかしよう」

「帰ってきたばっかで、また出かけるのかよ」

孔太は子供たちと別れると、心晴とともに自転車で不忍通りから六義園の方へと進む。依頼のあった駒込《こまごめ》のマンションへと向かった。

十六堂で働き始めて、鍵屋の仕事と言っても色々あることを知った。合い鍵作りや錠前の修理、解錠だけでなく、電子錠やインターフォン、防犯カメラといった防犯対策一般の知識も必要とされる。全国的に見ると個人経営の鍵屋は姿を消し、鍵師はセキュリティ会社に吸収されていく傾向にあるらしい。

「こんにちはあ、十六堂ですけど」

依頼主はマンションの大家だ。いろいろ相談があるようだが、まずはエントランスの電子錠がおかしいと訴えている。

「ほら、やってみなよ。大丈夫、できるよ」

最初に心晴のチェックを受けながら、電子錠の配線を直していく。その間、心晴は説明した。

「テンキー式の電子錠の場合、番号のスリ減り具合から、暗証番号がわかってしまう場合があるんですよ。このマンションもそうですね。4649じゃありませんか」

「あら、そうなのよ、よ・ろ・し・く。大当たり」

配線とともに、テンキーも新しいものと取り替えた。こちらの依頼はあっさり片付いたが、問題はマスターキーの方だ。

「このマンション、どうも錠前が貧弱で防犯が心配なのよねえ。マンションの錠前を全部、取り換えようと思っているんだけど、いいのないかしら？」

大家の女性の注文に応じて、心晴はルイズロックから配布されたマスターキーのカタログを見せた。値段が手頃でセキュリティもしっかりしたものをいくつか勧める。テレビショッピングのように大げさな心晴の説明に、大家はふくよかなアゴに手を当てた。

「カタログのここにある数字は何なの？」

「鍵違い数です。例えばピンの長さの種類によって決まる段差が4で、ピンの数が5……こういうシリンダー錠があるとするじゃないですか。この場合だと理論上は4の5乗で1024通りになるんですよ」

心晴の説明に、大家は何のこっちゃという顔だった。

「すみません。わかりにくいですね。まあ要するにこの数が多ければ多いほど、防犯に強いって考えていただけたらいいです。耐ピッキング性能とは別ですが、マスターキーを作る際にはそれだけ多くの子鍵を作ることが出来ますしね」

「ふうん、そうなの、じゃあお任せしようかしら」

心晴はマンションの鍵を総とっかえする場合の、だいたいの見積もりを示した。依頼してきた大家さんは、思ったより安く済みそうだとニコニコしている。

「いえね、前にも鍵が開かなくなって、十六堂のお兄さんが来てくれたことがあるのよ。あっさり開けちゃってびっくりしたんだけど、あんまりにも無愛想だったから、こんな大事なこと相談できるのかなって主人と話してたの。でも来てもらってよかったわ」

心晴は苦笑いしつつ、多聞さんはすごい鍵師ですよとかばった。スマホを取り出して、フランスで行われている鍵のフェスティバル日本代表だと大げさに紹介した。

「へえ、そうなの？　けどこっちはそんな御大層な鍵師じゃなくていいのよ。ちゃんとトラブルがあったらやって来て優しく対応してくれる。あなたみたいな方が助かるわ」

「そうですか。ありがとうございます」

「また頼むわねえ」

心晴は微笑むと、報酬を受け取って依頼者宅を後にした。

次の依頼は西ヶ原《にしがはら》の豪邸で古くなったサムラッチ錠のレバーハンドル交換だ。サムラッチ錠とは装飾が施された錠前で、装飾錠とも呼ばれる。出向いた先の豪邸の錠前はライオンを象《かたど》った四十年くらい前のもので、これも心晴が簡単に直した。

結局この日は、シャッターの解錠、折れた鍵の修復、年代物で手の感覚が重要となる昭和初期の金庫の解錠と、五件もの依頼を片付けた。どの依頼人も満足してくれたようで充実した日だった。いつも思うが、十六堂を実質的に切り盛りしているのは心晴の方だ。多聞がいなくても店は続けられそうだが、心晴がいなくなれば店は傾いてしまうだろう。

2

多聞がフランスに旅立ってから一週間が経った。

この日も孔太は心晴とともに多くの依頼をこなした。

「ふう、今日もよく働いたね」

元々小柄で痩せているが、気のせいか心晴は少しやつれたように映る。多聞がいなくなった分、頑張ろうという気持ちはわかるが、介護の仕事もあるのに働き過ぎではないのか。

「こっちはいいから、帰って休めよ」

孔太が声をかけると、心晴は目を瞬かせた。

「え？　なに」

「倒れられたら迷惑だから、今日は帰れって言ってんだよ」

ふうん、と心晴はニヤニヤしていた。すぐに立ち去らない。何か言いたいことがありそうなので、何だよと問いかける。

「優しいんだ。孔ちゃん」

「ああ？　そんなんじゃねえっての。勘違いすんな。多聞がいねえのに、あんたが倒れたら仕事どうすんだってこと。こっちが困るって言ってんだよ」

早く帰れよ、と追い立てるが、心晴はニヤニヤしながらグズグズしていた。しばらくしてからじゃあねと言って、満足そうに帰って行った。

留守電にはこれと言って急を要する用件はなかった。孔太は風呂に入ると、裏手にある土蔵を見つめた。最近、多聞は仕事がない時はずっとここにこもっている。ギドウ対策を考えているのだろうか。正面にいかにも頑丈ですと言わんばかりの巨大な錠前があるが、この土蔵に何があるのだろう。入ってはいけないと言われている。というより多聞のことだ。仕掛けが施してあって、入ったら二度と出られなくなるかもしれない。

午後九時過ぎに黒電話が鳴った。孔太は受話器を上げる。

十六堂です、と応じるが、どういうわけか相手は何も言わなかった。嫌な感じだ。

孔太がどうしましたか、と問いかけると、薄ら笑いが返ってきた。

「わかってるな。今年いっぱいだぞ」

嫌な予感は的中した。やはり千川興業からだ。

「いつも見てるからな」

気持ちの悪い笑い声を残して電話は切れた。ここで働いていることはとっくの前に知られている。逃げられると思うなと言わんばかりだ。あれから手荒な真似はしてこないが、やくざが忘れるはずもない。警察に相談しても、きっと連中はとぼけるだろう。逆に報復されるに決まっている。よくて半殺し。正直、五百万など払えるはずがない。期限の前に逃げるしかない。

ニャーゴ、と茶トラの石松がやってきた。ヤクザのような目つきで飯を寄こせと訴えている。鍵のような尻尾は幸運を引っ掛けるから縁起がいいと心晴が言っていたが、自分には関係なさそうだ。石松に餌をやっていると、また黒電話がリーンと鳴った。

孔太はためらってから受話器を上げる。

「はい、十六堂です」

「すみません、急用なんですがいいっすか」

相手は声からして、まだかなり若い。千川興業とは無関係のようだ。明日ではダメですかと問いかけるが、かなり焦っているようだ。

「十六堂にすごい鍵師がいるって聞いたんで」

どう考えても多聞のことだろう。錠前を開けて欲しいという平凡な依頼内容だ。

「わかりました。至急伺います」

孔太は電話を切ると、さっそく携帯を取り出して心晴に電話しようとする。だが疲れきった彼女の顔が思い浮かんで、ボタンを押す手を止めた。

依頼人である宮舘潤《みやだてじゅん》の自宅は、浅草《あさくさ》方面だった。

孔太は自転車に乗って移動する。入谷《いりや》を過ぎて言問《こととい》通りを小学校前で右折、少し進むと金色のかっぱ像が立っていた。すでに午後十時四十五分。これから初めて一人で仕事に臨む。勝手なことをしているが、何とでもなれという開き直りがあった。心晴に連絡すれば、必ずついてくると言い出すだろう。あまり寝てないようだしそれはダメだ。

意外なことに宮舘の父、宮舘礼次郎《れいじろう》は『かっぱ橋ロックサービス』という結構名の知られた鍵屋を経営していた。この辺りはかっぱ橋道具街といって、陶器や骨董美術、包丁や製菓道具まで色々な店が軒を連ねている。

『かっぱ橋ロックサービス』の看板には頭の皿に鍵を載せたかっぱが描かれていて、ウィンクしながら親指を立てている。それなりに儲《もう》かっているようで、道具街から一歩入ったところにある自宅は結構立派なものだ。セキュリティにも金をかけていることがすぐにわかった。

「依頼を受けた十六堂の者ですけど」

インターフォン越しに挨拶をすると、茶髪の青年が姿を見せた。依頼人の宮舘潤だ。少し表情を曇らせていた。

「どうしましたか」

「いや、思った以上に若かったんでさ」

凄腕の鍵師は若いという情報から、孔太を多聞だと勘違いしたようだ。自分は多聞じゃないと打ち明けると追い返されそうなので、何も言わなかった。

「じゃあ、入って」

気だるそうに手招かれた。玄関には巨大な信楽《しがらき》焼きのたぬきが置かれている。よくある平凡な置物だが、何となく違和感があった。まあいいか……邸内は小奇麗に掃除されていた。宮舘潤は孔太より二つ上の二十一歳。孔太と同じような体格で、高校を出た後、定職につかずぶらぶらしているところまでよく似ていた。

「どこの錠前が開かなくなったんですか」

というより父親は鍵師だろう。頼めばいいではないか。

「オヤジは先月、腎臓の病気で死んだんだ」

孔太の内心の疑問に答えるように、潤は言った。

「そうですか。お悔やみ申し上げます」

敬語はこれでいいのだろうか。相手が怒らないのでいいことにしておく。潤は父親の死にもあまり悲しんだ顔は見せず、いいよ、いいよと手を横に振った。

「オヤジはここで鍵屋をやっていた。けど正直、俺は後を継ぐつもりなんて全然なかったんだ。仲も悪くて、都内でアパートを借りて一人で住んでた。だから鍵のことなんぞろくに知らねえ。そんな中、オヤジが死ぬ前に俺を呼んだんだ。自分の後を継ぐなら、お前に遺産をやろうって」

「遺産……ですか」

「ああ、けど司法書士に調べさせたら、思ったより財産がねえんだよ。くれたのはこれだけだったんだ。こいつが遺産への鍵だって。マジで鍵だけなんだけどさ」

潤はポケットから鍵を取り出した。

見たところ何の変哲もない平凡な鍵だが、父親の礼次郎が作ったオリジナルで『かっぱ橋ロックサービス』のマスコットである皿に鍵を載せたかっぱが描かれている。

「では宮舘さん、このかっぱの鍵を使う場所がわからないって言うんですか？　お父さんの遺産の場所が不明だと」

「いや、そういうわけじゃないんだけどさ」

潤はこっちへ来いとばかりに、長い渡り廊下を歩いた。離れというのか別棟に向かう。結構立派な日本家屋で、池には鯉《こい》も泳いでいた。突きあたりには、壊れたアナログ時計が掛かっていた。潤が横にある隠し扉を開けると、下に続く階段が現れた。

「これって地下シェルターですか」

「ああ、オヤジは地震が苦手でさ。震度七でも耐えられるシェルターを何千万もかけて作ったんだよ。二年分もの食いもんとかを備蓄しているんだ。儲かってるわりに財産が少ねえなと思ったら、こんなもんに金をかけてやがったのさ」

孔太にはまだよく話が呑み込めなかった。

「宮舘さん、その鍵の使い道がわかっているなら、遺産はシェルターの中にあるに決まってるじゃないですか」

「そりゃ当然、俺だってそう思うよ」

螺旋《らせん》状の階段を下ると、かっぱの甲羅を思わせるシェルターの扉があった。潤がかっぱの鍵を差し込むと、シェルターは問題なく開き、二人は中へ入った。

シェルター内の床面は正方形で、学校の教室ほどの大きさがあった。潤は懐中電灯で中央を照らす。そこには見るからに頑丈そうな黒光りする金庫があった。

錠前は正面にある電子錠だ。鍵穴などどこにもない。0から9まで七桁の数値を入力し、OKボタンを押すシステムになっている。

「オヤジは死ぬ間際、言ってたんだ。鍵違いに気をつけなって。けどまさか渡された鍵がこの巨大金庫の鍵じゃないなんて思いもしなかった。これってただのシェルターの鍵だろ？　中に入れても金庫が開かなけりゃ、意味ねえじゃん」

電子錠の横にはデジタル式の時計があって、31：57：08となっている。時計は秒刻みのようで、徐々に数字が減っていく。

「俺が最初にシェルター内に入った時は71：59：59だったんだ」

おそらくはシェルターの錠前を開けた瞬間にスイッチが入り、カウントダウンが始まったのだろう。すでにかなり過ぎているようだが……。

電子錠の下には貼り紙があった。

――この金庫の暗証番号は七桁で三回まで入力できる。しかし三回とも失敗すれば、中の物は自動的に焼失する。無理に金庫を壊そうとしても、タイムアップでも同じ。開けるには、正しい暗証番号を入力するしかない。

潤はこんなのありかよ、と悔しがっていた。

鍵違いに気をつけな……か。確かに誰でも遺産として鍵を渡されれば、それですべて開くと思うだろう。こんな電子錠が待ち構えているなど予想もつくまい。この電子錠は今の孔太にとって、手におえる代物ではない。心晴ならどうだろうと思ったが、相談することにはためらいがある。仕方なく多聞に携帯からメールした。多聞なら興味津々だろうし、きっと解いてみせるだろう。しかし多聞の帰国は一週間後だ。

「くそ、あの鍵マニアのオヤジが」

気持ちはわからなくもない。財産を残すにしても、こんな馬鹿な方法をとる必然性などどこにもない。親の死を悼むことなく逆に怒る潤を見ていると、情けなく感じるが、自分も親を大事にしてきたわけではないので、あまり人のことは言えない。

「チャンスは三回しかないんですよね？　確率的に適当に入力するのでは、とても正解は期待できませんし。思いつく暗証番号はないんですか。七桁でとても印象的な数字とか」

潤は首を左右に振った。時計の下にある失敗回数という表示を指さす。1になっていた。

「もうあと二回だよ。一回は俺がオヤジの生年月日1957年6月19日、19576 19を入力して失敗したから」

孔太は内心呆れた。たった三回しかないうちの一回をそんな安易なもので消費してしまうとは、かなり馬鹿だ。

「だったらどうしろっていうんだよ？　オヤジの部屋も調べたけど、七桁の暗号らしきものなんてなかったぞ」

確かに現状、手掛かりはゼロだ。しかしデジタル表示を見ればまだ三十五時間の余裕がある。これだけの間で暗証番号を何とか考えましょうと、孔太は潤をなだめた。

「十六堂さん、あんた凄腕なんだろ？　何とかしてくれよ」

すがるような目で潤は孔太を見つめていた。

凄腕……か。残念ながらそれは多聞のことであって自分ではない。多聞ならこの状況下からでも奇跡を起こせたのかもしれないが、自分には厳しい。

孔太は電子錠のすり減り具合を調べる。あとは指紋だ。心晴が言っていた。テンキーに押した痕があれば、それを手掛かりに突破可能だと。しかしさすがに死んだ宮舘礼次郎はプロの鍵師だ。そういう隙は微塵《みじん》も感じられなかった。

「仕事場を見せてもらえますか」

「ああ、好きにしてくれ」

孔太は『かっぱ橋ロックサービス』の仕事場を調べてみた。扱っている鍵はルイズロックのものが多く、十六堂と大差ないが、さすがにおたずね者リストはない。ガラス工芸や時計、小さな鏡が目立つ。錠前をいじるだけでなく、こういう手作業の工芸品にも興味を抱いていたことが容易にわかる。

廊下を一匹の白い猫が通っていった。

「宮舘さん、あの猫は？」

「オヤジが飼っていたんだよ。そんなことよりどうなんだ？　無理なのかよ」

一時間も経っていないのに、潤は焦ったように問いかけて来た。

「もう少し時間をください」

「ダメなら仕方ねえわ。業者を呼んで強制的に破壊するし」

「それはまずいと思いますけど」

業者を呼んで強制破壊することも礼次郎は読み切っているだろう。おそらく業者の手法も熟知。強い力がかかれば、燃えてしまう仕組みになっているはずだ。

「それより宮舘さん、他に情報はないんですか」

孔太が訊ねるが、潤はわかんねえよと頭を掻きむしった。すでに業者に連絡済みで、こちらに向かっているようだ。

仕事場で孔太が気になったのは、これ見よがしに置かれた錠前の設計図だ。

「それは関係ないだろ。シェルターの錠前の設計図だ。肝心の巨大金庫の設計図があれば違うんだろうが、いくら探してもどこにもないんだよ」

シェルター自体は業者が作ったらしいが、シェルターの錠前とかっぱの鍵は礼次郎が作ったそうだ。ピンや鍵山の構造が詳しく書かれている。ただしヒントになるような七桁の数字はない。だいたいこの錠前は普通に鍵を差し込めば開くし、無関係の可能性が高い。

仕方なくもう一度、シェルター内に戻ったとき、チャイムが鳴った。

業者がもうやって来たのか。出迎える間もなく、足音が聞こえた。地下から出ようとすると、上から声が降ってきた。

「その子は多聞じゃありませんわ」

少し遅れて聞こえた声には、聞き覚えがあった。

「鍵違いならぬ人違い。十六堂にいる凄腕の鍵師は野々村多聞といいまして、それはただの弟子ですの」

屈強な男たちを従えて、女性が螺旋階段をゆっくりと降りてくる。モデルのようないでたちの女性は黒滝瑠衣だった。

潤は口を半開きにした。日本人離れした美しさに驚くと同時に、まさかこんなところに天下のルイズロックの新社長が直接来るとは思いもしなかったのだろう。気持ちは良くわかる。

「あの、ルイズロックの社長さんが、何故俺の家にいらっしゃったんですか」

急に敬語を使い始めた潤の問いは、孔太も訊きたいものだった。

「あなたのお父さん、宮舘礼次郎は結構名前の知られた鍵師だったんですわ。たいそう変わり者だったそうですが、腕はたいしたものですわね。亡くなったという情報を得て、少しばかり興味を持って調べてみたわけですの。面白い遺品でも残されていないかって」

瑠衣の考えがわかる気がした。彼女は自分の父親、エンゾ・ガヴィニエスの金庫を解錠したギドウを仇のように探っている。おそらく死んだ宮舘礼次郎もギドウ候補なのだ。そうでなければこんなに早く動くはずがない。

「それより、直接破壊はあまり賢明とは申せませんわね」

「はあ、そうですか。社長がそうおっしゃるなら」

潤は孔太には高圧的だったが、権力と美貌には従順で、業者にもう来なくていいと電話していた。

「わたくしが解錠しますわ」

「え？　社長がですか」

「わたくしもこう見えて、エンゾ・ガヴィニエスの娘ですのよ」

ひょっとすると、瑠衣は宮舘の死を聞いて、わざと多聞をフランスまで旅立たせたのではなかろうか。遺品整理が終わった後、宮舘潤が名うての鍵師である多聞に解錠を依頼することは、予想がつくことだ。だから邪魔な多聞を排除し、自力で宮舘の錠前に挑もうとした。彼女ならやりかねない。子供のころから錠前に親しんできたのだろうし、それなりに知識はあるはずだ。ただし腕前はどうなのだろうか。

竹野内はいないし、ボディガードたちも見ているだけで、解錠に挑むのは彼女だけのようだ。本気で自力で何とかする気か。瑠衣は宮舘礼次郎の仕事場や、シェルターの鍵穴などを細かく調べている。しかしざっと孔太が見た限り、暗証番号のヒントになりそうなものはどこにもない。日記の類も残している形跡はなかった。

「素敵な散らかり方ですわね」

瑠衣は家の中を引っ掻き回していた。まるで女泥棒だ。

従順な執事と化した潤が、気を利かせてお茶菓子を持ってきた。瑠衣は台所を調べていたが、立ち止まって流し台の下の方を見つめた。宮舘家で飼われている白い老猫が瑠衣の足にすり寄っている。

「まあ、ふかふかのペルシャ絨毯のように綺麗な毛並みですこと。猫はいいですわね。可愛らしくて、人懐っこくて、のんびりしていて……見ているだけで癒される人も多いんじゃありませんこと？」

「社長も猫、お好きなんですね」

揉み手をするように、潤が訊ねた。

下を向いたまま、瑠衣はにっこりとほほ笑んだ。

「大嫌いですわ」

よく見ると瑠衣の視線は白い猫ではなく、「猫ちゃんの健康が1番！」と書かれたステンレス製の猫のエサ入れに注がれていた。

「犬は従順だから大好きですの。でも猫は油断できませんわ。媚びへつらいながら暗闇で目を光らせるっていうわたくしの一番大嫌いな種族ですわね。どこかの鍵屋のように下品ですし」

「は、はあ」

「それより宮舘さん、このエサ入れ、どうなっているんですの？」

瑠衣はエサ入れを蹴っているが、動かない。

「ああ、それですか。エサ入れがなぜか固定されているようでびくともしないんです。以前はこんな風にはなっていなかったんですがね」

「ふうん、そうですの」

瑠衣はそのまま立ち止まっていたが、孔太は台所を後にした。こちらは先に依頼を受けた身だ。こんなお嬢さまに負けたくない。そしてその前で自分の有能ぶりを見せつけたいという気分もあって、暗証番号を探し続けた。

3

デジタル時計は容赦なく、時を刻んでいた。

宮舘宅にやって来てから、すでに一日以上が過ぎた。孔太も瑠衣も不眠不休で宮舘礼次郎が遺した暗号に挑んでいる。依頼人の宮舘潤は眠くて仕方なさそうだが、社長が頑張っているのに眠る気かとボディガードたちから無言の圧力を受けて、あくびをかみ殺していた。余計な気を回すといけないので、心晴には仕事で出ているが、一人で大丈夫と伝えておいた。

電子錠の暗証番号に関しては、誰もがお手上げという感じだ。新しくわかったことは別にない。あえて言うなら、玄関にあったたぬきの置物に感じたおかしさの正体だ。徳利に書かれた数字が普通は「八」なのに「九」になっていた。ただしそれがどうしたと問われればそこまでだ。

——多聞さえいれば……。

頼みの綱の多聞から連絡はない。死んだ宮舘礼次郎も、偶然で当たりはしないと考えただろう。つまりは何かしら数字には意味があるはずだ。その意味を解読する以外にない。孔太はこの一日、店にある錠前や書き記した数字などを徹底的に調べてみた。その結果、七桁のものもあったが、多すぎてこれが暗号だという決定打に欠けた。

時計は午前零時に近くなっていた。

残り時間の表示は06：58：49だ。このまま誰も何も入力しなければ、金庫内の遺品は自動的に焼失してしまう。あと二回あるのだから一回くらいいいのではという誘惑にもかられるが、瑠衣の鋭い瞳が、それを許さなかった。

さすがに疲れてしまい、孔太はシェルター内で横になった。ベッドもあってソファや照明器具もある。普通に二年以上暮らせる設備がそろっているのだ。馬鹿らしい。熱くなっていたが、しょせんはこんなこと、他人《ひと》ごとだ。

あくびをしていると、瑠衣が近づいてきた。

「今更だけど、お久しぶりですわね」

初めて会った時はスーツに身を包んでいたが、今は薄着だ。白いTシャツに黒いサブリナパンツ。体の線が強調されて、目のやり場に困ってしまう。天から二物も三物も与えられた人間もいるのよとでも言いたげな、見事なプロポーションだった。男なら誰もが生唾を飲み込むような場面だが、その高慢ちきな自信を見せつけられているようで、少し腹立たしい。

「社長のくせに、一社員のふりしやがって」

胸の谷間から視線をそらしつつ、孔太は毒づいた。持たざる者のせめてもの抵抗だ。怒るかと思ったが、瑠衣は笑みを浮かべた。

「あなた、結構やるそうですわね」

孔太はハア？　ととぼけた。

「殺人犯にナイフを突きつけられた状況下で、手錠の鍵をピッキングで開けたって碇刑事が話していましたわ。そんな状況下でしたらどんなに優れた鍵師だってなかなかうまくいかないものです。鍵自体もそんじょそこらの野良猫には到底無理で、警察犬レベルでないと開けられないほどのものだったそうじゃありませんか」

ややや毒は混じっていたが、こんな美人に少し好意的なことを言われると、いい気になってしまう。我ながら単純だ。

「土壇場に強い人間は本当に能力があると言われるし、信頼できますわ」

瑠衣は微笑みつつ、その深緑の瞳をじっと孔太に注いだ。いや、それは思いすごしだった。彼女の視線は孔太の足もとにあった小さい懐中電灯に向いていた。

「この懐中電灯、あなたが動かしたんですの？」

孔太は首を横に振る。嘘はついていない。小さな懐中電灯は固定され、シェルターの入口の方を向いていた。瑠衣はソファに座ると、しばらくアゴに手を当てて考え込んでいたが、思い出したように立ち上がった。

「だいたいわかりましたわ」

自信ありげなその声に孔太はえっと口を開けた。ボディガードたちや潤らも顔をひっぱたかれて目を覚ましたかのように瑠衣を見つめる。

「正確には暗証番号自体ではなく、それを知る方法ですけどね」

「電子錠をこれで照らせば、本当の数字が浮かび上がるって言うのか」

孔太の問いに、瑠衣は残念、と口元を緩めた。違っているようだ。

「宮舘礼次郎の最後の言葉を思い出してくださいな」

「最後の言葉？」

「ええ、彼は鍵違いに気をつけなと言って死んでいったのでしょ？　わたくし最初はかっぱの鍵のことだと思い込んでいました。でもここで言う鍵はそういう意味じゃありませんわ」

瑠衣はボディガードたちに命じて、家の中の電気をすべて消させた。そして最後にこのシェルター内の照明も消す。宮舘宅を漆黒の闇が支配した。

「この電子錠の鍵は、光だったんですわ」

瑠衣は懐中電灯をつける。真っ暗な闇を切り裂くように、一条に伸びた光は、シェルター入口にあった鍵穴に吸い込まれていった。

「この懐中電灯がシェルターの入口に向いているのが、大きなヒントでしたわね。レーザービームのように強く細い光ですし、これは普通の懐中電灯じゃありませんわね。あの鍵穴を通過する以上、後はこの光を追えばいいわけですわ」

瑠衣の後に続いて、孔太や潤、ボディガードたちは一条の光を追った。螺旋階段を上って、光は外に伸びている。シェルターの外には壊れたアナログ時計が掛かっていて、光はⅥの部分を照らしていた。そしてそこで大きく屈折している。

「なるほど、最初の数字は6ですわね」

光は渡り廊下を貫いて伸びていた。瑠衣は早足で光の後を追う。

渡り廊下の先には、額縁がかけられていた。そこでまた光は大きく屈折している。

鍵師の認定資格の証明書だ。昭和五十一年取得となっていて、その一の字に光が差している。数字は1ということか。

次に光が差していたのは、使われていないであろう古い黒電話だった。ダイヤルの1で光は大きく屈折し、玄関の方へ向いている。三番目の暗証番号は再び1か。それにしてもどうして急にあれほど綺麗に光が折れ曲がっているのだろうか？　この謎を瑠衣は何故解くことが出来たのか。

「どうしてわかったか、不思議そうですわね」

こちらの心を読み切ったように瑠衣は訊ねて来た。

「わたくしは意味もなく宮舘礼次郎の遺品を調べていたわけじゃありませんの。彼は貴金属や鏡に詳しかった。そして気づきましたの。小さな鏡の破片がこの黒電話に貼り付けられていることにね。これにはきっと意味があると思ったわけです」

確かによく見ると、黒電話には鏡の破片が貼り付けられている。簡単にははがれないように完全に固定されている。孔太も色々調べたつもりだったが、気づかなかった。瑠衣はただのお嬢さまではなく、思ったより有能なようだ。

次に光が差していた数字は電車の写真、2号車に刻まれた2だった。五番目は台所にあった猫のエサ入れに書かれた「猫ちゃんの健康が1番！」の1、そして……。

「最初におかしいと思ったのは、あれですわ」

瑠衣は玄関に置かれた信楽焼きを指さす。光がたぬきの持つ徳利に向けて伸びていた。

「六番目は9ですわね」

潤によると、このたぬきは以前はなかった物らしい。孔太も徳利の「九」には違和感を覚えていたが、瑠衣のようには推理できなかった。徳利に当たって反射した光は玄関の鍵穴を擦り抜けて外に向かっていた。

「すごいですわね。ここまで完璧に計算しているなんて」

瑠衣は死んだ宮舘礼次郎に感心していた。確かにこのレーザービームのような光はわずかでも角度がずれてしまえば、うまく数字を拾えない。普段からよく使うものであれば角度が簡単にずれてしまうわけで、猫のエサ入れが固定されていたのもこのためだ。しかも遮蔽物があればそれで終わりだ。かなり実験を繰り返したのだろう。本当に針に糸を通すような繊細さだ。芸術品ともいえる。

外に出ると、光は納屋の方に向いていた。

「おそらくこれで最後の数字になりますわ」

暗証番号は七桁だったし、瑠衣の言う通りだろう。納屋はさびていて、ここ数年誰も使っていないようだ。納屋の入口から少しずれたところに向けて光は伸びている。ただし今までとは違い、どこにも反射はしていない。

「なるほど、最後は5というわけですわね」

納屋入口の横には鉄くずのような古い自転車があって、数字を合わせて開ける安物のパズルキーがかかっていた。そして光はその5の部分を浮かびあがらせている。これで7桁すべてが出そろった。6112195。これが電子錠の答えで、遺産への鍵は光の鍵だったというわけか。

「すごいです！　さすが黒滝社長」

潤は心酔したように瑠衣を褒め称えた。孔太も彼女の実力は認めざるを得ない。宮舘礼次郎は用意周到に鏡の破片を使って用意したのだ。偶然ではない。光の鍵を使ったこの暗証番号が間違っているとは思えない。

全員は再びシェルターに戻った。金庫の電子錠の前に立つ。

「よろしくて？　入力しますわよ」

間違えないように慎重に、瑠衣は61121195と入力する。最後にOKボタンを押した。

数秒の沈黙の後、シェルター内に音が響いた。

それはブッブーという人を馬鹿にしたような音だった。ボディガードたちは素知らぬ顔だが、不正解を告げる音にしか聞こえない。

「俺がオヤジの生年月日を入れた時と同じだ」

潤は口を半開きにしている。もちろん錠前も開くことはない。ようやくたどり着いたと思った数字は完全に外れだった。

4

61121195は間違い。

孔太にとっても意外だったが、特に瑠衣はショックを受けたようだ。

「素直になりなさい！」

金庫を蹴るのを、ボディガードたちが止めていた。防犯装置が作動して中の物が燃えたらどうするつもりだろう。

瑠衣の発想は完璧で、非の打ち所のないようなものに思えた。どうして宮舘礼次郎はここまで手の込んだことをしたのか不明だが、不正解だったことには違いない。金庫の失敗回数が1から2に増えている一方で、残り時間はどんどん減っていく。

「宮舘さん、他にお父さんは何か言っていなかったんですか」

孔太はヒントを求めて、潤に訊ねた。潤は頭を掻きむしっていた。

「別に。言ってたのは、細かいことは気にすんなってくらいだ」

これが暗証番号のヒントになるのだろうか。孔太には皆目見当もつかない。

瑠衣は諦めきれないのか、ボディガードにも命じて光の鍵について調べまわっていた。孔太は宮舘礼次郎の遺品や書類などをもう一度見直した。しかし残念ながら、何も見つけられない。

いつの間にか夜が明けた。

すでに残り時間は、三十分を切った。夜が明けて光の鍵は消滅した。もうこのまま何も入力しなければタイムアップだ。しかし光の鍵という瑠衣の絶対的推理さえ外れた以上、厳しい。あれ以上の説得力を持つ七桁の暗証番号など誰も思いつかない。

「もう時間がありませんわ。もう一度、6112195を入れてみましょう」

つぶやくように瑠衣が言った。

「黒滝社長、それはちょっと……」

さすがに潤が難色を示した。

「社長、そんなことをしても意味はないかと。入力ミスがなかったことは、ここにいる全員が確認済みです」

ボディガードの一人が口を開いた。しかし瑠衣は首を横に振った。

「そういう意味じゃありません。ひょっとして、この電子錠には指紋認証システムがついているのかもしれないってことですわ」

「指紋認証システム？」

「ええ、つまり宮舘潤さん、あなたの指紋でしか反応しないのかもしれないということですわ。さっき入力したのはわたくしですけど、今度はあなたが入力するって意味です」

「ああ、なるほど」

潤は落ち込んでいたが、希望の灯がともったような顔になった。しかし孔太はその考えには否定的だった。テンキー一つ一つに指紋認証システムを埋め込んだというのか。大企業であるルイズロックならいざ知らず、そんなことは技術的に難しい。

「さすがにそれはない。別の数字の方が」

孔太が異議を申し出ると、瑠衣は充血した目でこちらを睨んだ。

「だったら代案を出してもらいたいものですわね」

そう言われると、困ってしまう。孔太は口を閉ざした。

「タイムアップ間近なんだ。611２195を俺の手で押してみますよ」

意を決したように、潤は立ち上がった。しかし孔太がそれを止める。

「いや、やっぱり違う。だってさっき黒滝社長が入力した際、失敗回数は2に変わった。指紋認証が必要なら、黒滝社長が押した場合、エラー表示が出るんじゃないのか」

「だからってどうしろっていうんだ！」

潤は頭を掻きむしっていた。

「じゃあ、611２195を逆から読んで、59１２116は？」

瑠衣の提案に誰もイエスともノーとも言わなかった。孔太はそれも厳しいと思った。何故なら光が発せられたのは外から内ではなく、内から外だからだ。順番という意味なら611２195で正しい。しかし同じ数字を二度入力するよりは、まだ可能性がある。あの光の鍵は偶然とは思えないし、鏡だから逆という理屈も成り立つ。いや、やっぱりそれでも何かが違っている。見えそうで見えない。孔太は潤が宮舘礼次郎から渡されたという鍵をじっと見つめた。そこには特に数字らしきものは刻まれていない。かっぱが微笑んでいるだけだ。

「黒滝社長、５９１２１１６で行きます」

潤は宣言した。瑠衣は孔太の方を向き、無言で反論はある？　と訊ねた。孔太も対案がない以上、反対しないでいた。命に関わるならいざ知らず、所詮は他人ごとだ。

「そりゃ不正解だ」

背後から聞き覚えのある声が聞こえた。

全員が振り返ると、そこには多聞が立っていた。どうしてここに？　確かに孔太がメールで知らせたが、まさかフランスから戻って来るとは……。横には心晴がいて、孔太を軽く睨んでいた。なぜ勝手なことをしたのよ、とでも言いたげだ。

「ちょっと多聞、フェスティバルはどうしたんですの？」

「悪いな、お嬢さん」

「フランスのトマトジュースが口に合わなかった……とでも言う気ですの？　ルイズロックの信用をどう思ってますのよ」

「瑠衣さん、ギドウの正体が永遠につかめなくなってもいいんですか」

　二人の間に心晴が割り込んだ。

「宮舘礼次郎という人物は単なる『かっぱ橋ロックサービス』の社長じゃないです。これまでの経緯から考えてもかなりの鍵師だと思わないんですか。彼の遺品とも言うべきものがあと数分で灰になってしまうかもしれない。それは瑠衣さんにとっても困ることじゃないんですか」

　心晴の言葉に、瑠衣は反論もなく歯噛みした。

　代わりに多聞が口を開く。

「お嬢さん、あんたは611219５にこだわってるようだが、絶対にそれはない。その逆５９１２１１６もない。これはトラップ。間違いなく宮舘礼次郎の罠だ」

「どうしてそんなことが言えますのよ？」

「宮舘礼次郎は親切にも、あんたにその考えは間違いだって忠告してくれているんだぜ。逆から読もうが、指紋認証だろうが一緒だ」

　多聞は胸ポケットから、ペンとメモ用紙を取り出した。

「いいか？　アルファベッドの6番目はF、１番目はAだ。この要領で６１１２１９５をアルファベッドに置き換えてみればいい。次はAが続くが単語として不自然。だから12とみなしてL、次も19と考えてS、最後が5でE、続けて読んでみな」

横から心晴がしゃしゃり出た。

「611195はFALSE。英語で間違いって意味になります」

瑠衣は大きく目を開けて、ひと言も言い返せないでいた。

「こんな偶然があるか？　あんたの光の鍵って発想は間違いなんだよ」

確かに多聞の理屈の方が説得力がある。それにしても特注のたぬきなど、あれだけ趣向を凝らした仕掛けを作り、それを惜しげもなくミスリードに使って人を落胆させるとは、宮舘礼次郎はかなりの変人だ。逆に言えばギドウである可能性も高い。

「もういいよ。それより十分切っちまった」

潤が時計を指さしている。多聞に詰め寄った。

「あんたが本物の凄腕の鍵師なんだな？　暗証番号は何だよ。わかってんなら早く言えよ」

「いや、まだわかっていない」

「何だよそれ。凄腕だったら何とかしろよ」

潤は身勝手な理屈を多聞にぶつけていた。いくら多聞とはいえ、到着したばかりだ。飛行機の中で考える時間はあっただろうが、情報が少なすぎるだろう。それでも多聞は怒ることもなく、ふうと小さく息を吐き出した。孔太は今までの経緯を話す。くだらないと思えることでもヒントになるかもしれないと思い、すべて話した。

多聞はなるほどとうなずいてから、潤に手を差し出した。

「オヤジさんに渡された鍵ってあるか」

「ああ？　あるけど」

多聞は潤から鍵を受け取ると、地下シェルターの錠前を分解し始めた。

「今さら何やってんだよ。無駄だろ」

多聞はスマホの電卓機能を使いつつ、メモ用紙に何かを書いている。潤が電子錠に適当な数字を入力しようとしていたので、心晴がそれを止めた。

「多聞さんがせっかく考えているのよ、邪魔しないで」

「お前こそ邪魔するな！　このままじゃタイムアップじゃねえか。俺は借金していて、取りたてに追われてんだ。金が要るんだ」

心晴は無茶苦茶な番号を入力しようとする潤を必死に止めた。潤からすると、どうせ失敗するなら、自分でやって失敗したいという捨て鉢な思いなのだろう。

「やめて！　多聞さんに任せるのよ」

「無理無理。オヤジが渡したのは、どうでもいいシェルターの鍵。金庫じゃない。鍵違いの鍵だっただろうが。結局オヤジは俺のことなんてどうでもよかったんだ。むしろ嫌がらせしたかっただけかも……」

「答えは２０９７１５２だ」

潤の言葉を多聞のつぶやきが遮った。静寂のシェルターのなか、多聞はメモ用紙を片手に、電子錠に向かって行く。

「はあ？　どこから出てきた数字なんだよ」

潤は説明しろよとわめいていた。多聞は潤に一瞥をくれた。

「できればもうちょっと時間が欲しかったが、もう一分もないしこれでいくしかない。それとも宮舘潤、あんたが勝手な数字を打つか？　何故こんな数字になるのかを説明している時間はない。まあ、クライアントはお前さんだから、こっちは従うしかないが」

追い討ちをかけるように、心晴が言葉を重ねた。

「自分で打ち込んで失敗しても、多聞さんのせいにしないでね」

潤は口を閉ざした。うつむくとしばらく考え込む。

「もう二十秒切ったわ」

心晴がせっついた。潤はやがて時計を見ながら好きにしろ、と小さく漏らした。承諾を得た多聞は２０９７１５２と打ち込んでＯＫボタンを押した。

しばらく静寂があった。

何も音は聞こえない。正解だったのか、不正解だったのか。どうなったんだと人々が口々に言う中、それに応えるように、金庫の扉がゆっくりと開いた。

「やった！　正解だ」

心晴も駆け寄った。

「すごい。さすが多聞さん！」

孔太はつばを飲み込んだ。多聞は本当に短時間で解いてしまった。しかも金庫に触れずに。金庫の中にはアタッシェケースが入っていた。

「よっしゃあ」

潤はガッツポーズをした。

「それにしても、どうして2097152だったのよ」

しかめ面で問いかけたのは、瑠衣だった。

わからないのかとばかりに、その問いを多聞は鼻で笑った。

「答えは宮舘礼次郎が最初から示していたんだ」

「はあ？　どういう意味ですの」

「鍵違いに注意しろってやつだ。あれは鍵違い数のことを言ってたんだよ。だからこの鍵を息子に渡した。電子錠なのに意味もなく普通の鍵なんて渡すはずないだろ？かっぱの鍵の鍵違い数が暗証番号。宮舘礼次郎はそう言いたかったんだ」

多聞はかっぱの鍵を差し出した。

「一般的に鍵違いといえば、玄関を開けるときに車のキーを差し込むようなケースが浮かぶ。でも鍵師にとってはそうじゃない。鍵違い数はピンの数や段差の数で決まって、この数が多いほど複雑になって防犯に適している。錠前と鍵を調べれば、鍵違い数はだいたいわかる。段差が8でピンの数が7だから、8の7乗で鍵違い数は理論上、2097152になる」

横で心晴がうなずいていた。そういえば多聞の不在中、マンションの大家から相談を受けたときに心晴が同じことを言っていた。

「ヒントはそれだけじゃなかったんだ。宮舘礼次郎は息子に自分の後を継ぐなら遺産をやるって言い遺した。つまりは息子が本気で、鍵について学んだかどうかを試そうとしたんだよ。おそらくシェルターの設計図を調べれば、ピンの数と段差の数はわかるはずだ。打ち込んだ2097152は、理論上の数字だから、実際はこんな数にはならないがな。細かいことは気にすんなってのがヒントになった。息子が真剣に鍵師になるため、そういう勉強をしたかどうか……つまり、あそこに入っているのはおそらくは……」

潤はありがとうとも言わずに、アタッシェケースに手をかけた。しかし少し遅れて、大声が聞こえた。

「なんだよこれ。ただの設計図と名簿じゃねえか。金はどこにあるんだよ！」

わかったと心晴が手を打った。

「この遺産は『かっぱ橋ロックサービス』の重要情報。仕事上、重要なものばかりが入っているんだわ。でも後を継がないなら、無価値。そういう意味だったのよ」

心晴の推理を肯定するように、多聞は黙って首を縦に振った。

「クソオヤジが。俺に自殺しろっていうのかよ」

潤は駄々っ子のように繰り返した。

「ちょっとあなた、そういう言い方ないでしょ。せっかくお父さんが遺してくれたのに。これはむしろ感謝すべきことよ。だいたい……」

お節介にも心晴が潤に説教を始めた。しかし潤は聞く耳を持たない。

「俺はな、借金返済に追われてんだよ！」

潤は興奮気味に、心晴にも食ってかかった。

お前に俺の気持ちがわかるか、そう大声で叫びながら、心晴を突き飛ばそうとする。

「ざけんな、金をよこせ！」

しかしその瞬間鈍い音がして、潤は床に倒れた。

シェルター内に沈黙が流れる。頬に手を当てながら、潤は顔を上げた。

潤の顔を思い切り殴ったのは、孔太の右手だった。

「孔ちゃん……」

心晴は小さくつぶやく。興奮が冷めやり、誰もが潤と孔太に視線を送った。

「何殴ってんだ、こら！」

怒りが収まらず、潤は孔太に殴りかかろうとした。しかし瑠衣のボディガードに止められた。孔太は自分の手をじっと見つめている。何故潤の顔を殴ったのだろう。自分も自殺しようとマンションから飛び降りた身だ。だがあまりにも自分勝手で情けない潤に思わず手を出してしまった。電子錠の解錠は成功したが、シェルター内にはしばらく潤の罵声が響いていた。

それから三人は宮舘宅を後にした。

「鍵違い数が暗証番号になっていることに気づくとは、さすが多聞さん」

心晴は感心しきりだった。

「そういえば多聞さん、宮舘はどう思います？　ギドウなんですか」

しばらく間があって、多聞は首を横に振った。

「たぶん違うな。あれは単なる鍵マニアだ。本当はどうしても息子に後を継いで欲しかったんだろう」

「やっぱりそうですか」

孔太は沈み込んでいた。さっき潤を殴ったことが後を引いている。人のことを言えたがらじゃない。彼の事情は知らないが、自分の方が身から出た錆で追い詰められている。忘れることはできない。日一日が経つごとに苦しさは増している。

孔太の気持ちをくみとったように、心晴が振り返った。

「そういえば孔ちゃん、ちょっと見直したよ」

一日休んだせいか、心晴の顔色は随分良くなっていた。孔太は何が？　とそっぽを向きながらわざと気だるそうに応じた。

「わたしに負担をかけまいとして、自分で何とかしようとしたんだよね」

「そんなんじゃねえよ」

「隠していてもわかるって」

心晴はニコニコしていた。さっきもかばってくれたしね、と微笑んでいる。かばった？　そうだろうか。あの時は無我夢中だった。

「あの子もダメ人間立ち直らせプロジェクトに入れないといけないかなあ。孔ちゃんなんて、立派に立ち直りつつあるから」

ふん、と孔太は鼻から息を吐き出した。

「まあ、これをきっかけに宮舘潤も変わるかもしれないけどね。あの子の自宅は相当資産価値あるじゃん。『かっぱ橋ロックサービス』を復活させていくかどうか、それはあの子しだいだよ。ねっそうでしょ？」

心晴は多聞に同意を求める。

多聞はあくびしつつ、かもな、と小さく応じた。

5

十六堂には蟬《せみ》の声がこだましていた。

こんがりと日焼けしたプール帰りの子供たちが、焼きとうもろこしをかじりながら境内の木陰でゲームをしている。夏休みはもうすぐ終わるが、まだまだ暑い。さすがにこの暑さでは野球ごっこに興じる力はないようだ。

やがて心晴が自転車に大きな荷物を載せてやってきた。クーラーボックスのようだ。チリンチリンと風鈴を呼び鈴代わりに鳴らして、孔太や子供たちを呼んでいる。

「おおい、みんな。かき氷だよ」

うわあと一斉に子供たちが駆け寄ってきた。かき氷を子供たちはおいしそうにガツガツと食べていた。何故か孔太より大きな子供もいて、よく見ると、非番の山井だった。

「サービスは子供たちだけよ。さりげなく混じってないで、山井さんはお金払って」

「はあ？　僕だって十数年前は紅顔の美少年だったんですよ。ハイリハイリフレハイリホーって感じで大きくなっちゃっただけで。こんな差別が許されていいんですか」

多聞がフランスの鍵師フェスティバルを抜けだしたことは、あまり問題にはならなかったようだ。わずかな期間ではあったが、多聞の腕前を世界に知らしめるには十分だったらしく、ルイズロックにはあの鍵師はガヴィニエスの後継者かと問い合わせが寄せられているという。

心晴は石松を団扇《うちわ》であおいでいた。心晴によるニートでもわかる鍵師講座はすでに四十七回目だ。いや四十八回目だったか。途中から第何回かわからなくなっていた。

講座内容は右から左へと抜けていった。孔太は多聞の籠城している土蔵の方へ視線を移した。かき氷を落としたのか、蟻の行列が土蔵の方へ向いて伸びている。大正時代からあるという古い蔵だが、孔太は一度も入ったことがない。

「多聞ってあそこにひきこもって何やってんの？」

訊ねると、心晴はううんと考えた。

「わたしにもよくわかんないんだ」

心晴も入ったことがないのだという。あまりしつこく入らせてと言うと、怒り出すらしい。いつも無表情で、多聞が怒る姿を想像できないが、そう言われると、入ってみたくなるのが人間のさがだ。孔太はかき氷を食べつつ、蟻の行列をしばらく眺めていた。

やがて暑い夏の一日は終わり、暗くなった。

風呂から出て店番をしていると、黒電話が鳴った。出ようと思ったが、介護の仕事を終えたばかりの心晴がやって来て、代わりに受話器を上げた。

「はい、わかりました。すぐに多聞さんと伺います」

真剣な顔だ。ということは、ギドウがらみなのか。窃盗事件が発生したようで、碇からまたしても要請があったらしい。

「また行こう。遠いから車だね」

土蔵から出てきた多聞と三人、車で移動した。心晴は途中でスーパーに寄って、トマトジュースを買い込んできた。

「解錠作業があるだろうしね」

集中力を高めるためらしい。そんなことで効果があるのか、眠くならないようにコーヒーの方がいいのではないのか。

向かった先は、田園調布《でんえんちょうふ》にあるかなりの豪邸だった。

周りには警察関係者が数多くたむろしていて、野次馬も集まっていた。口ひげの刑事と若い刑事がこちらに向かってきた。

「被害者は金子勇太朗《かねこゆうたろう》。衆議院議員だ」

政治などに興味はないが、金子と言えば、孔太でも知っているクラスの有名政治家だ。世襲ではなく一代でのし上がった男で、悪い噂が絶えない。いずれは大臣と言われていたはずだ。

「けが人はなかったんですか」

心晴が訊ねた。碇は口ひげを軽くつまんだ。

「ああ、それは大丈夫だ。留守の間、約十五分足らずの間に侵入したらしい」

多聞は侵入経路を聞いた。遠藤刑事の説明によると、侵入したのは防犯カメラの死角となる裏口のドアからで、地下にある巨大な金庫から、現金五百万円が盗まれていたらしい。小酒井という財務官僚の事件と似ている。多聞はトマトジュースの入ったレジ袋を手にさっそく裏口に回った。

「多聞さん……これって」

心晴が錠前を指さす。その錠前には愛らしい西洋人の子供の顔が彫られている。孔太にも見覚えがあった。そうだ。これはルイ・シャルル。ルイ十七世の顔だ。つまりこの錠前は『シュー・ダムール』。以前はバーナーで焼ききられていたので、ちゃんとした形の錠前を初めて見た。実際にはルイズキラーこと田之上義行によってすでに解錠成功しているのだが、世に伝わるという意味では初めての『シュー・ダムール』解錠成功かもしれない。

多聞はその手口をじっと見つめていた。ぐっと奥歯を嚙みしめるその顔は小酒井宅で見せたものとそっくりだ。ひょっとしてこれはギドウ……。

「碇のオッサン、金庫を見せてくれ」

不審げに眺める刑事たちをよそに、碇に付き従いながら多聞と心晴、孔太は中に足を踏み入れる。被害にあった金子勇太朗もいた。五十過ぎには見えないほど若く、彫りの深い顔立ちだったが、多聞に気づくとさすがに顔色を変えた。

「おい、こいつらは何者だ？」

碇は腕の立つ鍵師ですと説明する。

「そんな奴が何故ここに来る？　部外者は出て行かせてくれ」

「いえ金子議員、彼らは信頼できますので」

「馬鹿を言うな。こっちには見られては困る情報だってあるんだ。ちょっとでも隙を見せたら付け込まれる世界で私は生きている」

金子と碇は押し問答をしていた。

「おかしな奴が入ってきては困るんだよ」

ヤな感じの人ね、と心晴が孔太に耳打ちした。

「議員、大丈夫です。警察が保証しますから」

隙をついて多聞と心晴、孔太は邸内に入った。地下へと続く扉を開けると、予想以上に大きな金庫が眠っていた。一トン以上あるのではないか。とても持ち出せる大きさではない。

「こいつは……」

多聞は金庫を見るなり、立ち尽くしていた。

「ルイズロックが初期に作っていた金庫だ。ガヴィニエスの金庫ではないが、強力だ。

多聞、お前ならこの金庫、十五分で解錠できるか」

　碇の問いに多聞は応えることなく、ストローをトマトジュースに刺した。しばらく金庫を調べていたが、ゆっくりと首を左右に振った。

「少なくとも犯人は十五分ほどの隙に侵入し、すべてを奪って去った。十五分と言ってもそれは金子宅に隙のあった時間で、実際にはおそらく五分もかかっていないだろうな」

「そんな、無理だよ。人間業じゃないよ」

　心晴はできっこないと何度も否定した。そこまでこの犯人は凄腕なのか。そうすると犯人はギドウ。こんな腕前があるのなら、わざわざ警備の厳重なところを狙う意味などない。ギドウはいったい何のために盗みなどしているのだろう。難しい錠前に挑戦し、それを打ち破ること。それだけに喜びを見出しているのかもしれない。

　多聞を心配そうに心晴が見つめている。やがて金庫に背を向けると、多聞はつぶやいた。

「そろそろギドウと決着をつけないとな」

　碇は煙草をふかすと、そのまま上目づかいで多聞を見つめる。だができるのか？お前よりも上の鍵師だぞ……碇の眼差しはそう訴えかけているようだ。

「捕まえてやるよ、俺がな」

断言した多聞は、ストローを口にくわえた。

「まあ、多聞さんに任せておいてよ」

強がりに思える心晴の言葉に、碇はふんと笑った。

「期待してる」

煙草をもみ消すと、碇は背を向けた。騒いでいる金子議員のところになだめに向かった。

多聞と心晴は金庫室を出て、足早に議員宅を後にする。孔太は後をつけていくだけだ。宮舘礼次郎はすでに死んでいる以上、ギドウではない。手掛かりなどない。

本当に多聞はギドウに勝てるのか。どうやってギドウを捕えるのか。そんな問いは今、言葉にならなかった。

第五章　天使長の錠前

お使いの帰り道、大圓寺《だいえんじ》には多くの人出があった。

雅楽演奏だろうか、おごそかな曲が聞こえてくる。菊まつりが行われているのだ。千駄木の団子坂で江戸から明治にかけて続いていた菊人形作りを昭和になって復活させたもので、すでに三十年以上続いているらしい。

季節はすでに秋。孔太が十六堂で鍵師見習いとして新生活を始めてから、すでに九ヶ月半が過ぎた。長かった気もするし、あっという間だという気もする。商店街の人々は皆優しく、いつの間にかこの生活が当たり前になっている。

ギドウと決着をつけると言ってから、多聞は以前にもまして、寡黙になったように思う。店の仕事は心晴や孔太に任せて、どこかへ調べに出ているか、土蔵にこもっている。心晴が気分転換に行きませんかともちかけても、あまり乗り気ではないようで、心晴も強く誘えないらしい。

「あ、孔ちゃん、お帰り」

店に戻ると、心晴がしゃもじを手に、エプロン姿でテレビを見ていた。覗き見ると、一人の政治家がインタビューに応じている。

「やましいお金ではなかったんですね」

「そんなものじゃありません」

見覚えのある顔だった。泥棒に入られた金子という政治家だ。

「ご自宅にあった現金は、医師会からの不正献金ではなかったんですか」

「いい加減にしてください」

金子議員は取材陣の質問から逃げるように去って行った。

彼の自宅に侵入した窃盗犯は、財務官僚の小酒井宅に侵入したのと同じ人物ではないかという噂がマスコミで広がっている。悪い奴ばかりを狙い、どんな錠前でも開けていく天才であると、かなり尾ひれがついているようだ。

「碇刑事の元には、全国からガセネタも含め、たくさんの情報が飛び込んできて迷惑しているんだって」

泥棒を捕まえるのは、当たり前だが警察の仕事だ。公になった謎の窃盗犯の存在について無視できず、ルイズロックでも近々新しい錠前を発表するという。みんながこの謎の窃盗犯に振り回されている恰好だ。もっともギドウという呼ばれ方はされておらず、ガヴィニエスの金庫を開けた窃盗犯との関係は言及されていない。

テレビを見ていたら、十六堂に来客があった。

「はい、いらっしゃい」

心晴が応じる。入って来たのは、中年男性と小学生くらいの女の子だった。

「こんばんはあ、心晴さん」

元気よくあいさつしたのは、園川あおいだった。男性はその父、園川義道氏だ。

「よかったね、あおいちゃん」

あおいはあれから鍵に興味が出て来たらしく、時々店に来ては、心晴の作った学習用錠前で遊んでいる。

「冤罪だって判明したんですね？　園川さん」

心晴が声をかけると、園川はありがとうございます、と頭を下げた。

窃盗犯として留置場に入っていたが、あおいが言っていたように、園川はやはり無実だった。目撃者が間違って指さしたのを真に受けた山井による誤認逮捕だったらしい。

「真犯人も捕まったようで、本当に助かったよ」

犯人は奇《く》しくも、山井が手錠の鍵を奪ったと疑っていた沢野一樹という少年だった。遊ぶ金欲しさの犯行で、逃げる際に自転車を盗もうとしたらしい。警察は園川に謝罪し、今後こんなことのないように指導を徹底していくという。

園川がギドウであるという疑念が百パーセント解けたわけではない。とはいえ、心晴も言っていた。あれだけここ十二年、神に誓って盗みなどしていないと断言したのだ。娘のあおいを悲しませるようなことをするとは思えないと。

心晴はお茶と菓子を運ぶと、園川に差し出した。

「最近、話題の窃盗犯ってどんな奴なんですかね」

「さあねえ、皆目見当もつかない」

多聞の評価では、この園川は優秀な錠前技師だったルイズキラーをしのぐ腕前だ。そんな盗人がそう多くいるはずがない。同じ窃盗犯だった身として、ギドウについて何か知らないのだろうか。心晴は壁に貼られたおたずね者リストを見せる。園川は知らない奴らばかりだなと首をひねった。

「もう十二年も経っているからな」

心晴はそうですよねと同意した。

「とんでもない盗人のようだな。わざわざ警備の厳重なところを狙って侵入するんだから。オレには考えられんし、今報道されているような泥棒は見たことがない。結局みんな、犯罪者なんだ。いい奴なんていない。オレも当時はそうだった。ただ金が欲しい。それだけだったんだ」

わかる。盗みに入るときは金を手に入れること、捕まらないこと、この二点以外は何も考えない。解錠の喜びなんてあるものか。一番ありがたいのは鍵のかけ忘れだ。

「園川さんが現役当時、凄腕の泥棒っていうと誰だったんですか」

ううん、と園川は考え込んだ。しばらく間があって手にしていた湯のみをそっと置いた。

「あえて言うと、小池勝大《こいけまさひろ》ってやつだな」

孔太は小池という苗字《みょうじ》を静かになぞった。

「どんな泥棒なんですか」

心晴が身を乗り出すと、園川はあまり期待しないでくれよと苦笑いで応じた。

「彼もオレと同じ鍵の学校に行っていたから知っているんだ。一時、組んで仕事をしたこともあるんだが、こと金庫破りにかけては天才的な能力を持っていたよ。鍵の学校の指導員もその才能に驚いていた。もちろん、専門的に習っていたわけだから錠前に関する知識はすべて持っている。たいていの錠前の解錠はお手のものさ。実戦にも強く、肝も据わっている。念入りに計画を立てて侵入するからこれまで一度も失敗していないと思う。たぶんまだ現役だ」

「そんな泥棒がいたんですか」

おそらく十六堂のリストにはない。孔太の中に小池勝大という名前が深く刻まれた。

「小池は欲の塊のような男だ。鍵の学校を出た後、優秀だった彼には就職口がいくつかあって、天下のルイズロックからも声がかかっていた。けど就職はせずに泥棒の道を選んだんだ。理由は単純、その方が儲かるからだ」

園川によると、小池は金に汚く、博打《ばくち》も酒も派手で、女関係もだらしないという不誠実の塊のような男らしい。なんとなくではあるが、ギドウのイメージとは違う気もする。

「ふうん、そうなんですね」

心晴は頰に手を当てたが、すぐに孔太の後ろを見た。つられて振り返ると、そこには多聞が立っていた。歩き回ったのか、かなり疲れた顔で壁にもたれた。

「何か見つけたんですか？　多聞さん」

心晴が訊ねるが、多聞は首を横に振った。

「いいや、収穫ゼロだ。ただ園川さん、あんたがさっき言ってた小池って鍵師は気になる。一連の窃盗事件にかかわってるかもしれない。もう少し詳しく教えて欲しい」

「心晴さんにだいたい話したんだがな」

「どんなちっぽけなことでもいいんだ」

珍しく多聞は必死になっているようだ。だがそれを邪魔するように、多聞のスマホが振動した。表示を見るなり、多聞は露骨に顔を歪めた。

「はあ、わかった。明日だな」

精気のない返事が、誰からの電話であるか告げていた。

「ルイズロックからだ。明日、新しい錠前の製作発表会をやるから、俺にも同席しろだとよ」

「瑠衣社長の気まぐれぶりにも、困ったものですね」

園川やあおいが帰っていくと、多聞はあくびをしながら土蔵に向かった。


翌日、ルイズロック本社には、多くの取材陣が詰めかけていた。

壇上中央に瑠衣、横に腹心である竹野内が座り、百人以上の報道陣がカメラを構えている。パリのフェスティバルに参加したことで知名度の上がった多聞も、あくびをしながら壇上の椅子に座っていた。彼ら以外にも知らない顔がいくつか並んでいるが、いずれもルイズロックの幹部なのだろう。

並んだルイズロックの面々の背後には、幕をかけた何かがある。大きさからして扉のようだ。新製品が取り付けられているのだろうか。

「わたくしはかねてより、『シュー・ダムール』に代わる次世代の錠前の研究に力を入れてまいりました。ここにいる竹野内がその中心ですが、新製品はルイズロックが自信をもって、皆様に提供するシリンダー錠です」

多くの報道陣を前に全く臆することのない瑠衣はあまりにも美しく見えた。彼女は立ち上がると、背後にあった幕をマジシャンのように取り去った。そこにはやはり扉があって、見たことのない錠前が取り付けられていた。大きなモニターに拡大表示されている。

「新製品は名付けて『サン・ジュスト』。現在において世界最強のシリンダー錠であると自信を持っております」

瑠衣に向けて、一斉にシャッターが切られる。

『サン・ジュスト』は見た感じ、それほど奇をてらった造りではない。普通に鍵を差し込み、ひねって開けるタイプの錠前だ。Saint-Just のロゴマークが恰好いい。

「5ウェイ構造で鍵違い数は約十五兆でして……」

竹野内がこの錠前に関する説明を始めた。しかし報道陣もほとんどが錠前に関しては付け焼刃の知識しか持っておらず、あまりよく理解していない様子だ。

「黒滝社長、サン・ジュストといえばルイ16世の王朝を革命によって打倒した、ロベスピエールの腹心の名前ですよね？　あえてこういうネーミングにした理由をお聞かせください」

フランス革命の際、テルミドールの反動によって二十六歳の若さで処刑された革命家のことだ。

その記者は瑠衣が答える前に質問を継いだ。

「昨今、一人の窃盗犯が暗躍しているとちまたでは話題になっています。サン・ジュストは死の天使長などと呼ばれて怖《おそ》れられました。同様にルイズロックでもこの錠前によってこの窃盗犯やその他大勢の泥棒を怖れさせるという意味に感じられたのですが、違いますか？　この新製品発表は例の窃盗犯を意識したものなのでしょうか」

「それは関係ありませんわ」

「そうですか？　最近その窃盗犯が侵入したという金子議員宅も、ルイズロックの製品を使っていたと聞きましたが」

瑠衣はやや無礼な記者に怒ることもなく、それとは別問題ですと首を横に振った。

「ご存知ないかもしれませんが、シリンダー錠は鍵メーカーにとって心臓部分でございまして、一年や二年でたやすく作れるものではないのです。この錠前作製に当社は七年もの歳月を費やしました。サン・ジュストは確かにルイ王朝と敵対する人物です。ですがわたくしがあえてこのネーミングにした理由は、たとえ考えが違っていても、ロベスピエールやサン・ジュストも国を良くしたいという思いにおいては同じだったと思うからですわ。つまりルイズロックが目指すのは世界一の錠前、世界一の防犯なのです。どんな考えの者が作り上げた錠前であっても、優れた錠前であれば採用する。それがルイズロックの精神ですの」

カメラの放列を前に、瑠衣は凛《りん》とした表情で言い放った。

それからしばらく質問が続いたが、社長の風格を感じさせる堂々とした受け答えだった。横に座っている多聞は対照的に、今にも眠りこけてしまいそうだ。

「では黒滝社長、例の窃盗犯に関してはどう思われます？　まるで眼中にないということでよろしいでしょうか」

最後の締めくくりのような質問に、瑠衣は顔を上げた。

少し間を空けてから、予言します、と静かな声で髪をかきあげた。

「その窃盗犯は逮捕されるでしょう」

記者たちは瑠衣の雰囲気の変化を感じ取って、ざわめきだした。何だろうこの予言は？

「黒滝社長、それは例の窃盗犯が『サン・ジュスト』の前に屈するという意味ですか」

「何か逮捕するあてでもあるんですか」

「ひょっとして窃盗犯に関する情報を握っているとか」

質問が矢継ぎ早に降って来る。

「一人一人お願いします」

竹野内がなだめているが、質問はやまない。

瑠衣は問いに答えることなく、立ち去ろうとしたが、最後に一度だけ振り返った。

「わたくしが約束できることはただ一つ、近いうちにその犯罪者をわたくしの前に屈服させる。それだけです」

言い残して瑠衣は会場から姿を消した。

颯爽《さっそう》とした新社長に、シャッターを切る音が鳴りやまなかった。

最後に瑠衣ははっきりとギドウに対して宣戦布告をした。最初はギドウなど意識していない様子だったのに、最後には宿命のライバルとでもいうような感情の高まりだった。

後の対応は竹野内に任されたが、記者たちは面白い記事が書けそうだと興奮気味だった。多聞は義理は果たしたとばかりに壇上から降りると、記者たちの質問をかわして会場をあとにする、心晴や孔太も後に続いた。

「何か黒滝のお嬢さま、さすがって感じでしたね」

心晴の言葉に多聞はそうかなと鼻で笑っていた。

「ハッタリだよ。本当はギドウについて確信が持てないから焦ってんのさ。それだけギドウを意識しまくってんだよ」

確かにそんな感じだった。宮舘のところまで自らやって来て謎を解こうとするなど、やや常軌を逸している。最初に会った時も父の仇という言い回しを使った。経営で大変だろうに、瑠衣の頭の中はギドウが大部分を占めているようだ。

「ところで多聞さん、わたしたちはどうすべきですかね」

心晴の問いに、多聞は例のトコからだなと応じた。

「例のトコってどこです？」

「小池勝大って泥棒。こいつを徹底的に洗ってみるべきだ。会見の前、碇のオッサンに聞いたんだが、この小池には盗みに入る理由があるそうなんだ」

「そうなんですか」

「ああ、奥さんが難病で、外国で手術を受けなきゃ治らないんだと。けどその費用が三億くらいかかってしまうらしい。カンパを募っているが、全然集まらないそうだ」

なるほど、そういう理由があるのか。

絶対的な盗む理由と絶対的な盗みの腕。この二つを備えている盗人は日本中でもそうはいない。孔太は多聞や心晴と共に、小池をマークすることに決めた。

2

目論見《もくろみ》は尾行初日から、いきなり崩れようとしていた。

午後八時過ぎ。多聞は急な錠前開けの依頼が入り、一人で仕事に向かった。一方、心晴と孔太は店を閉めて、新宿《しんじゅく》ゴールデン街にいた。小池の情報を得るためだ。聞き込んでみたところ、小池という男は、園川が言っていたようにろくでもない人物のようにしか思えなかった。写真も見せてもらったが、茶髪にヒゲもじゃで目つきの悪い男だ。新宿を中心に活動している飲んだくれのごろつきで、振り込め詐欺や恐喝などもやっており、暴力団と変わらない。警察が真剣に締め上げたら、いくらでもぼろが出るタイプに思える。

腕だけは立つのかもしれないが、小池について話を聞いたチンピラ仲間は口をそろえて悪口を言った。

「凄腕の盗人？　そうかあ？　まあ昔は知らねえが、今はただのクズだぜ。ヤクザの金に手を出して、見せしめとして腕の腱《けん》を切られたらしい」

盗人だったとしても、もう泥棒は出来ないだろうということだった。喧嘩《けんか》すればガキにも負けるぜと笑っていた。

「ヤクザに恨み買ってるからな。いつかぶっ殺されるぜ、ありゃ」

「病気の奥さんのためにわざと悪ぶっているだけじゃないんですか」

心晴はあえて小池を擁護した。しかしチンピラの一人、スキンヘッドの男はそうじゃないと笑っていた。

「嫁だって？　馬鹿言うな。そんなことなんぞ、まったく気にしているそぶりはねえよ」

スキンヘッドの話では、小池の妻は沙和子《さわこ》と言って、都内では有名な私立女子校の中等部に通っていたのだそうだ。しかし高校生の時に、親が事業で失敗して破産、沙和子も路頭に迷った。そんな時に小池と知り合い結婚した。

「一時その世界では有名になったもんだぜ。某有名女子校に通う本物お嬢さまの転落人生って感じで売り込んでさ。でも今じゃもう助かる見込みのない病気だ。あの女も考えてみたら悲惨な人生だったって同情するぜ。特に小池に出会ったことが運のつきだ。見た目はよかったんだし、いい男と付き合っていたら、こんなことにはならなかったのによ」

小池は沙和子を風俗で働かせ、アダルトビデオにまで出演させていたのだという。

「でも小池はネットで沙和子さんの治療のために、寄付金を集めているんでしょ？　自分なりには頑張っているんじゃないですか」

心晴が問いかけるが、その男は馬鹿にするように笑った。

「それもあいつの金儲けだよ。同情すべき幼い女の子とかならともかく、性風俗で身を持ち崩した女だからな。なかなか金は集まらねえ。そんなことは小池もはなから承知だ。けど中には馬鹿なやつもいてよ。莫大《ばくだい》な寄付金を送って来たことがある。けど小池が事務局なわけだから、そんな金は使い放題さ。むしろ嫁さんのための寄付金を着服、風俗やキャバクラで遊びほうけていんだよ。要するに死ぬまで嫁さんから金をむしり取ろうってことだ」

情報をくれたスキンヘッドの男は、心晴から三万円を奪った。

「じゃあな、姉さんたち、また他のことが知りたけりゃ、聞かせてやるよ」

嫌な奴だったが、嘘をついているようには感じられなかった。心晴は頬をふくらませている。聞いているだけで、抑えられないほどに腹が立ってきた様子だ。

「ひどいよねえ、孔ちゃんもそう思うでしょ？」

「そうか？　こんなもんじゃね」

孔太は冷たく応じた。自分も犯罪者だ。えらそうなことなど言えたがらじゃないが、この小池という男は本当にどうしようもない。だが世間なんてそんなものだろう。千川興業の連中はしきりに早く金を持って来いと催促してくる。小池を観察していると、ああいう連中は自分のことしか考えないということがよくわかる。払う金などないし、もうすぐ自分は態度を決めなければいけない。

人の冷たさは骨身に染みてわかっているつもりだ。長いあいだ温かく接していても同じこと。孔太の父が死んだ時も、従業員や知り合いは蜘蛛《くも》の子を散らすようにいなくなった。残ったのは負債だけ。下町の古き良き時代の風情なんて幻想だ。谷中銀座の連中だけが違うとも思えない。

やがて仕事を終えた多聞が合流した。

「多聞さん、小池って最低の人間ですよ」

心晴は更生不能です、と閻魔《えんま》大王のようにハンコを押す恰好をした。詳しく話を聞いた多聞は明日行ってみるか、と小声で応じた。

「多聞さん、どこ行くんですか？」

「病院さ。小池沙和子が入院しているっていう」

小池の妻に話を聞くのか。仮に小池がギドウでないならば、彼女に聞いても意味などない。しかし多聞もそんなことはわかっているはず。心晴も同じ思いのようだったが、仕方なくおともすることになった。


翌日、三人はJRで荻窪《おぎくぼ》に向かった。

荻窪教会通り商店街は幅が狭く、谷中銀座のような感じだ。教会の鐘が鳴る町という幟がいくつも出ていた。みんなおいでよというイベントポスターが貼られている。福引やスタンプラリー、おしるこ、バルーンアートなど毎年恒例で年末に行われるようだ。

商店街を抜けると、小さな病院が見えて来た。

受付で心晴が面会希望の申し出をした。

「え？　小池さんですか。はあ、会えますけど」

「良かった。面会謝絶じゃないんですね」

三人は看護師に案内されるまま、二階に向かった。余命いくばくもない身であるのに、他の入院患者と同室だ。子供がエンエン泣いていてうるさい。あまりいい環境とは言いがたかった。

心晴が話しかけようとしたが、俺が行くと多聞が言い出した。

多聞はシャツの襟元をただして小池沙和子の前に歩いて行く。チューブが何本も挿されていて、頭髪はない。かなりやつれてはいたが、しゃべることは出来るようだ。

「野々村と言います。少しだけお聞きしたいことがありまして」

沙和子は訝しげに多聞を見上げた。

「ひょっとして、主人のことですか」

「ええ、まあ」

沙和子は先んじるように、関係ありませんと断じた。スキンヘッドの男が言っていた通り、すでに愛情などはなく、自分はこのまま死んでいくだけだと語った。

「でも外国で手術を受けられれば、治る見込みはあるんですよね」

沙和子はふんと鼻で笑ってみせた。

「ダメです。募金なんてまったく集まっていません。というか奇特な人がいても、あの人が全部持って行くから」

スキンヘッドに聞いたのと、同じ内容だった。心晴は多聞に耳打ちした。瑠衣に頼んで治療費を出してもらえないのかと。しかし多聞は首を横に振る。

「あの女がそんなことするかと思うか」

確かに無理っぽい。利益になること、自分の趣味には湯水のように金を使うが、そうでない場合には、びた一文出す気はなさそうだ。

「いいんですよ」

沙和子はつぶやく。もうすぐこの苦しみから解放されるからと、こちらがつらくなるようなことを口にした。

「もう死を受け入れる覚悟はできました。死の天使がやって来て、連れていかれるんです。ただ最後に良かったと思うのは、わたし、ここが嫌いじゃないんですよ」

沙和子は窓の外を見つめている。荻窪の片隅にある小さな病院。ビルに囲まれてあまり景色もよくはないように思うが、何故いいのだろうか。

「近くに教会があって、鐘の音が聞こえてくるから」

そういえば、ここへは、教会通り商店街を抜けて来た。

「できればあと五日だけ生きたいかな」

「その日に何かあるんですか」

横から心晴が不審げに訊ねた。

「五日後、三十年ぶりにタイムカプセルを掘り出すんですよ。中学時代のね。でもダメかあ、わたしはこんなだから行けないし、行っても意味ないしね」

あの頃はよかったなあ、と沙和子は昔のことを思い出していた。

「たぶん、罰が当たったんですよ」

心晴は罰という部分をなぞった。

「ええ、わたしは中学時代までは何不自由ない生活をしていました。父の会社の経営も良好で、御茶ノ水《おちゃのみず》にある女子校に通っていたんです。辺りの男子学生からは注目の的でひっきりなしにラブレターをもらいました。そんな中、しつこくわたしにアプローチしてくる子がいたんです。別の高校に通うニキビ面のきたならしい子で、わたしは正直、馬鹿にしていたけど、気まぐれでデートの誘いに応じてやったんです。もちろん嘘だってからかうつもりで」

待ち合わせ場所は、ニコライ堂の近くだったらしい。

「でもその子は約束の時間が過ぎてもずっと待ち続けていたんです。雨に打たれつつ、周りからはおかしな目で見られ、警察に連れて行かれたようです。わたしは後でこっそり待ち合わせ場所に行きました。その子はおらず、ニコライ堂の教会の鐘の音が響いていました。その後、その子がどうなったのかは知りません。誰にも言いませんでしたが、あれはわたしのせいです。その直後、父の会社の経営は傾き、わたしの人生もどん底に落ちていきました。悪いことをしたら、償わなければいけないのに、わたしはそうしなかった。神様はちゃんと見ているんですね」

それは罰というには重すぎるものだと孔太は思った。その程度でこんなになるなら、自分など何度死んでも文句は言えない。

「話しにくかったでしょうに。じゃあこちらもお話しします」

多聞はこれまでのことについて、ほとんど包み隠すことなくしゃべった。財務官僚や国会議員の家にまで侵入して金を奪う泥棒がいる。その手口まで細かく説明した。

沙和子は無言で窓の方を向いた。

「どうかしましたか」

さっきまではよくしゃべっていたのに、まるでしゃべらなくなった。心晴がどうかしたのかと繰り返すと、胸のあたりを押さえた。苦しそうだ。うっ、うっとおかしな声を上げている。嗚咽《おえつ》は止まらず、顔が真っ青になっていた。大変、と心晴が医師を呼びに向かった。

「ちょっと小池さん、大丈夫?」

看護師がドタドタとやってきた。

「あなたたち、もう帰ってください。小池さんは重病なんですから」

すぐに医師も駆けつけて来た。

「すみません」

謝ると、心晴と孔太は多聞とともに病室を後にした。

「ダメですね、これでは」

心晴は多聞に話しかける。夫婦二人して演技をしているという可能性もなくはないが、どうやら小池は本当にどうしようもない男のようだ。ギドウのイメージとはかけ離れているし、だいいちスキンヘッドの男の話では、手の腱を切られて仕事自体出来なくなったという。完全に小池はギドウ候補から脱落だろう。

だが病院を出ると、多聞はすぐに碇に電話していた。

教会通り商店街で荻窪ラーメンを食べていた時、鐘の音が鳴り響いた。商店街に少しミスマッチな気もするが、小池沙和子は逆に今はそれがいいと言っていた。

「じゃあ俺は別のトコ寄ってくから、店を頼む」

鐘の音の中、多聞は二人に背を向けた。

「ひょっとして何か思いついたんですか」

心晴の問いに答えることなく、多聞は駆け出して行った。

小池沙和子の病院を訪ねてから、四日ほどが過ぎた。

心晴の付き合いで店を出た。といっても根津なので歩いて向かう。自動車の鍵についての相談を受けた。駐車場に高級車が停められている。

「もうちょっとで盗まれるとこだったんだ」

依頼主の男性は興奮気味だった。怪しい男がウロウロしているところを、たまたま発見して声をかけたためにその男は逃走。事なきを得たらしい。

「販売店の人が、イモビライザーシステムだから安心ですって自信持って言ってたのにな」

イモビライザーシステムとは、電子錠だ。専用のカードキーがないと基本的には開かない。鍵に埋め込まれたトランスポンダというIDと所有者のカードIDの一致によってエンジンを始動させることのできるシステムだと心晴が説明した。

「ううん、これは珍しいケースじゃないんですよね。数年前にはイモビライザー破りの手口が流行《はや》りましたし、改良しているんでしょうが、ネットにも破り方が書いてあるくらいで」

いつものことながら、心晴は本当に詳しいと感心する。多聞は錠前を開けることのみに特化していて、明らかに心晴の方が鍵師としての仕事をこなしている。独立しても女鍵師として十分にやっていけるだろう。

心晴は防犯グッズをいろいろ紹介したが、やはりルイズロックなどが出している単純ではあっても強力なシリンダー錠が一番すぐれていると勧めた。

「ふうん、俺は今話題の泥棒にやられたのかと思ったよ」

心晴は苦笑いで応じた。警察に寄せられたすご腕泥棒の情報は、ほぼ百パーセントがガセネタ。碇たちがあまりギドウのことを表ざたにしない理由も、このガセネタの大量投下によって動きが制約されているからだろう。

ゆっくり歩いて、谷中に戻った。

商店街ではクレープ屋の前で揉め事が起きているのか、制服警官の姿が見える。なにごとかと思ったら屋根に上って降りられなくなったハチワレ猫を助けようとしていた。

「ううん、見たところ、かなりの老猫ですね。オスかメスかは知りませんが、若い頃は自由気ままに上り降りできたんでしょう。ですが今は老若男女、いえ老猫ニャンよって感じで降りられなくなったんでしょう。でももう大丈夫ですよ。猫のおまわりさんが来ましたから」

山井が招き猫のポーズをとった瞬間、ハチワレ猫は下に飛び降りた。別に降りられなくなっていたわけではないようだ。心晴がもはや言葉もないという感じであきれていると、背後から声がかかった。

「最近悪いな、いっつも仕事任せてさ」

多聞が立っていた。

「孔ちゃんの勉強になりますし。今んとこ、多聞さんに来てもらわないといけないほど難しいのはありませんから」

「俺は小酒井宅や金子議員宅への侵入事件を調べている」

もう以前にも調べたではないか。問題は、誰がギドウでどうやって捕まえるのかではないか。小池を探るのはやめたのか。

「何か進展があったんですか」

心晴の問いに、多聞はああ、と応じた。

「問題は金子事件の金のありかだ。俺は毎日、それを追って来た。一連の窃盗事件では犯人が手元に大金を置いておくとは思えない。どこかに隠していると思うんだが、どこにあるかがわからない。それがないと証拠がなく、追い詰められないからな」

　そこまで犯人に迫っているとは思わなかった。

「まあでも、今日でこの事件に一応の決着はつけるつもりだ」

「え、今日ですか」

「ああ、ルイズロックの連中とも話して、計画を練っていたんだ。必ずそいつはやって来るからってね。まあ、百パーセントってわけじゃないけど、俺の推理が当たったら、たぶん今夜で決着がつくはずだ」

　あまりにも急な展開に、心晴は呆気にとられた顔で孔太と顔を見合わせた。

「でもどうしてなんですか？　何故事件の真相に気づいたんです？」

　心晴は問いかける。多聞には特別な情報でもあったのだろうか。

「ちょっとしたことに気づいたんだ。二人には話さなかったけれど、ひょっとしてと思って調べてみると当たりだった。こりゃあ偶然じゃないなって」

「え、そうだったんですか」

　いったい何がこの事件のヒントになっているというのだろうか。

「じゃあ、俺はもう少し用があるから」

「わかりました。じゃあわたしたちも行きます」

そこで多聞とは別れた。

これでギドウとの決着がつくということで、心晴も少し興奮気味だ。すべてを多聞は話してくれなかったが、それはいつものことだと明るかった。

「まあ、あれだね。どんな真相が待ち受けているのかは今夜すぐにわかるんだし、楽しみにしてそれまで待とうよ、孔ちゃん」

心晴はそう言って店に戻った。


夜も更けた頃、二人が自転車で向かった先は、御茶ノ水だった。

神田川《かんだ》を過ぎて、ニコライ堂前で多聞と合流する。多聞はコンビニの袋を下げていた。何を買ったのかと思ったが案の定、トマトジュースが何本か入っていた。ニコライ堂はビザンチン様式の教会だ。かつて小池沙和子はここで少年と待ち合わせをしたと言っていた。その少年は今、どうしているのかと孔太は少しだけ考えた。

多聞はこの事件で重要なのは、金のありかだと言っていた。しかし金くらい、いくらでも隠しようはある。孔太がそうしたように、どこかのコインロッカーか銀行の貸金庫に入れておけばいい。どうして金の隠し場所が問題なのだろう。

それにやはり気になるのはギドウの正体だ。候補として考えられるのはやはり、小池勝大だろう。動機がない上に腕の腱を切られているというが、それでも解錠技術ではトップレベルだし、動機は妻の病気のためではなく、ただ単に金が欲しかったから、目立つことをして注目を浴びたかったという自己顕示欲も考えられる。

時刻はすでに午後十一時前だ。

三人はニコライ堂から少し移動し、巨大な建物へと向かっていく。白亜の高い壁がそびえ立っているのを見上げた。

「え？　ここってもしかして」

心晴の言いたいことが孔太にもわかった。入院中の小池沙和子がかつて通っていたとされる学校だ。まさかこんなところに現金が埋まっているのか。ただそうすると、犯人はやはり小池である可能性が高い。多聞が連絡をとると、高い壁の裏手にある通用口が開き、孔太たちは校庭を抜けて女子校の玄関に向かった。

「え？　あなたは」

玄関前には見覚えのある数名の顔があった。

中央にいるのは黒滝瑠衣だ。横には長身の竹野内もいる。さらには碇刑事に遠藤刑事、知らない顔もいるがおそらく警察関係者だろう。二十名以上はいる。校庭や中庭、壁の外にも多数の見張りがいて、誰かがやってくればすぐに連絡がとれるようになっているらしい。ただし捕えるのはあくまでギドウがここまで侵入してきた際だ。言い逃れができないように、現場を押さえることが全ての目的。逃げられては計画は失敗だという。全員がギドウを逮捕しようと待ち構えている。多聞の推理を信じているということだ。

瑠衣は腕を組みながら、多聞に冷たい視線を投げかけた。

「大丈夫だって。まあ、おとなしく見てるんだな」

多聞は袋からトマトジュースを取り出すと、ストローを差し込んだ。

「ここにギドウが来るんですか」

心晴はピリピリした瑠衣にも碇にも訊きにくかったのか、一番話しかけやすそうな竹野内に訊ねた。

「どうでしょうか？　もう来てるかもしれませんよ」

竹野内は優し気な笑みで答えた。

「え、ホントですか」

きょろきょろ見渡すと、ふふっと竹野内は口元を緩めた。

「野々村さんの推理は鋭いですからね。実はこの女子校は社長の出身校でもありまして、ルイズロックとも以前から警備のことで関係が深いのです」

都内でも有数のお嬢様学校だ。瑠衣の出身校でもおかしくはない。もっとも瑠衣はここに短期間いただけで、フランスに留学したらしい。

この女子校はは少し変わった造りになっている。まず校庭を囲む壁の高さが尋常ではなく、十メートル以上ある。校舎は巨大な立方体のような恰好をしているのだが、中央は大きな中庭になっていて、そこにプールや花壇があるのだ。ヘリコプターで上空から覗き見るくらいしか中の様子は知ることが出来ない。上空から見ると、巨大な四角形の内側に、もう一つ別の四角形があるように見えるだろう。いわば二重壁に覆われた要塞。まるで高貴なお嬢様方の姿を下賤の者が見ることさえけがらわしいとでも言いたげだ。

「でも竹野内さん、おかしいと思いませんか？　ここにギドウが現金を隠すなんて不自然すぎますよ。侵入さえ困難ですし、持ち出すのも一苦労。関係者以外にロッカーは使えないでしょう？　広い中庭に埋めるってことも考えられますけど、この女子校の中庭は、校舎内を抜けないと、入り込むのは無理じゃないですか」

心晴の指摘に、竹野内はそうですね、とうなずいた。

「しかもそれだけじゃないんですよ。実は社長の命を受けて、数日前にこの女子校の錠前はすべて、『サン・ジュスト』に取り換えてあります。塀をよじ登って侵入することはともかく、校舎内まで窃盗犯が入り込むなど、最高難度であると思います。実際、私も部下とともに校舎内、校庭、中庭などを調べてみましたが、現金などどこにも見つかりませんでした」

確かに入り込むのは難しいと孔太も思う。それでも多聞はここに現金があって、ギドウが今日、取りに来ると言うのか。あまりにも無茶苦茶だろう。今日という日にいったい何の意味があるというのだ。

——いや、そういえば……。

入院先の病院で、小池沙和子が言っていたことを思い出した。

心晴に話しかけようとした際に多聞が動き出した。校舎の玄関に取り付けられた『サン・ジュスト』をじっと睨みつける。

「どうするんですか」

心晴は問いかけた。多聞はストローをくわえたまま、ピッキングツールを取り出すと、解錠を始める。

「本当にこの錠前がすごいのかどうか確認するのさ」

ギドウが来たらどうする気なのだろうと思ったが、竹野内や瑠衣は特にやめさせようとはしなかった。勝手にすればとでも言いたげだ。

それからしばらく時間が流れた。

「多聞さん、手こずってるね」

十五分、三十分……空になったトマトジュースが積み重なっていく。ただの単純なシリンダー錠にしか見えないルイズロック最新作『サン・ジュスト』の解錠には多聞も苦労していた。しかし四十五分ほどが経った頃、多聞の手は止まった。解錠に成功したのかと思ったが、手にしていたレークピックが床に落ち、多聞は脱力した。孔太は心晴にささやいた。

「また寝ちまったな」

「うん、でも成功したのかもしれないよ。力を出し切ったから」

心晴は多聞を揺さぶって起こした。目を開けた多聞の口元には笑みがある。心晴はやったんですかと訊ねたが、多聞は首を横に振った。

「ダメだ。歯が立たない」

悔しそうに多聞はうなだれた。瑠衣は当然ですわとばかりにほくそ笑んでいた。多聞は眠っているのか、へたり込んでいる。心晴はそんなにすごいのかとばかりに『サン・ジュスト』前にしゃがみ込んだ。

十五分後、動きがあった。

最初に反応したのは碇だ。壁の外で待機している警官から、怪しい人物が中に忍びこもうとしているという連絡が入ったらしい。

「多聞さんの予言、当たっていたじゃん」

心晴は興奮気味だ。静かにしろとばかりに警察関係者が睨んでいる。

「そうか、わかった。放置だ」

碇はおびき寄せて逮捕する構えだ。今のままでは単なる建造物侵入だし、当然の措置だろう。碇の指示で、全員が身を隠した。眠り込んだ多聞は竹野内がおぶって運んでいく。孔太も水飲み場のところから様子をうかがったが、興奮を隠せない。こんな時間に学校関係者がやって来るはずもないし、塀を乗り越えようとするはずもない。ここまでは多聞の推理は的中している。これから先もきっと的中するはず。ギドウはすぐ近くにいるのだ。

やがて侵入者は校庭を抜けて、校舎玄関前までやって来た。

黒っぽい服装で身長は百七十くらいか。太ってもいないし痩せてもいない。ナップザックだろうか、背中に何かを背負っている。解錠作業を行うのだろうか。遠目だが侵入者が手にしたのは、孔太がよく使っていたレークピックに似た工具に見える。開くはずがない。

孔太にはそうとしか思えなかった。多聞さえ開けられなかったのだ。この錠前を突破できなければ、ギドウは退散してしまうだろう。瑠衣はすべてを『サン・ジュスト』に取り換えたというが、計画は失敗ではないか。それともギドウがこの『サン・ジュスト』さえ突破すると思っているのか。いや、たぶん瑠衣の狙いは違う。この最強のシリンダー錠でギドウを追い払い、『サン・ジュスト』の優秀さを証明したいのだ。それはある意味、父親であるガヴィニエスの復讐《ふくしゅう》ともいえる。

そんな孔太の思いは次の瞬間、崩れ去った。

いや、孔太だけではない。心晴も瑠衣も碇も誰もが啞然とした顔で、剣豪が鞘《さや》に刀を収めるように工具をしまうこの侵入者をじっと見つめていた。ディテント機能……暗闇の中で確かに響いたカチリという音が、勝負の終わりを告げていた。侵入者が取っ手に手をかけると、扉は音もなく開いた。心晴は時計を示した。

「そんな……なんて早いのよ」

解錠時間一分四十四秒。最強のシリンダー錠があまりにも呆気なく敗れ去った。

――ギドウだ。こいつこそ鍵師ギドウ……。

桁違いの化け物であることはわかっているつもりではあったが、目の前で見せられた奇蹟《きせき》を前に震えが止まらない。こんな鍵師が存在するのか。誰もが動揺を隠せない様子だ。計画は予定通り進行しているのだから、本来ならこれでいい。ギドウにはもう逃げるすべなどはないのだ。それでもプライドを粉々に砕かれた瑠衣は今にも叫びだしそうで、竹野内が必死で口元を押さえていた。

多聞はいつの間にか目覚めていた。あくびどころか瞬きひとつすることなく、その天才鍵師を見つめている。多聞もまた、敗れ去った一人だ。

やがて侵入者は校舎を抜けて、中庭に向かった。孔太たちも静かに後をつける。校舎内には簡単な施錠しかなく、あっさりと進んでいった。ギドウの鍵師としての腕前に圧倒されつつも、勝負はまだこれからだ。腕前はこの侵入者が上でも、多聞の読みは正しい。ここに侵入して現金を取り出すという読み、もう外れようがない。

侵入者は中庭に出た。中央にあるプールまで進むと、その側にあった看板をしばらく見つめていた。そして持参したナップザックからショベルを持ち出し、看板の近くを掘り始めた。こんなところに盗んだ金を埋めるなど、異常すぎる。リスクだけが高いように思うが、この天才鍵師には凡人には思いもつかない考えがあるのだろうか。

「もう、十分だぜ。碇のオッサン」

多聞の声を合図に、周りから碇や遠藤、他の刑事たちが徐々にギドウに近寄った。まだ現金を掘り出していない以上、ややフライング気味に思えたが、囲むようにギドウに近寄る。ギドウは穴を掘るのに夢中になっているようで、複数の影に気づかない。心晴や孔太も近づく。もう逃げるすべはない以上、あとはこの人物が誰なのかだけに興味があった。

「そこまでにしとくんだな」

声をかけたのは多聞だった。

侵入者は振り上げたショベルを途中で止めると、ゆっくりと背後を振り向く。無言のまま、辺りを見渡した。警察が取り囲んでいてすでに逃げられないことを悟ったようだ。誰なのだろう。孔太の興味に答えるように、瑠衣が懐中電灯で侵入者を照らした。

そこにあったのは、最近よくテレビで見る顔だった。

「え？　まさかあなたが」

声を発したのは心晴だった。孔太も口を半開きにした。観念したようにショベルを突き刺した人物は、金子勇太朗衆議院議員だった。

「金子さん、あんたは知り合いの財務官僚・小酒井宅から、二億ほど盗んだんだよな。けどそれだけでは足りずに、自分のところからも盗んだ。金は秘書が管理しているし、国会議員の資産は公開されている。急に財産が減ったり、使途不明金などがあったりしたらまずいからな。盗まれてしまったことにすればいい」

金子は何も言わず、多聞の推理をじっと聞いていた。

「そんなにまでして金が欲しかったのか」

碇に問われて、金子はふんと鼻から息を吐き出す。

「政治には金が必要なんだよ。そう、汚い世界だ」

だが多聞は逆にその回答を馬鹿にしたように笑った。

「それは事実なんだろうな。あんたはこれまでもヤバいことを繰り返してきた。けど今回、こうやって金を盗んだ理由は別にある」

そういえば、いまだに現金は掘り出されていない。建造物侵入は確定だが、確たる証拠もなく窃盗犯だと決めつけていいのだろうか。フェイクならどうする？　ここを掘れば確実に出てくるというのか。しかしその問いに答えるように、多聞は走って金子に近寄り、ナップザックを奪い取ってぶちまけた。

心晴があっと声を上げた。ナップザックからは札束が次から次へと出て来た。一束が百万円だとして、いったい幾らあるのだろう。

「金子さん、これがあんたの罪、いやあんたの人生のすべてだ」

多聞は親指で横にあった看板を指さした。そこには明日の日付と共に、「三十年前のお友達、集まれ！」という文字があった。明日、この中庭に当時、中学生だった少女たちが集まり、タイムカプセルが掘り出される。入院中の小池沙和子がそう言っていた。

「金子さん、あんたは高校時代、小池沙和子のことが好きだった。だが彼女は別の男と一緒になってしまった。それでもあんたは彼女の幸せを願った。身を持ち崩したこと、病気にかかったことを知り、治療費に使ってくださいと匿名で援助した。しかしそんな金は全部、夫である小池によって勝手に使われてしまうだけで意味がない。かといって直接手渡しすることも世間体の問題があってできない。どうすべきかあんたは考えた。そして思いついたのがタイムカプセルだ。ここに直接、現金を入れて沙和子さんの治療費に使ってくださいと書いておく。掘り出した際、それを多くの人が目撃すれば、さすがの小池も自由にできないだろう。あんたはそう考えたんだ」

金子はうなだれていた。そうか、逆だったんだ。孔太たちは今日、ギドウがここに来て盗んだ金を掘り返すと思い込んでいた。だが逆に埋めようとしていたのだ。多聞の推理が正しければ、埋める期限は今日までだ。必ずやって来ると多聞は読み切っていたのだ。

「何故わかったんだ？」

金子はすでに戦意を失くしていた。

「私と沙和子さんには何の関係もない。いや、実際は私が横恋慕していたという関係はあったが、彼女からすれば私など、全くの他人だったはずだ。彼女にあこがれていた生徒など当時、いくらでもいたはず。それなのに何故？」

多聞は少しやさしげな顔になった。

「俺も最初は小池を疑っていたよ。けどどう見てもあいつはそういう人間じゃない。この筋は外れだなと思った。とはいえ泥棒の世界は狭いもんだ。あんただって今ではもみ消しているが昔はちょっとした泥棒だったんだろう？」

その答えに、金子は言葉に詰まった。

「最初にあんたを怪しいと思ったのは、匿名で沙和子さんに大金を振り込んだ奇特な人物がいるって聞いたときだ。そんな大金、よほどのやつしか援助できない。むろん金持ちくらいいくらでもいるが、ちょっと性質が違うんだなあ。そういう連中は難病のいたいけな子供には喜んで援助する。一方で自分から身を持ち崩した人間には冷たい場合が多いのさ。疑いを深めたのは、入院中の彼女を見舞った時だった。少女時代、彼女のことを心底思っていた少年がいるって聞いてこいつじゃないかと思った。だが決定的だったのは、あんたの名前を出した瞬間、沙和子さんが明らかに動揺した時だ」

「そっか。あの瞬間、金子議員と沙和子さんがつながったんだ」

心晴はポンと手を叩いた。そういえば事件についていくら聞いてもふうんという感じだった沙和子が急に嗚咽を始めたのは、金子の名前が出た瞬間だ。多聞はあの反応から、少年が金子であるとにらんだ。少年が金子であるなら全てが一つに結びつく。沙和子に大金を振り込んでくる奇特な人物、強い意志で犯行を行う人物、政治家や官僚の事情に詳しい人物、そして五日後に行われるタイムカプセルのイベント……焦るように犯行を続けていたように多聞には感じられたという。

「金子さん、これは俺の想像だが、あんたら二人が会う約束をしていたのは、どこかの時計台の前じゃなかったのかい？」

金子はどうしてそれを？　とすがるように訊ねた。

「沙和子さんはまだそのことを思っていたよ。入院先の病院で、ここは教会の鐘の音が聞こえるから好きだって」

多聞の答えに、金子の両目から涙があふれた。

張りつめていた決定的な一本の糸が切れたように、金子は咆哮《ほうこう》した。どうしても沙和子さんを救いたかったと号泣した。孔太はナップザックから零《こぼ》れ落ちた一通の手紙を拾い上げる。そこには綺麗な文字で数行の言葉がつづられていた。

沙和子ちゃん、タイムカプセルの開封式に来られなくて残念です。大変な病気だとか。でもみんな沙和子ちゃんのことは忘れていません。みんながお金を出し合って、ここに治療費を用意しました。どうか使ってください。そして元気になってから、きっと笑顔を見せてください。それだけで十分です。色々あったけど、沙和子ちゃんが大好きだから。

三年A組　生徒一同

心晴はその文面を読みながら、少し涙ぐんでいた。

孔太はうなだれる金子を見下ろしつつ思った。この人は世襲ではなく、様々な職業を経てここまで成り上がった苦労人だ。これまでにも黒い噂があった。若い頃、窃盗などもしていたことは十分ありうるだろう。悪人であることは事実かもしれない。だが少なくとも小池沙和子に対する愛情だけは誰にも負けないものだったように思う。決して最後まで自分の名前は出さず、彼女のためだけに行動した。みんなという主語が省かれた最後の一文が金子のすべてに思える。この一途《いちず》な思いが、天才鍵師を支えるプライドだったのだろうか。

しばらく金子は中庭で嗚咽していたが、行くかと碇に言われて立ち上がる。瑠衣や竹野内も終わったと背を向ける。

「孔ちゃん、わたしたちも行こう」

悲しい事件だったね、と心晴は少し金子に同情していた。

「あれ？　多聞さんは」

心晴に言われ、孔太は振り返る。多聞はトマトジュースを吸いながら、金子勇太朗という一人の鍵師の疲れ切った後ろ姿を無言で眺めていた。

4

金子勇太朗が逮捕されてから二週間、世間はその話題で持ち切りだった。

将来を嘱望された若手議員のありえない犯罪であるし、本来なら非難囂々《ごうごう》で国会も紛糾するほどなのだろうが、世間の反応は違っていた。世間はそのあまりにも一途な女性への愛について共感を持って迎えたのだ。金子が盗んだ金はすべて没収の上、持ち主に返されたが、女子校の卒業生だけでなく日本全国から募金が集まり、小池沙和子は海外で手術を受けられることになった。

金子は貧しい環境に生まれた。孔太と同じように、元ピッキング犯だったらしい。空き巣によって得た金を元手に事業を起こして成功。議員になり、当選回数を重ねた。いずれは大臣にというところまで来ていたようだ。鍵についてはそこまで専門的に習ったわけでも、師匠がいたわけでもなく自己流だそうだ。天才という以外にない。自分たちが何年努力してもたどり着けない絶対的才能があったのだろう。だがそれを可能にしたのは、一人の女性に対する狂おしいまでの情熱だった。

「よう、フグモリ、また多聞は引きこもりかよ」

子供たちが野球しようぜと誘ってくる。

あれから多聞はさらに寡黙になった。以前にも増して土蔵に閉じこもることが増えた。追い続けたギドウが逮捕された今、どういう気持ちなのだろう。金子を追い詰めて、逮捕に至った。これだけを見れば確かに多聞の完全勝利だ。しかし、自分が解錠できなかった『サン・ジュスト』を金子はたった一分四十四秒でこともなげに開けた。鍵師としての能力という意味においては完敗なのだ。

孔太は十六堂の壁に貼られたおたずね者リストを眺めた。ここに来てから、随分多くの盗人が死ぬなり逮捕されるなりしたものだ。自分が逮捕に協力した場合、多聞はそのことをリストに書き記す。それなのに鍵師ギドウという貼り紙はそのままだ。

「孔ちゃん、また依頼だよ」

心晴と孔太はその日も依頼を受け、目黒《めぐろ》に出向いた。

いつの間にか多聞よりも明らかに働いている自分に気づく。依頼人はかなりの豪邸に住むセレブ妻だった。ドアに関する相談らしい。

「心霊現象に悩まされているのよ。ちょっと来てくれる？」

女性は状況を説明した。少し前までは何ともなかった台所のドアが、急にものすごい勢いで勝手に閉まるようになったらしい。

「誰かが家に潜んでいるか、心霊現象としか思えないわ」

心晴は苦笑いしつつ、その原因を突き止めようとした。

「風じゃないんですかね」

「違うわよ。たいして風がなくったって閉まっちゃうんだから」

言われた通りしばらく様子を見ていると、ほとんど風もないのに重そうなドアが急に動きはじめ、轟音《ごうおん》とともに閉まった。

「ね、見たでしょ？　絶対おかしいわよ」

心晴はあまり驚くことなく、ドアの下部をチェックした。フロアに粘度の高い液体の沈着を認め、調べると予想通りだったようだ。

「これはドアクローザーのオイル漏れですよ」

「何なのよそれ」

「ドアクローザーはドアの上部にある四角いものです。これは油でネジに圧力をかけることによって、閉まる速度をコントロールしているんです。反対方向に働く二つのネジがあって、調整しているんですけど、それが荒っぽい扱いや製品の摩耗・劣化によってうまく働かなくなるんですよ」

珍しい種類の製品でなければ、鍵師なら簡単に直すことができるという。幸い今回は部品があって、別のドアクローザーに取り換えることができた。

「これで直ったはずです」

ドアは滑らかに動くようになった。あっさり直ってセレブ妻はどこかがっかりした顔だった。心晴はそれじゃあと言って、報酬を受け取る。

仕事を終えると、山手線に乗った。

「ハッキリ言って楽な案件だったね」

心晴は孔太にささやく。午後から心晴は介護の仕事らしい。あっさり片付けているが、自分にはすぐには出来そうにない。本当にいつも彼女が一人でやり繰りしているなと思った。

孔太は一人、日暮里で降りた。

霊園の中をゆっくりと歩く。休日なので、観光客の姿も多い。夕焼けだんだんでは若い女性たちがふてぶてしい三毛猫の写真を撮っていた。

谷中銀座商店街に向かうと、携帯に着信があった。

通話ボタンを押して、名乗らずに応じた。

「俺だ。わかるか」

野太い声が聞こえる。相手は碇刑事だった。

「また錠前のことで相談があってな」

十六堂に碇が依頼してくる以上、用があるのは多聞の方だろう。あるいは心晴か。

二人がつかまらないから孔太のところにかけてきたのだろうが、今は自分ひとりだと孔太は説明した。

「いや、福森、お前さんに用事があるんだよ」

「え？　俺に」

「多聞には内緒だ。心晴ちゃんにも。お前さん一人で来て欲しい」

今までにも碇から依頼を受けたことはあるが、用事があるのはいつも多聞だった。

当然だろう。それだけ腕を買っているのだから。もちろん今でも孔太と多聞の能力は比較にならないし、心晴にも遠く及ばない。この依頼、どう考えても孔太の鍵師としての能力を買って碇が連絡してきたわけではない。どういうことだろう？　まさか……。

「いいか、福森」

不安を感じながらも、孔太ははいと応じて通話を切った。

碇が指定してきたのは、千駄木駅前のコンビニだった。

路肩に寄せられて、黒い公用車が停まっている。口ひげの中年男が運転席でホットドッグをかじっていた。孔太は辺りを見渡してから、窓をノックする。碇は助手席に入れと目で合図した。

「つけられてないだろうな」

もともと一人だった。孔太は大丈夫、と応じる。

「そうか、ならいい」

「それより用件って何すか？」

大蛇のように口を開けてホットドッグを飲み込むと、碇は五百ミリリットル入りのお茶を一気に胃の中に流し込んだ。

「どうも、おかしいんだよ」

おかしいという部分を孔太はなぞった。

「金子勇太朗が認めた窃盗事件は、財務官僚・小酒井宅の事件と、金子が自宅で起こした事件だけだ」

「それだけ？」

「ああ、ガヴィニエスの金庫を開けたことは明確に否定した。そんなもの、開けられるはずがないでしょって笑っていたよ」

孔太は目を瞬かせた。ということは……。

「何と言っても気になるのは、取り調べにおける金子の言葉だ。竹野内の話によれば、奴が設計した『サン・ジュスト』は優秀な鍵師数十名に一時間以上与えて実験しても、誰一人解錠できない代物らしい。あの錠前の情報は徹底管理してあったそうだ。絶対に漏れていないはずだと言っていた。それなのに何故金子が『サン・ジュスト』を解錠しえたのか？　金子は取り調べでこう答えた。簡単だったよ。最初から開いていたようなもんだったから……とな」

「最初から、開いていた？」

「ああ、俺は最初、金子が自分の腕前を誇り、そう言ったのかと思った。だがあれは簡単な錠前じゃなかった。あの言葉もプライドの表明なんて意味じゃない。開いていた……そのままの意味だった。今はそう思っている」

「まさかそれって……」

うっすらとではあった疑念が今、碇の口を借りて表面化しようとしている気がした。孔太は下唇を噛みしめながら、碇の言葉を待った。

「そこに嘘はないだろう。いまさら嘘をついても意味はない」

碇は煙草に火を付けた。彼は孔太の理解を確かめるように、お前から話してみろと言わんばかりの眼差しだった。孔太はわかりましたとばかりに口を開いた。

「つまり金子はギドウじゃない？」

碇は大きくうなずいた。

「金子の手口を見たが、彼は確かに金庫やルイズロックの錠前については詳しい。だがそれは政治的権力によってこっそり情報を入手していたためのようだ。金子自身の解錠技術はそこまで優れているわけじゃないのさ。ルイズキラー辺りの方が明らかに上だ」

孔太はしばらく黙り込んだ。どうしてこんな重要な情報を自分に話す？　しかも多聞ではなくこの自分に。碇はさらに続けた。

「福森、おまえはどう思う？　ギドウに心当たりはないか」

孔太は口を閉ざしたままだった。ある……というよりその状況を考えるなら、可能性はひとつしかない。沈黙したままだったが、碇はこちらの心などお見通しという感じだ。孔太の反応だけで十分な答えを得たとでも言いたげに追い払う仕草をした。

「長話をした。またな」

そう言い残して、碇は車を出した。

孔太はそのまま、コンビニの駐車場で立ち尽くしていた。

ゆっくりと十六堂に歩きながら、考えた。自分がずっと思って来た疑念。それは言葉にしてしまうと怖すぎて、ずっと心の中にひそませてきたものだ。

頬に冷たい風を感じながら思う。金子がギドウでないなら誰がギドウなのか。孔太には、その候補はたった一人しか浮かばなかった。

第六章　鍵師ギドウ

駅から出ると、頬を刺す風が冷たかった。

孔太は心晴と共に四ツ谷にやって来た。依頼主は閑静な住宅地に住む老夫婦で、古い型の錠前を直して欲しいということだった。

案内されて、別棟に向かう。孔太は心晴とともに案内された別棟の玄関の前に立つ。

「うわあ、年代物のロータリーディスクシリンダー錠ですね」

鍵穴を覗きながら、心晴がつぶやいた。

「古すぎて無理ですかな」

ロータリーディスクシリンダー錠はタンブラーが直接的に障害物になっているわけではなく、ロッキングバーという棒状の部品が内筒の回転を妨げている錠前だ。

「いえ、大丈夫ですよ。ね、孔ちゃん」

やってみようと心晴は孔太の肩をたたいた。

「それじゃあ、お願いしますよ」

少し前にロータリーディスクシリンダーについても習った。タンブラーがアルファベットのCのような形をしていて、鍵をさすことで、このC字状のタンブラーが軸を中心に回転するように動く。低価格な割にピッキングに強い錠前だと教えられた。

「この欠けた部分が重要なんだろ」

C字状のタンブラーには切り欠きという部分がある。Cの底の部分が欠けていて、全てのタンブラーの切り欠きをそろえることで、ロッキングバーが内筒に納まる仕組みだ。ピンシリンダー錠の場合は一つのタンブラーが所定の位置に納まるたびに、その感触が伝わってきたが、ロータリーディスクシリンダーではそうはいかない。ピッキングが難しいのはこのためだ。心晴はうんうんとうなずきながら、教えてくれた。ダメな生徒が一生懸命頑張っているのを無言で励ましている感じだ。孔太はL字状のツールを使って、全てのタンブラーの切り欠きをロッキングバーに落とし込んだ。

「ようし、よくできました」

心晴はえらいえらいと、孔太の頭を撫でた。よせよ、と払いのけたが、気分は悪くなかった。

老夫婦がごくろうさま、と紅茶と菓子を出してくれた。

「あれ、もう開いたんですか」

「終わりましたよ」

孔太は少し得意げに言った。少しは進歩したものだ。請求書を出すと、依頼人にはそれだけの値段でいいんですかと感謝された。

四ツ谷駅に戻る途中、孔太よりも心晴が満足げだった。十二月に入り、孔太が鍵師見習いになってもう一年近くになる。ようやく不肖の弟子が、少しは戦力になってきたことが誇らしいのだろう。

「うん、よし、今度は〝ひとりでできるもん大作戦〟を実行しよう」

わけのわからないことを言っている。孔太は何だよそれ、と訊ねた。

「一度、孔ちゃんだけで仕事やってみようってこと」

心晴はこれから介護の仕事なので、そこで別れて孔太は駅に向かった。街はクリスマスモードに深まりつつある。あれから一年……そういえば千川興業から最近はあまり言ってこなくなったが、五百万円の返済期限ももうすぐだ。どうしたものかと思うが今、孔太の心を占めているのはそのことではなかった。

鐘の音が聞こえてくる。近くにある聖イグナチオ教会からだろうか。

孔太は振り返って、金子の事件を思い出した。金子の逮捕後、今のところ模倣犯の類は現れていない。というより腕前という証拠が残るので、模倣しようがないのだ。ただし今、孔太は金子がギドウだとは思っていない。金子はやや狂気じみた女性への思いと、議員ならではの情報収集力によって難しい錠前を開けただけだ。

金子が一分四十四秒で『サン・ジュスト』を解錠したとき、金子は開いていたようなものだったと言ったという。謎だ。だがその謎はたった一人の人物が嘘をついていればすべて氷解する。それは多聞だ。あの時多聞は『サン・ジュスト』に挑み、お手上げだとさじを投げた。だが実際には、ほとんど解錠していたのではないのか。そして最後の仕上げだけを金子に任せた。金子が侵入できずにあきらめて帰ってしまえば、彼をギドウに見せかけられないからだ。

多聞は金子に及ばないどころか、はるかに上、異次元の能力を持っている。ガヴィニエスの錠前を開けたのも多聞。つまり多聞がギドウ……。

多聞のことを考えていると、連絡が入った。

「福森か、オレだ」

碇からだった。話があるという。少し前なら驚いたが、今はそうでもない。断る理由はなく、二人は四ツ谷駅近くのコンビニで会うことになった。

孔太の方が早く着いた。

遅れて車が停まり、碇刑事が手招きした。運転席には遠藤刑事の姿も見える。孔太は車の後部座席に乗り込んだ。

「何の用事ですか」

用件については想像がついたが、念のために訊ねてみた。

助手席の碇は煙草に火をつけて、こちらを向くことなく口を開いた。

「お前、泥棒だろ」

意外な返答だった。別のことを訊かれると思っていたのに、孔太は思わず目を伏せた。

「コソ泥だよな。千川興業ってヤクザの事務所に入り込んで、五十万くらいかっぱらっていったんだろ？　それで追われている」

返す言葉はなかった。その通りだ。黙ってうなずく。

「もうそのことで心配すんな」

孔太は瞬きしてから顔を上げた。

「お前さんが盗んだ千川興業の金は、連中が振り込め詐欺で得たものだったんだ。先週、一斉検挙があってな。逮捕してやったから大丈夫だ。連中は当分、ムショからは出られねえよ。お前さんの罪は消えないが、盗んだ金は返したそうじゃないか。それ以外にも五百万くらいせびられていたんだろ？　千川興業のことに関しては心配すんな。もう逃げなくていい」

　思わぬ形で自分の罪がひとつ、警察の知るところとなった。だが同時にこの一年間抱えてきた心配事もひとつ、あっさりと消えた。

「まあ、そんなことはどうでもいいんだ」

　煙を吐き出すと、碇はようやくこちらを向いた。

「用件は簡単だ。ギドウを逮捕したい」

　孔太はつばを飲み込んだ。ギドウを逮捕……碇は先日逮捕された金子がギドウだとは思っていない。本当のギドウについてきっと孔太と同じ結論に達している。多聞だ。それ以外にあり得ない。碇の強い口調は決意表明のように思える。

　孔太はわざとはぐらかすように、窓の外を見るでもなく眺めた。

「一つ聞きたいんだけど」

　碇は真剣な顔のまま、なんだ？　と応じた。

「あんたらが必死なのはわかるけど、ギドウって結局、何をしたんだよ」

「決まってるだろ。とぼけるな」

　遠藤が口をはさんだ。孔太は両手を頭の後ろに組んだ。

「だってさ、小酒井宅や金子宅の金庫を解錠した金子は、ギドウじゃないんだろ？

だったらギドウって何したんだよ。ガヴィニエスの金庫を開けただけじゃないの。そこまで必死になって追うほどの窃盗犯なのかって思ってさ」

「それが十分すごいことだろ」

ギドウはとんでもない泥棒だ、と遠藤は主張した。

「だいたいそんな腕前の窃盗犯がそれだけで終わると思うか。捕まえれば間違いなく、未解決の事件が出てくるはずだ」

確かにそうかもしれない。だが孔太には現実を認めたくない思いがあった。一年近く前にこの世界に飛び込んで、ぶっきらぼうではあったが師匠と言える存在だった多聞がギドウであるなど信じたくない。所詮他人だと思ってきた多聞に対して、いつの間にかそんな情が自分の中に育っていた。

「ルイズロックに頼まれたのかよ。どうしてもギドウを逮捕してくれ、そうでないと会社の名誉にかかわるからって。警察って言っても権力に弱いんだな」

「お前なあ」

いい加減にしろという口調の遠藤を、碇が手で遮った。

「あの現場にいた者でないと、この気持ちはわからん」

碇は苦笑いを浮かべていた。

「警察に入って、オレも多くの犯罪者を見て来た。現場にもどれだけ足を運んだだろう。はっきり言ってくだらない事件がほとんどだ。けどな、中には犯人像を描いたときに、うすら寒いものを感じる時がある」

ギドウの事件は碇が扱った中でも特別だったという。

「一年前、ガヴィニエス宅に向かったときのことを覚えているよ。現場は異様な光景だった。瑠衣のお姫様は泣き叫んでいた。そして初めて見るガヴィニエスの金庫は綺麗に開いていた。最初に来てもらった鍵師はルイズロックの竹野内だった。彼は言った。恥ずかしながら、自分はこの金庫を一ヶ月かけても開けることはできません、これは奇蹟ですってな」

竹野内は多聞も認めている数少ない技術者だ。相当な腕を持っている。

「おかしな言い方だが、オレは魅せられたんだな。鍵師ギドウって怪物に」

孔太は黙ったまま、碇の顔を見つめた。その顔から笑みは消え失せ、鋭いまなざしがこちらに送られている。

「もちろん、ルイズロックからはせっつかれている。ギドウはまだ捕まらないのかって。けどそんなことはどうでもいいんだ。これはオレの意地。今ではギドウを捕まえることが警察人生のすべてだとまで思っている」

決意を込めた口調に、孔太は何も言い返す言葉がなかった。

「絶対に、どんな手を使ってもな」

車内にしばらく沈黙が流れる。どんな手を使ってもという言葉が重かった。瑠衣も同じ思いなのだろう。誰もが確信しているのだ。多聞がギドウであると。そのため慎重にことを運ぼうとしているのだ。ただ孔太にはわからなかった。多聞は何故、ギドウになったのだろう。思えば自分は多聞についてよく知らない。

「ギドウを逮捕したい。協力してくれるか」

孔太はただ黙ってうなずいた。


日暮里駅で降りると、すでに真っ暗だった。

夕焼けだんだんの方へと歩く。時刻はすでに午後七時だ。谷中銀座商店街を抜けて、十六堂へと向かう。

「火の用心、マッチ一本火事のもと」

カチカチと拍子木の音が聞こえて来た。昔懐かしい防火の見回りがこの辺りでは行われている。町内会の人らと子供たちが中心になってヘビ道を練り歩いていた。

「火の用心、焼肉焼いても家焼くな」

肉屋の前で子供たちが叫んでいる。火の用心に参加するとお菓子がもらえるらしく、小さな子も大声で叫んでいる。十六堂で野球ごっこをしている連中も参加していた。いつの間にかここに馴染《なじ》んでいる。商店街のおじさんおばさん、おかしな警官に子供たち、おせっかいな介護福祉士に眠りこける天才鍵師。知らないうちにこの谷中が好きになっていたのかもしれない。千川興業の連中にも警察の手が入った。ずっとここにいられるし、いてもいいのだ。それでも、孔太の心は晴れなかった。

店に戻ると、誰もいなかった。

心晴は介護の仕事だが、多聞までどこに行ったのだろう。土蔵にも明かりは灯《とも》っていない。孔太は碇の話を思い出し、土蔵を観察した。多聞がギドウである証拠を見つけるために重要なのは、何といってもこの土蔵だろう。あれだけの広さだ。盗んだ金は十二分に隠しておける。ただし正面にある大きな錠前はいかにも頑丈そうだし、ショベルカーで直接的に破壊でもしない限り、侵入は不可能ではなかろうか。

土蔵の壁にはシロアリの道がいくつかできていた。そういえば蟻道というのが、ギドウの名前の由来だったなと思い出す。眺めていると、自転車のブレーキの音が聴こえた。レジ袋を手に心晴が戻って来た。

「あれ？　孔ちゃんも今着いたとこ？」

「ん、ああ」

心晴は夕食にするね、と台所に向かった。碇はこのことを心晴にも黙っているようにと釘《くぎ》を刺した。多聞を調べるには心晴の協力があった方がいいに決まっているのに。誰にも気づかれてはいけないということか。

孔太はおたずね者リストにあるギドウの貼り紙を見つめる。相変わらずそこにはバツマークは記載されていない。日本中に知られたこの大盗賊を打倒したのだから、もっと誇っていいのだろうに。ガヴィニエスの金庫を破ったという事情を知られるわけにはいかないから、放置しているのだろうか。待てよ、それはおかしい。だったら初めからこんなリストを貼らなければいいではないか。何のために貼ってあるのだろう。

ひょっとして、まだギドウは健在だと多聞が暗に示しているのだろうか。

考えても無駄だと思って台所に行くと、心晴が一人、立ち尽くしていた。

「どうかしたのか」

問いに返事はない。テーブルの上を見つめたまま、固まっている。

心晴の視線の先には書き置きがあった。いつもの猫の絵が添えられた心晴の丸っこい文字ではなかった。書かれているのは、たった一行。ミミズがのたうち回ったような乱雑な文字だ。

読んでから、孔太も心晴と同じように立ち尽くした。

最強の錠前を開けに行く。　多聞

何だこれは……最強の錠前という部分を孔太はなぞった。多聞は出不精で用事がないと土蔵に引きこもっているし、出かけてもすぐに戻ってくることが多い。こんな書き置きを残していくことは初めてだ。

「なにこれ……どういう意味なの？」

不安げな心晴の問いは孔太も発したいものだ。どこへ行くともいつ戻るとも書かれていないその一行が、まるで別れの挨拶のように感じられた。

拍子木の音が聞こえる中、窓の外には土蔵が薄ぼんやりと浮かんでいた。

2

木枯らしが吹く寒い日、孔太は池袋駅を出て、一人歩いた。

心晴は今日、あえてついてこなかった。〝ひとりでできるもん大作戦〟だ。宮舘潤からの依頼の際は一人で出向いたが、鍵師としての仕事はしていないので、確かに初めてだ。

姿を消してから五日、多聞の行方はまるでつかめない。多聞がいなくなったので、仕事は心晴と孔太がすべてこなしている。察しのいい多聞のことだ。もしかして警察に追われていることに気づいたのだろうか。

今日の仕事は、泥棒に入られた商社の錠前を直すことだった。

マグネットタンブラーシリンダー錠という鍵の磁力を利用して開ける錠前だ。ピッキングではタンブラーに触れることができないので、解錠はまず不可能。磁石の摩耗という問題点はあるが悪くない錠前だ。しかしドア自体が良くない。鉄扉の向こうからかんぬきが丸見えだ。ノブとシリンダーを包む箱型のケースロックが強引にバールのようなもので壊されていた。

「錠前というよりドアに問題がありますね。例えば障子にルイズロックの新製品をつけてもナンセンスですから。泥棒は見た目でだいたい判断するんですよ。泥棒にこりゃ無理だと思わせることが重要です」

同じようなケースで心晴が言っていたセリフを、ほぼそのままパクった。まあ犯罪者としての実体験も含まれている。商社はこれを機に社内の防犯を一新するということだった。見積もりを伝えると、ありがとうございますと言って、エレベーターで降りた。

近くのファミレスで昼食をとると、時刻はまだ午後一時前だった。昼からは予定がないので、ふと思いたって小石川に立ち寄った。

両手をポケットに入れ、白っぽい擬洋風の建物を見やる。黒滝資料館だ。まさか一年前は、ここのお嬢様と会話するようになるなどとは思いもしなかった。偶然というか妙な因縁だ。この辺りには何度も訪れているが、ずいぶん変わってしまった。古い家屋が取り壊され、巨大パーキングができている。孔太もいつの間にか二十歳になった。

新しくできたパーキングを見つめつつ、しばらく一年前のことを思い出していた。

それにしても多聞はどこに行ったのだろう。姿を消したのは、警察に疑われていると気づいたからだろうか。だが気になるのは多聞が最後に残した言葉だ。

——最強の錠前を開けに行く。

どういう意味なのだろうか。逃げるのに、こんな言葉を残すだろうか。必ず意味があるに違いない。心晴も最強の錠前というキーワードだけでは、よくわからないと言っている。ネットで検索したが、最新式の錠前の広告やガヴィニエスの金庫がヒットするだけで、はっきりしたものはない。

思いは一年前の記憶に戻っていった。

十四階建てのマンションを見上げる。自殺しようと侵入、飛び降りたマンションだ。あの時は自分のことしか考えていなかった。自殺は未遂に終わり、心晴に拾われて多聞に会った。鍵師としての道を示されて、未来は開けている。本当にあの出会いからすべては変わった。だが……。

マンションから黒滝資料館に視線を移すと、孔太はポケットから両手を抜いて、パーキングを去る前に深く頭を下げた。


谷中に戻ることなく、孔太は恵比寿に向かった。

南京錠を手にしたルイ十六世の肖像画が見えてくる。行き先はルイズロックだ。多聞が残した言葉、最強の錠前について知りたい。そのためにはやはり、専門家に訊くのが一番だ。幸いコネはある。

「すみません。野々村十六堂の福森と言いますが」

受付で身分を明かし、どうしても責任者と話がしたいと強く申し入れた。少しお待ちくださいと言うので、錠前の模型を眺めながら待つ。

しばらくして、背の高い男が入って来た。

「おや、今日はお一人ですか」

竹野内だ。瑠衣は不在らしく、少しほっとした。

孔太は訊きたいことがあるんですが、と前置きしてから問いを発した。

「最強の錠前って何ですか」

唐突な質問に、竹野内は眼鏡を直して苦笑いを浮かべた。

「知名度という意味ではガヴィニエスの金庫でしょうね。ただあれは金庫ですし、特殊なものです。私としましては、『サン・ジュスト』と言いたいところですが」

そういえば『サン・ジュスト』の開発責任者は竹野内だ。

「覚悟していましたが、社長にはこっぴどく叱られました。まさか『サン・ジュスト』があっさりと解錠されるなんて思いもしない。でもへこたれていては、ルイズロックで生きていくことなど不可能です。まだまだ私も未熟者ですね」

苦笑いしつつも、竹野内のまなざしは鋭かった。本当に聞きたいのはそんな話ではないだろう。孔太が一人でやってくるなど、普通ではないと気づいている様子だ。

「実は多聞さんが行方不明なんです」

本当のことを話すしかないと思い、孔太はこれまでの経緯を洗いざらい話した。警察からは、多聞や心晴に話すなと口止めされているだけで、ルイズロックは被害者側だから問題あるまい。それよりも多聞が残した書き置きにしか、突破口はないのだ。

「そうでしたか……」

「それで、多聞さんが言っていた最強の錠前ってどれなんです？　ガヴィニエスの金庫の錠前じゃない……ということしかわからないんだけど」

竹野内は何度かうなずいた。

「そうですね。おそらく多聞さんが言っていた錠前は、ガヴィニエスの金庫のダイヤル錠ではありません。ガヴィニエス先生は偉大でした。先生の発想は奇抜でして、本当にたくさんの錠前を残されています。どれが最強か……難しいですね」

竹野内はしばらく考え込んだ。最強の錠前は何か？　その答えは思ったよりも難しいようだ。以前心晴が言っていた。開かないようにするだけなら、バイオメトリクスなどが優れているが、価格の問題もあっていまだに九割がシリンダー錠だと。そのシリンダー錠で最強なら、鍵違い数十五兆を誇る現在の『サン・ジュスト』で間違いないそうだ。

あえて言うなら、と竹野内は前置きした。

「生前、ガヴィニエス先生が最強だと言っていた錠前があります」

　孔太は顔を上げた。しかし続く竹野内の言葉は期待に反するものだった。

「申し訳ありませんが、詳しくは私も知らないんですよ。先生がかなり昔に作られたものらしく、ほとんど誰も知らないのではないかと」

　それではどうしようもない。振り出しに戻った感覚だった。

「ただしあの人ならおそらくは」

「知ってる人がいるんですか。誰です？」

「飯田修務さんですよ。最古参で先生の信頼も厚かった彼なら、おそらくは最強の錠前について知っています」

　ルイズキラー事件の時、首になった元第一開発部部長だ。飯田は現在、鍵屋を営んでいるらしい。

「竹野内さん、ギドウは多聞さんだって思う？」

　孔太の問いに竹野内はゆっくりと首を横に振った。

「私には何とも言えません」

　飯田に会いに行こうと決めて、孔太はルイズロックを後にした。

　十六堂に戻る道すがら、谷中銀座商店街に向かうと、大柄な警官がメンチカツ屋の主人に質問をしていた。失踪という言葉に孔太は反応する。

「そういうわけでして、猫が誘拐された可能性が浮上してきたわけですよ。身代金要求はまだありませんが、怪しい人を見かけませんでしたか」

「ああ、見たぜ」

メンチカツ屋の主人はぶっきらぼうに答えた。

「ええっ、どこですか」

興奮気味の山井をメンチカツ屋の主人は指さす。怪しい人はあんただろという冗談だが、山井は気づくことなく周りを探していた。

「どこです？　どこに怪しい奴が」

真剣なのに、相変わらずの調子だった。

ヘビ道を通って店に帰ると、心晴の書き置きがあった。

介護の仕事に出てるニャー。夕食はオムライスを作ってあるので温めて食べるニャー。多聞さんみたいにサラダを残しちゃダメニャーよ（=ﾟXﾟ=）

こちらもいつもながらだ。多聞が姿を消して心配だろうに、明るくふるまっている。

午後三時半過ぎ。特に新しい依頼も入っていないし、孔太はママチャリにまたがった。自転車は入谷鬼子母神《きしもじん》近くに来た。

ここに飯田の自宅があると、竹野内に教えてもらった。初めて来たが、谷中から意外と近い。こんなところに鍵屋などあっただろうか。住所を頼りに探すと、すぐに見つかった。飯田は不在で奥さんが対応してくれた。

「実はこの前から『かっぱ橋ロックサービス』っていうところで仕事をしているんです。何でも経営者が亡くなって、息子さんが後を継いだんだけど、技術がなくて苦労しているからって。雇われ社長みたいな感じですね」

意外な答えだった。『かっぱ橋ロックサービス』とは、宮舘礼次郎の遺産を巡ってひと悶着あったところだ。ありがとうございます、と礼を言って飯田宅を後にした。

その足でかっぱ橋道具街に来た。金色のかっぱを横目に、『かっぱ橋ロックサービス』の前で自転車を停めた。

「何でこんなもの入れちゃったんですか」

かっぱのバンダナを巻いた飯田が客に訊ねていた。孔太も横から覗き見る。南京錠から鍵が抜けないという単純なものだったが、実際に直そうとすると、意外とやっかいだったのだろう。潤滑油が鍵穴に入ってギトギトになっている。

「決まってる。抜けやすくしようと思ったんだ」

年配の依頼人は鍵のメンテナンスだよと言い訳していた。

「まあ、気持ちはわかります。でも錠前に潤滑油は入れない方がいいですよ。錠前の中には潤滑油をさすことを推奨しているものもあるようですけど、それはパウダー状の専用のもの。油がおかしな部分に食い込み、シリンダーが使い物にならなくなる場合もありますし、基本的に逆効果になってしまうんです」

今回の場合はピンを交換しただけで事なきを得たようだ。

「鍵のメンテナンスには、誰でもできる有効な手があるんですよ」

飯田は客に説明した。

「鉛筆の芯をくだいた粉を使うんです。それをまぶして綺麗に磨くと、けっこういいメンテナンスになるんですよ」

「ほお。そうかい。知らんかったわ」

これからは気をつけてくださいと言って仕事は終わった。天下のルイズロックで第一開発部部長まで務めた男ではあるが、下町の鍵屋がすっかり板についている。

「似合うね、飯田さん」

孔太が声をかけると、飯田は顔を上げた。

「確か君は十六堂の……接客に夢中で気づかなかったよ」

覚えていたようだ。飯田が退社後、色々な錠前メーカーから打診があったが、ルイズロックを裏切るわけにはいかないと断った。後継ぎである宮舘潤はまだ技術が伴わないので、基礎から習うために鍵の学校へ通い始めたらしい。

「この仕事は社長が世話してくれたんだよ」

瑠衣にも優しい面があったのか。意外だなと言うと、飯田は首を横に振った。

「勘違いしてるようだが、社長は優しい子なんだ」

「そうなんだ。あ、実は仕事の依頼ってわけじゃないんだけど」

万が一、多聞のほかにギドウ候補がいたとしても、飯田ではあるまい。少し前までルイズロックの重役だったのに、ギドウのはずがない。大丈夫だと思って孔太は飯田に事情を話した。

「そういうことがあったのか」

飯田はたるんだアゴに手を当ててしばらく考え込んでいた。孔太は竹野内に聞いた最強の錠前について訊ねた。ガヴィニエスが言っていた最強の錠前とは何なのだろうか。

「おそらく、あれだ」

飯田は思いついたようだ。

「先生が遺した中で、実は一つだけ、絶対に開かない錠前があるんだ」

「ガヴィニエスの金庫の錠前じゃないの?」

「違うな。ガヴィニエスの金庫は開けるのが難しいだけで、解錠は可能だった。それは開けること自体ができない。ガヴィニエス先生でもね」

そんな錠前が存在するのか。孔太は呆気にとられた。

「誰にも開けられたことがないんだ」

本当なら、まさしく最強の錠前だ。多聞が興味を惹かれるのもよくわかる。そしてその錠前がある場所に向かうはずだ。

「飯田さん、その錠前はどこに?」

飯田は首を横に振った。わからないと答えた。

「一番の候補は黒滝資料館だが、一つ所に固定されているのではないのかもしれん」

場所ははっきりしないのか。多聞は開けると書き残しているのだから、目星はついているのだろう。

「ヒントになるかどうかはわからないが」

ちょっと来てほしい、と飯田は手招いた。飯田の後について入った納屋には、前社長の宮舘礼次郎が遺した面白い鍵や錠前が並んでいる。だが飯田が見せたいのは彼の作品ではないらしい。

「これはルイズを辞めたときに譲り受けたんだ」

飯田は、木目の扉に取り付けられた強化スティール製の錠前を示した。飾りっ気はないが、見るからに実用的というか頑丈そうな錠前だった。

「福森くん、これを開けることが出来るか」

孔太は苦笑いとともに、首を横に振った。

「無理だよ。おそらくこれってバーナーでも焼ききれないんじゃないの？　扉自体を巨大な機械でぶち破るくらいしか解錠できないんじゃ」

「私は一秒でできるね」

「え？　一秒って。いくらなんでも」

「こうするんだ」

飯田は扉の上部にある木目部分を強く押した。カチリという音が聞こえ、扉はあっさりと開いた。孔太はポカンと口を開けた。

「この錠前はそもそも開かないんだ。これだけ立派だと、誰もが錠前に注目するだろう？　まずこんなところに押しボタンがあるなんて、気づきもしない」

発想の転換というやつか。理屈が知られてしまえば簡単に突破されるだろうし、商品化は難しそうだ。これもガヴィニエスの錠前の一つか。しかしこんなものを見せてどうするというのだろう。最強の錠前のヒントになるというのか。

「これを作ったのはガヴィニエス先生じゃないんだ」

飯田は錠前の装飾部分を指さす、ロゴはルイズロックではなく、黒滝金属工業になっていた。

「これを作ったのは、以前黒滝金属工業にいた倉上真司《くらうえしんじ》という技術者だった。私の先輩で、気難しかったが、突飛な発想をする有能な技術者だったよ」

全く聞いたことがない名前だった。

「倉上さんは技術者というより、職人と言った方がいい人だったかもしれない。ただただ面白い錠前を作りたいって感じで、錠前作りに魅せられていたんだ。だが彼が考案した錠前は商品としては使えなくて。有名な錠前技師であるガヴィニエス先生を招聘《しょうへい》したとき、会社と喧嘩別れしたんだ。当時の経営陣は冷たくてね。倉上さんは職を失い、失意のうちに亡くなったそうだ。息子が一人いたんだが、その子は寺に預けられた。今は君もよく知っている鍵師だ」

孔太はえっと小さく声を漏らした。

「それじゃあ、この錠前を作った倉上って人は多聞さんの……」

「ああ、彼の父親だよ」

関係ないと思えた話が一気につながった。多聞の父親がルイズロックの前身の会社で働いていた錠前技師だったとは思いもしなかった。多聞はもともと寡黙だし、心晴も多聞の身の上についてはほとんどしゃべらなかった。

最強の錠前についてもう少し詳しく聞くが、それ以上のことはわからないということだった。どんな形状でどこにあるのかも謎だ。しかし多聞がギドウと化す理由だけなんとなくわかった気がする。

やがて次の客が来て、飯田は店頭に戻っていった。

『かっぱ橋ロックサービス』を出ると日は傾いていて、夕焼けが妙に綺麗だった。

3

十六堂に帰ると、心晴が作ったオムライスを食べた。

石松がすり寄って来たので、カリカリを皿に入れて頭を撫でてやった。ゴロゴロとのどを鳴らしている。いつの間にかなついたものだ。

考えているのは、飯田に聞いた多聞の父親のことだ。倉上は優れた錠前技師だったが、不器用でガヴィニエスを招聘するときに追い出される恰好だったと聞く。そういえば多聞はルイズキラーの事件で田之上のプライドに共感していた。そこには父親のことがあったのかもしれない。仕事上、ルイズロックと付き合わざるを得なくても、本心では恨みに思っていて当然だ。

孔太は携帯を取り出すと、碇に電話する。今日調べたことをかいつまんで話した。

「色々調べたけど、最強の錠前についてはまだよくわからなかったよ」

「そうか、わかった。ご苦労さん」

通話を切ると、孔太は土蔵の前に立った。

倉上という多聞の父親は変わった錠前を作った。頑丈そうな錠前をこれ見よがしに配置し、実際には全然違う場所にある押しボタンで開ける仕組みだった。ひょっとしてこの土蔵もそうなのではないか。だが勝手に入っていいのだろうか。入ることはできても多聞のことだ。中にはからくりが仕組まれている可能性が高い。碇は刑事だ。侵入しろなどとはさすがに言えまい。だが何としてでもギドウの正体は暴くと言っている。やはり鍵があるならここだ。

午後七時半過ぎに、孔太の携帯が鳴った。

「よかった。孔ちゃんお店にいたのね。すまないけどさ」

心晴から、忘れ物を届けて欲しいという連絡だった。明るくふるまっているが、多聞が姿を消してから心晴は明らかに元気がなくなった。

「そそっかしいな。行くよ」

孔太は台所にあった書類入れを手に取ると、自転車に乗って日暮里へと向かう。激安の衣料品店が軒を連ねた日暮里繊維街を抜ける。かつては百軒もの駄菓子屋さんがあったと心晴が言っていた。

今日の心晴の派遣先は、小さな一軒家だった。

庭にまわって軒先からのぞくと、奥の方で誰かがベッドに横になっていた。何本もチューブを挿されて動けない老人は天井を見つめていた。医師や看護師と一緒に心晴がいる。孔太に気づいたようだが、心晴は手が離せない状況のようだ。

書類入れを置いていこうとした瞬間、大声がそれを遮った。

「もういい！　楽にしてくれや」

老人はチューブを引き抜こうとしていた。

「後生だから殺して！」

目と耳をふさぎたくなるような光景だった。薬が切れたのだろうか、叫んでいる。

こんな苦しみ、もう生きていたくない。生かされているだけなのは嫌だから殺してほしいと叫んでいた。心晴は大丈夫だから、と必死に老人をなだめている。

ここには書類入れを届けに来ただけだ。しかし孔太はその苦しみから逃げてはいけないような気がしてその場から動けなかった。

老人は断末魔のような声をしばらく上げていたが、ようやく静かになった。眠ったようで、心晴がこちらにやって来る。その顔は少しやつれたように思う。孔太は書類入れを手渡した。

「ありがと、ごめんね」

交代の時間が来た心晴が看護師たちと事務手続きをするのを待って、二人で老人宅を出た。自転車を押しながら話す。

「仕事、マジで大変なんだな」

慣れてるから、と心晴は苦笑いで応じる。

最初に大塚の病院で会ったとき、心晴は人の苦しみについて語った。生きたいのに死ななければいけない人を多く見て来たと。そのときは何も思わなかったが、いまなら少しはわかる。心晴の仕事は過酷で、それは孔太なら精神がおかしくなるほどのものであるということが。

「安楽死を肯定する人もいるけど、わたしはそうは思わない。もちろん場合にもよるけど、今の人も本当は生きたがっているんだよ。その裏返しなの」

命はかけがえのないものなんだよ、と心晴は繰り返した。孔太はうつむいたまま、黙り込んだ。あの日までは、人の生き死ににそれほどの意味なんてない、死にたければ勝手に死ねばいい。そう思っていたが、そんなもんじゃないと思い知らされた。今もあの日のことは忘れようがない。

無言のまま、二人はしばらく歩いた。

十六堂ではなく、根津にある心晴の自宅に向かった。根津神社の近くに小さな一軒家が見えてくる。心晴の父親はここで、墓石を作っていたらしい。長い間寝たきりで母親とともに看病してきたが、五年前に亡くなった。そしてその母親も倒れて、二年前に亡くなったという。

「本当はわたしも鍵師になりたかったんだ」

十分鍵師だろ、と孔太は思った。この一年で自分も成長したつもりだが、とても心晴には追い付けない。というより鍵と錠前について学んでいくうちに、かえって心晴のすごさがわかってきた。多聞はこの心晴より本当に上なのだろうかとさえ思える。

三軒となりに新しい家があって、心晴は指さした。

「ここには昔、多聞さんの実家があったんだよ」

飯田に聞いていたから、それほど目新しさはなかったが、心晴は多聞の父、倉上のことをよく知っていた。変人と言われるほど気難しい人だったが、本当は優しかったらしい。心晴の実家は貧しく、生活に困っているときに援助してくれていたのだという。この辺りにはずっと、助け合いの精神が根付いているそうだ。

「多聞さんは小さい頃、とてもいたずら好きだったんだよ。商店街でも悪さばかりしてね。人を驚かせることが大好きだったの」

今の姿からはあまり想像できないが、とても活発なやんちゃ坊主だったという。

「十六堂にはよく子供たちがいるでしょ？　鍵っ子というか、家に帰っても家族がいない子たち。その子たちと同じように、多聞さんも十六堂へよく遊びに行っていたのよ。そこで鍵と錠前に魅せられたのね。先代の野々村征四郎《せいしろう》さんは警察に信頼されてよく協力してたらしいわ。多聞さんは自分の腕前を証明すべく、小学生の頃、十六堂に侵入しようとしたこともあるのよ。でも錠前に歯が立たずに見つかっちゃって」

心晴の話は面白かった。小、中学生の頃の多聞は未熟で、懲りずに十六堂に侵入して鼻を明かしてやろうとしたらしい。だが一度も成功せず、追い返されたそうだ。

野々村征四郎には子供がなかった。倉上と野々村が古くからの友人だったこともあるが、多聞は鍵師としての才能、錠前への愛を買われて、養子としてもらわれることになったという。昔話はいろいろあって、どうでもいいことも多かったが、心晴は話し出すと止まらなかったし、孔太も聞いているのは楽しかった。

話がようやく途切れた時、拍子木の音が聞こえて来た。

「火の用心、マッチ一本火事のもと」

子供たちが見回りをしている。十六堂に遊びに来る少年たちが大声で叫んでいる。

「火の用心、鍵を開けても泥棒するな！」

明らかにあてつけのようなセリフに、二人は苦笑せざるを得なかった。

夜回りが通り過ぎると、心晴は少し真面目な顔になった。思えば彼女の仕事やプライベートに初めて接したのかもしれない。

「孔ちゃん、ギドウは誰だと思う？」

この言い方、心晴も金子がギドウじゃないと気づいていたのか。孔太もそうだったが、こんな問いが出てくる以上、答えは同じところにたどり着いているだろう。心晴も多聞をギドウであると疑っているのだ。

「そっちはどうなんだよ」

心晴は黙り込んだままだったが、言いたいことはわかった。倉上や多聞のことを話してくれたことが答えになっている。ギドウは多聞、動機は父親の復讐と考えるほかない。多聞の性格上、素直に父親を思っているそぶりは見せないが、心の中では熱いものがたぎっているのかもしれない。そのことにずっと早く心晴はたどり着いていただろう。孔太は心晴を励まそうと、多聞がギドウならおかしい点があると切り出した。

「おかしい点？」

「そうさ。多聞は言ってただろ？　鍵師の本分について」

心晴は本分という単語をそっとなぞった。

「ああ、鍵師が開けるのは普通の錠前だけじゃないってさ。その言葉通り、多聞は錠前そのものだけじゃなく、事件の真相という錠前をいくつも解錠してきたんだ。俺はむしろ、そっちの方が多聞の本分だって気がする。この一年、一緒にいたけど、錠前を開けるだけが生きがいのような鍵狂いには見えなかったんだ。父親を追い出したルイズロック、あるいはガヴィニエスへの復讐なんて、その本分から一番遠いだろ」

心晴は澄んだ瞳で孔太をじっと見つめてきた。

「なんだよ」

「いえ、ありがとう。やっぱり孔ちゃんって優しいんだ」

心晴は少し涙を浮かべていた。気持ち悪いな、と照れ隠しに孔太は背を向ける。

「ダメ人間も少しくらい立ち直ったかな」

心晴は少し強がっているように思えた。

「それじゃあね」

「ああ、無理すんなよ」

二人はそこで別れた。


頬に冷たい風を受けつつ、孔太は十六堂に続くヘビ道を歩いた。これからどうする？　いくら動機がわかっても、肝心の最強の錠前についてわからなければ、どうしようもない。だがわかっている。この状況を打破できる方法が一つだけあるのだ。

孔太は一人、裏手の土蔵を見上げた。

もしこの土蔵に入ることが出来れば、何かがわかるかもしれない。というよりここにしか突破口はない。不法侵入は罪になる。いくら知人とはいえ他人の所有物だ。だがこの場合、それを確かめることは悪だろうか。

――あれ？

土蔵の正面に光るものがあった。気のせいだろうか。近寄ると、ガタガタと音がした。遅れて人影が動いた。誰かいる。多聞が帰って来たのか。

「戻って来たの？」

懐中電灯を向けると、人影は手をかざした。孔太はゆっくりと距離を詰める。マフラーにスキー帽のようなものをかぶっているが、体つきが女性だ。こんなところで何をやっているのか。心晴とはさっき根津で別れたばかりだ。頭に浮かんだのは、昭和オヤジこと山田千鶴だった。しかし彼女は服役中だ。

もう一歩、距離を詰めたとき、その女性は観念したように帽子を脱いだ。

その亜麻色の髪を見たとき、孔太は言葉に詰まった。

「……嘘だろ」

そこにいたのは黒滝瑠衣だった。手にはピッキングツールが握られている。

「あんた、何やってんだよ」

開き直ったように、瑠衣は両手を広げた。

「見てわかりませんこと？　ここに侵入しようとしていたんですわ」

「はあ？　なんでそんな……」

言いかけた孔太を大声が遮った。

「ここしか考えられませんの！」

瑠衣は土蔵を指さす。頑丈そうな錠前は、瑠衣のピッキングにびくともしなかったようだ。孔太は言いたいことをこらえつつ、彼女の気持ちを推し量った。そうか、今日ルイズロックを訪ねて竹野内にすべてを話した。瑠衣の耳にも入ったのだろう。彼女もギドウが多聞しかありえないことに気づいたのだ。そして多聞が狙う最強の錠前の秘密もここにしかないと考えた。だからこの土蔵に侵入しようとしたのだ。

「でもダメ、どうやってもこの錠前は開きませんわ」

瑠衣はピッキングツールを足元に叩き付け、髪を掻きむしった。彼女はそこまでして、ギドウを追い詰めたいのか。警戒心の強い石松がなぐさめるように瑠衣にすり寄っているのを見ながら、孔太は飯田のことを思い出した。彼は瑠衣に首にされた。下町の鍵屋をあっせんしてくれたとはいえ、ルイズロック第一開発部部長とでは比較にならない。それなのに一切、彼女の悪口は言わなかった。本当は優しい子だとむしろかばった。

飯田は瑠衣が小さい頃からずっと彼女を見て来たのだろう。孔太などより、本当の瑠衣についてよく知っているはずだ。ルイズロックの名誉を汚したギドウを捕まえるためとはいえ、自らの手を汚すようなことをするとは……。

「ルイズロックの社長が泥棒の真似事なんてしたら、週刊誌ネタになるぞ」

孔太はピッキングツールを拾い上げると、彼女に渡した。瑠衣は、だったらどうすればいいんですのとでも言いたげにツールを握りしめた。

「その点、俺は元ピッキング犯だ。侵入しようが、誰も騒がない」

瑠衣は顔を上げると、小さくえっとつぶやいた。

「約束するよ。ここに侵入してギドウの証拠をつかむって」

正直なところ、そんな確証はなかった。それでもこう言わざるを得なかった。綺麗な女社長の前で恰好をつけたかったというより、彼女のこんな姿をこれ以上見たくなかった。

「だから、さっさと帰れよ」

追い払うしぐさをすると、瑠衣は立ち上がり、姿を消した。去り際に小さく、お願いという声が聞こえた。

瑠衣が去って、土蔵前には静寂が戻った。

孔太は深呼吸して錠前を見つめる。以前はここに入ることは不可能だと思っていた。土蔵の入口にこれみよがしに施された巨大な錠前が、とても解錠は不可能ですよと告げているからだ。しかし『かっぱ橋ロックサービス』で見た錠前がヒントになる。多聞の父、倉上真司はいかにも頑丈そうな錠前をフェイクに使って、ボタン一つで開閉できる扉を作った。息子である多聞があの錠前を真似ることは自然だ。

孔太は錠前を無視し、扉をよく観察することにした。多聞がよく出入りしている以上、ボタンがあるなら多少なりとも、その部分は褪《あ》せて変色している可能性が高い。テンキー状の暗証番号の数字がはがれるのと同じ理屈だ。

しばらく探すと、扉の下部に一ヶ所だけ色が違う部分を見つけた。パネルのようになっていて、力を込めるとあっさりはがれた。一見、ボタンがあるなどと誰にもわからないが、小さなボタンが見える。孔太がそのボタンを押すと、大正時代に建てられた土蔵はあっさりと、ほとんど音もなく開いた。

錠前というのは不思議なものだ。堅固にしようと思えばいくらでもできるが、それでは日々の開け閉めが面倒になる。かといって簡単に開け閉めが出来るようにしておけば、泥棒に入られてしまう。その絶妙なバランスの上で成り立っているのだ。

正面の扉が開くと、さらにシリンダー錠のついた扉が姿を現した。

この調子で色々な仕掛けが施されているのだろう。孔太は笑い慣れたピッキングツールで解錠に挑む。タンブラーの位置がすぐにわかる。まるで無抵抗のように扉は開いた。

土蔵に足を踏み入れると、中は思ったよりも広かった。廊下が奥に伸びていて、トイレやユニットバスなどもあった。部屋は二つだけで、仕事場と思われる居間と、奥は寝室だ。起きてすぐ出て行ったようで、ベッドのシーツがくしゃくしゃだ。寝る直前まで鍵の研究をしていたらしく、脇には南京錠が落ちていた。

それにしても変だ。もっと鍵屋敷のように変わった鍵と錠前で埋め尽くされているかと思ったのに、これでは単なる狭い平屋建ての一軒家ではないか。宮舘礼次郎の家のように、そう見せかけておいて、どこかに抜け道があるのかもしれない。古い建物だからか、シロアリのトンネルらしきものがいくつか出来ていた。漠然とした既視感のようなものがあったが、それがどこからくるものなのか、わからなかった。

多聞が鍵と錠前の研究を続けていた居間に戻る。専門的な鍵と錠前の本も並んでいるが、ヒントになりそうなものは、これと言ってない。あえて気になるとすれば、寝室にあった南京錠だった。しかしそれはそれなりの知識を得た孔太にとって、それほど変わった錠前というわけではなかった。

廊下のつきあたりに金庫があった。

ダイヤル式で古く、一見して安っぽい耐火金庫のようで、開けるのは簡単そうに見える。だが多聞のことだ。簡単に解錠できるものではないだろう。

だが感じる。ここに何かがある。

今の自分にこれが開けられるだろうか。発想の転換を試みようと思った。いつも多聞は考えを変えることによって真相に気づく。ただ単に解錠するだけでなく、人の心を読むのだ。同じことができれば、きっと見えてくるはず。まったく手がかりがないわけではない。自分にはかすかに何かが見えている。整理しろ。かすかに見える一本の光にすがりつけ。

孔太は多聞に会ってからのすべてを思い返した。最初に会ったとき、多聞は秋葉原の銀行の金庫をマニピュレーションで解錠した。孔太も心晴についてマニピュレーションの練習はしているが、まだそんな技術はない。だが今、五感はさえている。いや第六感というべきか。ここに何かがあるという感覚はさらに強くなった。

ダイヤルに伸ばした手を止めた。そこには0から9までの数字が刻まれていた。

――これって……。

頭の中で音がした。

それはごく小さな音。差し込んだ鍵が錠前の内筒を回転させ、錠前が開くときに発せられるカチリという確かな音だった。

――そうだよ、やっぱり……。

頭の中が真っ白になった。それまですべてが意味もなく配置されていたように感じていた多聞の部屋が、全く別の意味を持って感じられてくる。そうだ。全てはあの時から始まった。一年前のあの時、そしてここに来てからも……。

大きく息を吸い込み、ゆっくりと吐き出した。

今の自分にはおそらくこの金庫を開けることができる。孔太はダイヤルを中指と親指でつかんでゆっくり回す。7に合わせた。金庫の奥で何かが反応する。気のせいだろうか。次に9。また同じ反応だ。そして4、さらに1、金庫の解錠経験はあまりないが、このダイヤルの数字は手に取るようにわかった。5、2、そして最後は1……。

そのとき、ガタンと音が聞こえた。それは脳内の音ではなく、しっかりとした金庫のロッキングバーが外れる音だった。

やがてゆっくりと金庫の扉が開く。

ダイヤルから手を放すと、つばを飲み込んだ。

――なんてこった。ここまで……。

飛び込んできたのは、まばゆいばかりの福沢諭吉の束だった。何千万、いや億を超えているだろう。だがそこまでの驚きはない。この金庫を開けられたことが、すべてを語っていたからだ。答えはこの一年で、多聞がしっかりと教えてくれていたのだ。

今、すべてがわかった。多聞がやろうとしていることも、最強の錠前の場所も。多聞はあそこに向かうつもりなのだ。

孔太は携帯を取り出して碇に連絡する。

碇はワンコールで電話に出た。

「福森、どうだ？　進展はあったか」

「……ありすぎるくらい」

「どういう意味だ？」

「すぐにわかるよ。それより碇さん、俺が言う場所へ来てください。多聞さんもきっとそこにいる。俺が錠前を開けるから」

碇は何か言っていたが、無視して通話を切った。

孔太は多聞の部屋を見回すと、行こうと力強くつぶやく。そうだ。これで終わりだ。多聞の言っていた最強の錠前をこれから開ける。この手で必ず。

4

時刻は午後十時を過ぎていた。

孔太は何人かに電話すると、ボロボロのママチャリに乗った。多聞の居場所についてて確信していた。彼が開けようとしている錠前も自分にはすべてわかっている。多聞が何をしようとしているのかは、彼の行動を考えればよくわかる。

息を切らせながら向かうのは、小石川だ。

植物園を横目に黒滝資料館の方へ自転車をこいだ。

間違いなく多聞はここに来る。待っているんだ。あの錠前を開けるために。この周辺は孔太にとって因縁のあるところだ。十四階建てのマンションが見える、一年前、ここから飛び降りて自殺しようとした。それから何度もここに来た。だが正確には目的地はここじゃない。

黒滝資料館横にあるパーキングに自転車を停めると、孔太は携帯を取り出す。かけた先は多聞のスマホだ。多聞が姿を消してから、何度もかけたが出なかった。だが今はおそらくつながるだろう。そう確信している。彼が電話に出る前に、メロディが背後から聞こえて来た。孔太はゆっくりと振り返る。

「よくここがわかったな」

そこにはトマトジュースを片手に、多聞が立っていた。ワインレッドのシャツから白い肌が覗いている。初めて会った時と変わらない。孔太は黙って頭を下げた。

「一応、弟子だから」

多聞はトマトジュースを一口、すすった。

「ここまで来たってことは、すべてわかっているんだろう。だが念のために聞いておこうか。ギドウの正体がわかったんだな？」

孔太はゆっくりとうなずいた。

よく見ると、多聞の周りには他にも人影がいた。心晴が息を切らせて自転車のスタンドを立てた。口ひげが見える。碇だ。横には遠藤がいる。それ以外にも制服を着た大柄な警官の姿があった。黒塗りの外車からは瑠衣が降りて来た。驚きなどない。自分がさっきみんなを呼んだのだ。この推理を聞いて欲しい。そう思いながら孔太は話した。

「金子勇太朗事件の後、俺はずっとおかしいと思って来たんだ。金子にはカヴィニエスの錠前を開ける能力などない……碇刑事もそう言っていた。田之上、園川、金子、小池、宮舘……たくさんのギドウ候補がいたけど、全部はずれだった。そして残る人物はたった一人しかいないと」

「ああ、そういうことだな」

多聞は眉毛のあたりを掻いた。

「残る一人は、多聞……さん、あんただけだ。あんたのお父さんは、ルイズロックに恨みを持って死んだんだろ。一方、『サン・ジュスト』を解錠したのもあんたしかいない。あんたのお父さんはルイズロックにひどい仕打ちを受けて失意のまま死んだ。だから父親の仇をとるためにあんたは鍵の鬼になった。俺はあんたがギドウだと思ってきた……」

孔太は首を左右に振った。

「でもそうじゃなかった」

多聞はストローをくわえたまま、切れ長の目でじっと孔太を見つめていた。

「多聞さんじゃない？　だったら誰だって言うの？」

問いかけたのは、心晴だった。

「それは……」

言いかけて止まる。孔太は心晴と目を合わせることなく、しばらくうつむいていたが、やがてゆっくりと右手を上げた。

「俺だよ。俺がギドウだったんだ」

孔太の言葉の後、静寂がその場を支配した。多聞はただ静かに目を閉じて、手を叩いた。拍手と言うには余りに力のない、どこか悲し気なものだった。

「よくわかったな」

孔太はうなずくのが精一杯だった。

　ギドウがこの自分であるなど、ほんの一時間前まで思いもしないことだった。だが土蔵に入り、多聞が残した最後の謎が解けた時に確信した。この一年にあったことがすべて、綺麗に裏返っていく感覚だった。

「ここには一年前までパーキングなんてなかった。あったのはボロボロで小さな一軒家。それは最後に俺がピッキング犯として侵入した家だよ。去年の今頃、俺はここで窃盗犯として最後の仕事をしたんだ」

　多聞はうなずいた。

　そういえばあの日も木枯らしが吹いていたな、と孔太は一年前のことを思い出す。

「その家に住んでいたのは、寝たきりの老人だった。俺は何度か窓の外から中の様子をうかがっていた。奥に金庫が見え、入口のシリンダー錠は安っぽいものに思えた。一人暮らしの老人は寝たきりだし、医師や看護師、介護士がよく出入りしていたけど、時間が決まっていたからいけると思った」

　多聞は無言でうなずいた。周りにいる誰もが驚く様子はない。

「予想通り、玄関入口のシリンダー錠はちんけなもので、当時のチキンマン、俺にだって開けられる代物だった。けどあの金庫は違っていた。全く解錠することができない代物だった。ダメだ……諦めようとしたとき、ベッドの老人が目を開けたことに気づいたんだよ」

忘れるはずがない。そのとき、老人が孔太をじっと見つめたのだ。

「クスリが切れたようで、老人は急に苦しみ始めた。そして俺にこう言った。殺して欲しい……と。もう十分だ。この苦しみには耐えられない。自分は宗教上の理由から自殺は出来ない。こんなことを頼むのはすまないが、どうか最初で最後の願いだ。このチューブを抜くだけでいいのだ、と。代わりに錠前の中身は差し上げよう。暗証番号も教える。老人はそう言ったんだ」

孔太に自分を殺してくれと頼んだ老人は、エンゾ・ガヴィニエス。ルイズロックの前社長だった。土蔵に入り、あの金庫を見るまで気づかなかった。やや彫りは深いと思ったが、流ちょうな日本語だったし、やせ細っていて外国人であることすらわからなかった。

黒滝資料館があって、自分が鍵師への道を歩き始めたというのは偶然だと思っていたが、そうじゃなかったのだ。あのオンボロ屋敷は元ルイズロック本社の横にあったのだから。だがあんなシロアリにやられて今にも潰れそうなオンボロ屋敷に、ルイズロックの社長が住んでいるなど想像できるはずがない。

「俺は拒絶した。人殺しの手助けなんてまっぴらごめんだと。いくら金をもらおうが、そんなことができるものかと。でも本心は違っていたんだ」

あの時、ガヴィニエスは苦しみの中、必死で孔太を説得した。

「この痩せた老人の死など誰も気にしてはいないだろう。これは偶然の事故、自然死にしか見えない。君が疑われることなどは決してない。脂汗をかきながら、苦しそうにその老人は訴えた。彼の説得が俺を支配していき、徐々に俺の考えは変わった。これはむしろ人助けではないか。もうこの人は死ぬ。あの金庫の中身は対価。報酬をもらうだけではないかと、自己肯定が俺の心を塗りつぶしていったんだ」

当時の孔太にとって、ガヴィニエスの説得は魅力的だった。いつも優柔不断な自分、誰かが肯定してくれるのを待っている自分、情けないと思いつつも、これは人助けだと勝手に思い込んでいく自分、結局は自己正当化をして、チューブを抜いたのだ。

「俺はガヴィニエスさんのチューブを抜き、彼から聞いた番号で錠前を開けた。７９４１５２１……しばらく忘れていたけど、思い出したよ」

ただし、金庫の金は結局持ち去らなかった。それは悪いと思ったからではない。キラキラ光る新札の紙幣番号は控えられているのではと疑ったからだ。

「これがあの時の真相。俺はガヴィニエスさんを殺したんだ」

孔太はすべてをぶちまけて、その場にへたり込んだ。

やや遅れて、ゆっくりと一人の女性が前に進み出た。瑠衣が目に涙をためながら、こちらをじっと見つめている。

「あなたを赦《ゆる》せませんでしたわ」

重い一言のあと、瑠衣は説明した。

「最初に言いましたわよね？　父は死を悟った際、母と暮らしたこの自宅で死にたいって一人で暮らしていたんですの。取り壊す予定なのを、業者に自分の死まで待ってくれって無理言って先延ばしにしてもらっていました」

意外にも瑠衣はそれ以上、何も言わなかった。憎悪の念が溢《あふ》れそうだろうに沈黙を守っている。かえってぶん殴ってくれた方が楽なくらいだ。

いつまでも続く針のむしろのような沈黙のあと、碇が口を開いた。

「お嬢さんに依頼され、俺はギドウを洗った。最初、俺が疑ったのは多聞だった。ガヴィニエスの錠前を開けられそうな鍵師は多聞くらいだからな。オヤジさんの因縁という動機もある。だがどうも違う。そんな中、ガヴィニエス社長が死んで数日後、福森孔太がギドウではないかって言い出した警官がいた」

帽子をとって会釈したのは、山井巡査だった。

碇の代わりに多聞が説明をする。

「山ちゃんは少し前まで、この近くの交番にいたんだ。そして谷中に移ってきてからも、自分の宿敵だと言って、池袋周辺を本拠にするチキンマンを追っていた。そしてチキンマンがガヴィニエス宅辺りを夜な夜な徘徊《はいかい》していたこと、さらには入口のシリンダー錠の荒っぽい未熟な解錠手口から、チキンマンこと福森孔太がギドウだって推理したんだ。俺は最初、そんなわけないだろと馬鹿にしていた。俺より上の鍵師がいて、そいつが解錠していったってな。けど途中で考えが変わったんだ。それがそこのマンションからのダイブ、自殺未遂だ」

多聞は孔太が飛び降りたマンションを指さした。

「俺の自殺未遂？」

今度は多聞に代わって、心晴が答えた。

「ええ、孔ちゃん、あの自殺は千川興業に追われたり、将来を悲観したりしての自殺なんかじゃないんでしょ？　嘱託殺人とはいえ、ガヴィニエスさんを殺してしまったっていう罪の意識からじゃないの？　わたしはそう思ったんだ。ガヴィニエスさんの家と、あのマンションってすぐ近くだし、偶然のはずないってね」

心晴の推理は当たっていた。あの時、人一人を殺してしまったという罪悪感が孔太を覆い尽くしていった。人一人を殺すってことはこんなにもつらく、べっとりと血塗られたように心に染みつくものなのかと思った。

あの日も名も知らぬ老人宅に来ていた。工事中で取り壊されてパーキングになると書いてあった。その時ふと、殺してくれと頼んだ老人の顔が浮かんだ。あの人はこのまま忘れ去られていく。言葉では殺してくれと言っていたが、本当は生きたがっていたのではないのか。あの人にも子供がいたのかもしれない。死ぬ前に本当は会いたかったのではないのか。そう思うと急に苦しくなった。だから楽になろうと、マンションから身を躍らせたのだ。千川興業のヤクザに追われていたことは、その苦しみに比べれば小さな心配事だった。

「あんたもガヴィニエスさんと関係していたんだな」

心晴はゆっくりとうなずいた。

「わたしはガヴィニエスさんの介護をしていたのよ。みんなと同じように、ガヴィニエスさんの死について真相を明らかにしたいと思っていた。だから多聞さんに相談をしたの。山井さんの活躍もあって孔ちゃんに行き着いた。侵入者だったことは間違いない。でも何かがおかしい。この子がギドウなのだろうか。しばらく様子を見ようって話し合った。孔ちゃんが自殺しようとした時は瑠衣さんからわたしに見張りを代わったの。あなたがガヴィニエスさんの家にやって来たって聞いたけど見つからなかっ

た。でも近くのマンションであなたを見つけた。ピッキング中もしばらく見守ってい
た。まさか飛び降りるなんて思わなかったけどね。だからすぐに通報できたわけ」
　騙していてごめんね、と心晴は謝った。
「孔ちゃん、わたしはその時思ったの。ガヴィニエスさんの事件は天才鍵師による犯
行なんかじゃなく、半端者だけど、本当は心優しいピッキング犯の仕業なのではない
かと。でもそれだけではまだ判断がつかない。他にもギドウ候補がいるうえに、孔ち
ゃんがわざと無能なふりを演じているという可能性だってあったから」
　だからみんなでしばらく観察したという。心晴と多聞が中心になって。福森孔太と
いう人間を弟子としてそばに置いて。
「孔ちゃん、あなたはわたしが思った以上に心優しい人間だったね」
　心晴の言葉に多聞もうなずくことで同調した。十六堂に来てから、色々なことがあ
った。そんな日々の中でも、多聞や心晴が見る限り、ずっと罪悪感を持って生きてい
る若者にしか思えなかったという。
　孔太は首を横に振った。ずっと自分は人間が信じられなかった。父の死後、みんな
会社を捨てて逃げていったからだ。誰も自分のことを助けてくれない。ネットには悪
意ばかりがあふれかえっていて、少し泣き言を言うと、自己責任だなんだと激しい攻

撃が返ってくる。みんな自分のことしか考えていない。自分だってそうだ。マンションから身を躍らせたのも、反省の念というより、ただ捨て鉢になったというに過ぎないのかもしれない。

十六堂に来て谷中の人々と接しても、人間不信は変わらなかった。人は冷たいもの、いつも警戒していて、騙されるもんかと思っていた。確かに心が揺れた時はある。ルイズキラーの事件後、自分が盗人だとバレていると知らされた時だ。あの時、ピッキング犯であることだけでなく、老人を殺したことも打ち明けようとした。結局できず、鍵師として人生のリスタートを切ることが、償いのように思い込もうとした。だがずっと心の中で老人の死は引っかかっていたのだ。

「苦しんでいたんだろ？　ガヴィニエスさんを殺したことで」

孔太の心を見透かしたように、多聞が口を開いた。

「俺がすべてを確信したのは今日だ」

「え、今日？」

「正確には今日、お前がここに来た時だ。あの時、お前はこのパーキングをずっと眺めていた。そして深く頭を下げた。ここで人を殺したっていう負い目を感じていなければ、あんなことはしないからな」

　思えば最初から、自分は疑われていたのだ。小酒井宅で碇刑事が多聞に訊いたこともそうだ。こいつ、ギドウかと。あれは小酒井宅に入った窃盗犯のことではなく、目の前にいる孔太がギドウなのかという質問だったのだ。千川興業のことがバレても碇は孔太を逮捕しなかった。あれもあえて泳がせていたのだ。孔太が自分から全てを話さないと意味がないと思って。

　瑠衣と最初に会ったときもそうだ。彼女は孔太が侵入したガヴィニエス宅について細かく話していた。シロアリに食われた今にも崩れそうな家、ベッド脇に落ちていた南京錠など。孔太の反応を見ようとしたのだろう。

　宮舘礼次郎の遺産事件の際も同じだ。多聞は孔太に問いを発していたのだ。6112195をFALSEと読ませる。このアルファベッドの法則にしたがえば、7941521はGIDOU、ギドウということになる。おそらく多聞たちは生前から宮舘礼次郎と関係があったのだ。あの仕掛けは宮舘礼次郎ではなく、彼らが故人の許可を得て作ったものなのかもしれない。多聞の無言の問いはこうだ。福森孔太、お前にはこの暗証番号に覚えがないか？　と。

「わたしはただ知りたかっただけですわ。あの日、あの部屋で何があったのか。父はどうして死んだのかを。それだけでしたの」

瑠衣の目はうるんでいた。彼女はあの時、孔太を試したのだ。そして孔太が無能で、ガヴィニエスによって暗証番号を教えられて、代わりに彼のチューブを外したとほぼ確信した。しかしそれだけで証拠はない。孔太を住居侵入で逮捕することは、簡単なことだろう。千川興業への窃盗など罪状はいくらでもある。とはいえ孔太が口を閉ざしている限り、一番大事なガヴィニエスの死の真相に関しては永遠に闇の中だ。真実にたどりつくには、孔太に自白させるしかない。

そこで彼らは一計を案じたのだ。碇がどんな手を使ってもギドウを逮捕したいと言っていたのは本当だった。ただしあれは多聞を逮捕するという意味ではなく、孔太を逮捕したいという意味だった。心晴は介護の派遣先に孔太を呼んで、ガヴィニエスのことを思い出させようとした。殺してくれと言っている人でも生きたがっていると話した。あの時、言葉には出さなかったが、自分は一年前に老人を殺したことを思い出していた。

多聞は土蔵を改造し、孔太が最後に侵入したガヴィニエス宅と同じ造りにした。ベッドや金庫の位置もすべて。シロアリの道もヒントになった。決定的だったのは何と言っても、ガヴィニエスの金庫が置かれていたことだ。あれは本物だろう。こんなことができるのは瑠衣しかいない。しかもあの時と同じ金額が入っていた。瑠衣が土蔵に侵入しようとしたのも、孔太を入らせるためだ。いつの間にか近くには竹野内や飯田の姿もあった。彼らもすべて、協力していたのだ。全員がこんな芝居を打った。

不思議だった。罪が完全に暴かれたと言うのに、まったく悔しさも絶望もない。むしろこの一年、隠し通してきたことのつらさが消えていく感じだ。多聞が全てを解いた。いやここにいるみんながガヴィニエスを殺した孔太を捕まえたのだ。瑠衣はこらえきれずに涙を流している。瑠衣の無念な思いは、すべての協力者の心を打った。そうでなければみんなこんなに協力しない。この福森孔太……鍵師ギドウというつまらない犯罪者の逮捕に。

「刑事さん、連れて行ってください」

両手を差し出して逮捕を求めた。遠藤が連れて行こうとしたが、碇がそれを遮った。しかたなく孔太は山井に両手を差し出した。

「あれ？　すみません。また手錠の鍵が。これはまずいぞ。ちょっと見てきます」

山井は言い残して駆け出して行った。わざとらしい嘘だ。

孔太はその場にいた全員を見渡す。多聞は背を向けている。碇は煙草をくわえている。竹野内は手帳でスケジュールをチェックしている。瑠衣は後ろを向いている。心晴は目頭に手を当てていた。ここにいる全員が途中からはみんな孔太がギドウだと確信していた。

「最初に言っただろ？」

多聞が孔太の方を向いた。

「鍵師が開けるのは、普通の錠前だけじゃないって」

多聞は孔太の胸のあたりを突いた。ガヴィニエスは誰にも開けられたことのない錠前を遺したという飯田の言葉は嘘ではなかった。その死の真相は謎だったのだから。ただし多聞が言いたかった最強の錠前という意味は少し違っている。孔太の心の錠前……これが多聞の開けようとした最強の錠前だったんだ。

孔太は瑠衣に向けて深く頭を下げ、背を向ける。連れて行ってくれないなら、自分から警察に出頭しよう。

歩き始めると、すぐに呼び止められた。

「これはもういらないな」

多聞は一枚のおたずね者リストを差し出した。そこには鍵師ギドウと書いてある。

多聞はその紙を真っ二つに引き裂いた。

「鍵師としての才能があるって言ったのは、嘘じゃないぜ」

多聞の言葉に目の奥が熱くなった。

「孔ちゃん、また帰って来て！」

心晴の言葉に、涙が一気に溢れた。

——ありがとうございます。みなさん、本当に……。

こんな気持ちになれたのは、生まれて初めてだ。孔太はぬぐってもぬぐってもあふれ出る涙におぼれながら、霞《かす》むマンションを見上げる。あの時、死ななくてよかった。生きていてよかった。今から罪をつぐなってきます。もし帰って来れたなら、その時こそ本当に鍵師として再出発したい。ありがとう多聞さん、心晴さん、ごめんなさい瑠衣さん、そしてお世話をかけました事件関係者の皆さん……胸に手を当てる。

一年前にしっかり閉めたはずの心の錠前が外れ、ずっと閉ざされていた巨大な扉がゆっくりと開いていく。温かな光が差し込んでくるのを感じた。

本書は書き下ろしです。

実業之日本社文庫 た52

鍵師《かぎし》ギドウ

2017年2月15日　初版第1刷発行

著　者　大門剛明《だいもんたけあき》

発行者　岩野裕一
発行所　株式会社実業之日本社
〒153-0044　東京都目黒区大橋1-5-1
クロスエアタワー8階
電話［編集］03(6809)0473［販売］03(6809)0495
ホームページ　http://www.j-n.co.jp/
DTP　株式会社ラッシュ
印刷所　大日本印刷株式会社
製本所　大日本印刷株式会社

フォーマットデザイン　鈴木正道（Suzuki Design）

ISBN978-4-408-55340-5（第二文芸）

本作品はフィクションであり、実在の個人および団体とは、一切関係ありません。

（編集部）